COBALT-SERIES

王女が秘される童話《メルヒェン》

南瓜の王女の研究録

長尾彩子

集英社

王女が秘される童話

南瓜の王女の研究録

Contents

presented by Ayako Nagao illust. Machi Yoi

人物紹介

告げ口妖精の黒うさぎ
神出鬼没。告げ口が趣味。
けっして嘘は言わない…らしい。
クラウス
異例の若さで《改邪聖省》の最高異端審問官となった少年。父王の命を受け、ユリアーナの婚約者という名目で監視役としてカレンデュラへやってきた。
ユリアーナ
シュトロイゼル王国の第二王女。ふたごの姉と同い年の異母兄がおり、忌み子としてカレンデュラの森の城で侍女と暮らす。おっとりと頭の悪い王女のふりをしているが、実は医術に精通している。
クラウディア
白猫の精霊。優美な外見ゆえに女性名をつけられているが、正真正銘の雄。

イラスト／宵　マチ

王女が秘される童話《メルヒエン》
南瓜の王女の研究録

Kapitel Ⅰ

――おっとりしていて、無邪気で病弱。花と宝石とお菓子をこよなく愛する落第《バカ》王女。

それが、ユリアーナを知る王侯貴族たちが彼女に対していだく印象だった。

シュトロイゼル王国の第二王女、ユリアーナ・プリングスハイム。

王国の辺境にあるカレンデュラの森の城で、侍女《じじょ》と数名の召使たちと暮らすユリアーナは、都で自分がそんな風に嘲笑《ちょうしょう》されていることを知りながら、今日も城の応接室に宝石商を招いていた。

はじめて招いた二人組の宝石商は、どちらも個性の強い男だった。

ひとりは丸々と太り、他方は鳥のように痩《や》せている。

傍《かたわ》らに侍女を控えさせ、肘掛《ひじかけ》椅子にゆったりと座ったユリアーナの前に恭《うやうや》しく黒いジュエリートレイを差し出してきたのは、太ったほうの宝石商だった。いかにも宝石商らしく、真珠のボタンが縦にいくつも並んだダブレットに、宝石細工のベルトを巻きつけている。ハムのような腹を無理やり締めつけたベルトは今にもはち切れそうだった。

ユリアーナはジュエリートレイを覗《のぞ》きこんだ。

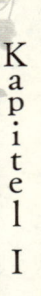

トレイに陳列されているのは、いずれも研磨された宝石ではなく、宝石の原石——つまりは博物学者の標本箱にでも収められているような、鉱物の塊《かたまり》だった。

紅玉《こうぎょく》、翡翠《ひすい》、日長石《にっちょうせき》、月長石《げっちょうせき》、紫水晶……。

色も種類もとりどりな石は、原石とはいえ、どれも美しく上質な輝きを放っていた。ユリアーナはごく淡い蜂蜜色の睫《まつ》毛《げ》に縁《ふち》どられた、大粒の水宝玉《すいほうぎょく》のような瞳《ひとみ》にそれらを映すと、桜桃《おうとう》の唇《くちびる》に幸せそうな笑みを載《の》せた。

「これなんて、とても綺麗な雪花石膏《せっかせっこう》ね。お月様の光が結晶化したみたい。これと、琥珀《こはく》……それに紅珊瑚《べにさんご》が欲しいわ。ねぇ、どう思う？　マルグリット」

同じ十七歳の王女に意見を求められた侍女——マルグリットは、ジュエリートレイを片目でじっと見つめた。マルグリットは隻眼《せきがん》なのだ。幼い頃に失ったという右目は、青薔薇《あおばら》をかたどった美しいアイパッチで隠されていた。深い知性をたたえた左目は青金石《せいきんせき》のような濃い青で、彼女の長く真っ直ぐな黒髪と調和していた。

マルグリットはユリアーナの侍女だが、宝石の鑑定士でもある。三年前に王都郊外の小さな宝石店で働いていた彼女にユリアーナが目をつけ、この城の侍女にしてからも王都の貴族たちから呼び出しがかかるくらい、彼女は目利《めき》きなのだった。まるで第六感でも備わっているかのように、ただ左目で見つめるだけで宝石の真贋《しんがん》を見極めた。

「ふむ、品質は確かじゃ。産地にも偽《いつわ》りがない。買《こ》うてもよかろう」

ユリアーナと対《つい》の人形のように、あどけなさを残した愛らしい顔にそぐわず、マルグリットは老女のような口調で言った。彼女曰《いわ》く、『幼い頃、言葉を覚える大事な時期に年寄りにばかり囲まれて育ったゆえにこうなってしまった』とのことだった。

自分が目をとめた石の品質を保証されたユリアーナは、本心から微笑んだ。

「わたしに似合うかしら？」

「こちらの紅珊瑚などは耳飾りに加工すれば、ユリアーナ様のふわふわと波打つ蜂蜜の結晶色のお髪《ぐし》、それに乳白色のお顔によく映《は》えましょうぞ」

「では、買うわ。うふふ、さっそく贔屓《ひいき》にしている職人に加工をお願いしないと」

ユリアーナがマルグリットに目配せすると、彼女は心得たように二人組の宝石商に三枚の銀貨を手渡した。すると宝石商たちは破顔し、「わたくしどもの石が可憐《かれん》な王女様の御身《おんみ》を飾る、これほどの栄誉はございません」と追従《ついしょう》を述べた。ユリアーナは宝石商が絹張りの箱に収めてくれた三種の宝石を受けとりながら、「ありがとう」とにこやかにお礼を言った。

取引が済むと、ユリアーナはマルグリットに宝石商たちを門前までお見送りするようにと命じた。自身は席を立ち、扉の前まで行って彼らの姿を見送るにとどめる。

応接室の扉が閉まり、ひとりきりになったところで、ユリアーナは顔面に貼りつけていた笑みを消した。細腰のくびれから下を釣鐘草《つりがねそう》のように膨《ふく》らませた薔薇色のドレスの裾《すそ》を大胆に捌《さば》き、部屋の奥まで大股《おおまた》で歩いていくと、綿入りの天鵞絨《ビロード》の椅子にどっかと腰かけた。

つま先にロゼットが飾られた、踵《かかと》の高い靴を脱ぎ捨てる。

いっそ胸や腹部をぎゅうぎゅうと締めつけてくるコルセットの紐《ひも》も緩《ゆる》めてしまいたかったが、

今日はこれからもう一名の来客——性別・年齢は不詳だが、父王が寄越《よこ》した何者か——の予定があるので、多少息苦しくても我慢する。

来客さえなければもっと機能的な服、たとえばこのあたりの女性たちが身に纏《まと》う民族衣装《ディアンドル》でも着て、温室のカボチャの収穫でもしていたところだ。

……カボチャは良いものだ、とユリアーナは思う。

なにしろ痩せた土壌《どじよう》でも、ジャガイモ並みの生命力ですくすくと育つのだから。

飢饉《ききん》対策にこれほどうってつけの野菜はない。

（『おっとりしていて無邪気で病弱。花と宝石とお菓子をこよなく愛する落第王女』……。自分を偽る演技ほど疲れるものはないわ）

合っているのはせいぜい、王女という部分だけだ。

別段おっとりしていないし、無邪気というよりもひねくれている。身体はいたって健康そのもの。花と石は蒐集《しゆうしゆう》しているが、別に好きなわけでもない。必要だから集めているだけだ。

甘いお菓子も嫌いではないが、愛しているというほどでもない。頭は極めて良い。ユリアーナは自分が賢いか、そうでなければ小賢《こざか》しい娘であることをしっかりと自覚していた。

両開きの窓から差し込んでくる初秋の陽光が眠気を誘い、ユリアーナはあくびをした。手近にあった水差しを手にとると、玻璃《ガラス》の器《うつわ》に冷たいコーヒーを注ぐ。砂糖もミルクもユリアーナには必要ない。それを一気飲みしていると、ふいに膝《ひざ》の上にかすかな重みを感じた。

ユリアーナは薔薇色のドレスに覆《おお》われた膝に視線を落とした。

するとそこにはいつのまにか黒いうさぎが載っていて、ユリアーナをじぃーっと見ていた。

『告げ口しちゃお、告げ口しちゃお〜』

黒うさぎは喋《しゃべ》った。

『宝石商の奴らが〜、城を出た瞬間〜、ユリアーナのことを〜、宝石と花にしか興味のない噂《うわさ》通りのカボチャ頭の落第王女みたいだったって笑いあってました〜』

「結構なことだわ」

ユリアーナはフンと鼻を鳴らした。カレンデュラの森の城には太古《たいこ》の昔から、精霊だとか、妖精とよばれるものたちが棲《す》みついている。この喋る黒うさぎもその一種だった。人の告げ口ばかりするので、ユリアーナは彼を『告げ口妖精の黒うさぎ』と呼んでいる。

『カボチャ頭の落第王女〜。うぷぷ〜！』

「もう、カボチャ頭カボチャ頭、言わないで！」

ユリアーナが憤慨《ふんがい》していると、応接室の扉が開いた。

青いドレスの背に艶《つや》やかな黒絹《くろぎぬ》の髪を流したマルグリットは、黒うさぎとユリアーナのやりとりを聞いて察したようだった。

「今回もバカな王女のふり作戦は大成功だったようじゃの。ユリアーナ様」

「ええ。失敗するとも思わなかったけれどね」

「たいした自信家じゃな。……まあしかし、その年齢よりも幼げな可愛い顔立ちで、ユリアーナ様がミルヒ村随一《ずいいち》の医師だなどとは誰も思わぬか」

ユリアーナは真っ黒なコーヒーを飲みほしてから、不服そうに唇を尖《とが》らせた。

「ミルヒ村の住人でない彼らにわたしの本性がバレなかったのはいい。でもあの宝石商たちが、カボチャを悪口の意味で使ったことは許せない！」

ユリアーナは膝の上にいた黒うさぎをマルグリットに託《たく》してから、すっくと立ち上がった。マントルピースの上に、飾り物のようにいくつか置いておいたカボチャのひとつをいそいそと両手で運んでくると、飴《あめ》色の机の上に置いた。それからドレスの裾をたくし上げて、ガーターベルトで常に太ももに固定してある護身用の短剣を鞘《さや》から引き抜いた。

ユリアーナが抜き身の刃《やいば》を振り上げると、

『ぎゃー！　ユリアーナが乱心した！』

黒うさぎは大騒ぎして、マルグリットの腕の中から、ぱちん！　と姿を消した。

ユリアーナはそれには構わず、短剣でカボチャをスパッと真っ二つにした。

緑の皮に包まれた、まん丸の可愛いカボチャには、お日様色の実がよく詰まっていた。

「カボチャがなんでもスカスカだと思ったら大間違いよ。ミルヒ村の農家の方々の協力を得て、わたしが先日開発したカボチャはこの通り。小ぶりだけれどずっしりと重くて、とっても甘いんだから」

「カボチャの冷製スープにしたら旨《うま》そうじゃな。料理長に渡して来ようぞ」

「お願いね、マルグリット」

マルグリットはユリアーナの手からカボチャを引きとり、颯爽《さっそう》とした足取りで応接室を退出した。ユリアーナはそれを見届けてから暖炉のほうに引き返すと、マントルピースの上で身を寄せ合う、色も形も様々なカボチャを愛《いと》おしげに撫《な》でた。

ユリアーナがカボチャの品種改良と栽培に力を入れているのには理由がある。

十年ほど前、各地でジャガイモ飢饉とも呼ばれる大飢饉が起きた。

ジャガイモはどんな土地でもよく育つが、病気にかかると一気に枯死《こし》する。

だからジャガイモの疫病《えきびょう》に備えて、それにとって代わるような作物を栽培しておくに越したことはないと、過去の教訓からユリアーナは考えたのだ。

もちろん、ジャガイモの病害を防ぐことができればそれが一番良いのだが、ユリアーナは樹木医ではないため、そこまでは知識が及ばない。だから自分にできることを、できる範囲でする。そう考えたときに彼女が着目したのが、カボチャなのだった。

「可愛くて、栄養豊富で、育てやすい。おまえたちは、本当によくできた子よ」

『おい王女。カボチャとお喋りしている場合じゃないよ』

ユリアーナは足元を見おろした。

神出鬼没《しんしゅつきぼつ》の精霊その二が、アイスブルーの瞳でユリアーナを見上げていた。

真っ白な長い毛並みに覆《おお》われた猫の姿をしているが、こちらも正真正銘《しょうしんしょうめい》の精霊、クラウディアである。黒うさぎと同じように、ユリアーナがこの城にやってきたときにはすでに棲《す》みついていた。『クラウディア』というのは女性名だが、彼はれっきとした雄《おす》だ。雌《めす》猫のように優美で華麗な見てくれをしているために、名付けの親に性別を間違われて女性名をつけられてしまったらしい。

「何かあったの？」

ユリアーナが訊《き》くと、クラウディアはちらと窓のほうを見やった。

『来客のお出ましだよ。ひょっとするとあんたにとって、とんでもなく厄介《やっかい》な客かもね』

「厄介な客？」

ユリアーナは窓辺に移動したが、そこから城門は見えない。

眼下に広がるのはカボチャの栽培に利用している温室と、様々な香草が花や葉を揺らす、薬用植物園だけだ。

『馬車に《星十字花《せいじゆうじか》》の紋がついてたんだ』

星十字花の紋。

かつてこの世に現れた救世主が人々の罪を贖《あがな》って、星の流れる夜に、いばらの蔓《つる》で磔《はりつけ》にされた。──そんな聖典の記述から生み出された聖なるしるしが、夜空に光る星を象《かたど》った《星十《せいじゆう》字《じ》》である。《星十字花》は、真円のいばらの輪が《星十字》を囲んだ紋章だ。これは国の宗教儀礼から異端審問、宗教裁判、悪魔祓《ばら》いに至るまで、国教に関《かか》わる一切の事柄を引き受けた機関《改邪聖省《かいじゃせいしょう》》の標章であった。

（改邪聖省……。確かに厄介なお客様かもしれないわね）

ユリアーナは眉《まゆ》を曇らせた。改邪聖省は高位の聖職者や、学識のある敬虔《けいけん》な信徒で構成された組織だ。彼らの中で、ユリアーナの存在を快《こころよ》く思う者はおそらくいないだろう。

なぜなら、ユリアーナは『忌み子《いご》』だからだ。

シュトロイゼル王国の王家では、第一子にふたごが生まれた場合、先に生まれた子のほうは神に愛された『栄光の子』と呼ばれて王位が約束され、あとに生まれたほうは魔に魅入《みい》られた『忌み子』として、王宮から遠く離れた辺境の地に追いやられるという習わしがあった。

ユリアーナが王女でありながら王宮に身を置かず、王国の北の外れ、カレンデュラの森の城で暮らすのは、そうした事情によるものだ。ユリアーナには、十一歳の頃に引き離されてしまった、レティーツィアというふたごの姉がいた。

しかしユリアーナは自分の境遇に、これといった不満を持たなかった。

ただ虚《むな》しく時を過ごすのではなく、領主としての役割を与えられているからだ。

小さなミルヒ村一帯は、忌み子の王族が不在のときは、隣村のホーニヒ村を治める辺境伯《へんきょうはく》が統治している。しかし忌み子の王族がカレンデュラの森の城に移ると、カレンデュラの森と接するミルヒ村に関する全権は、忌み子の手に委《ゆだ》ねられるのだ。

六年前、十一歳の年に王宮を離れ、領主としての地位に就《つ》いたユリアーナが村人たちから信頼を得るのはたやすいことではなかった。まだ幼かったことに加えて、その当時、村人たちは度重《たびかさ》なる飢饉と疫病、そして横行《おうこう》する理不尽《りふじん》な魔女狩りと税の搾取《さくしゅ》に疲弊《ひへい》し、王侯貴族らへの不満を噴出《ふんしゅつ》させていたからだ。

けれどユリアーナは領主に着任してから三年と経《た》たずに彼らの信頼を勝ち取った。

質素倹約《けんやく》につとめて荒れた畑や果樹園の再生に取り組み、短期間のうちに、目に見える形で村を復興させたからだ。それに、王宮にいた頃になりゆきで身につけた医術の知識も、だいぶ役に立った。

　今では古くからここに住まう村人たちも、ユリアーナを一人前の領主として慕《した》ってくれる。笑いかけてくれる。王宮にいた頃は貴族たちに白眼視《はくがんし》され、実の父親にすら冷たくあしらわれ、自分がなんのために生まれてきたのかわからなかったが、ここに来てようやく、自分の居場所を見つけることができたのだった。

　今が満ち足りているだけに、改邪聖省の者の突然の訪問はユリアーナの胸をざわつかせた。

　叩扉《こうひ》の音に、我に返る。

「ユリアーナ様」

　入室の許可を待たずにマルグリットが応接室に入ってきた。

「改邪聖省から来客じゃ。用件を訊《たず》ねても『王女様と直接お話ししたい』などと言うて聞かぬ。通しても良いか」

「いいわ。入ってもらって」

「ではお通しするが……」

　マルグリットはユリアーナのドレスの裾から覗く白い足を見て、呆《あき》れ顔になった。

「靴ぐらい履《は》いておけ」

　ユリアーナは靴を脱ぎ捨てていたことをすっかり忘れていた。

　仕方なしに椅子に座り、窮屈《きゅうくつ》な靴に、レースに包まれた足を収めていると、マルグリットはさらに言った。

「ちなみにティアラも、カボチャを短剣で勢いよく真っ二つにしたときからずれておるぞ」

「そういうことは、その場で言ってくれたらいいのに」

ユリアーナは紅《あか》くなりながら、頭の上に載せたティアラに手をやった。

よく気がつくクラウディアが、『はい』と言って手鏡を手渡してくれる。

「野性的な王女のようで面白いからそのままにしておった」

マルグリットは隻眼を細めてにっこりと笑うと、さっさと応接室をあとにしてしまった。

ほどなくして、彼女はまた応接室に戻ってきた。今度は三人の客人を伴って。

客人たちが断りを入れて入室してくると、マルグリットは部屋の隅にそっと控えた。

クラウディアを膝の上に載せて綿入りの椅子に腰かけていたユリアーナは、それまでの不機嫌そうな顔を一変させて、おっとりとした笑みを浮かべた。

「カレンデュラの森の城へようこそ。遠路はるばるよくぞお越しいただきました」

ユリアーナは人あたりのよい口調で言いながら、さりげなく三人の客人らを観察した。

三名のうち二名は二十代前半くらいの青年だ。肩章《けんしょう》に黄金《きん》のタッセル、前に黄金ボタンを二列に配置した、純白の騎士服に身を包んでいる。鞘に、神聖な花である百合《ゆり》の彫刻が施《ほどこ》された剣を佩《は》き、騎士服の上腕部には星十字花の標章が刺繍《ししゅう》されているので、改邪聖省の直属の聖騎士であることはひと目でわかった。

そのふたりの聖騎士を背後に従えているのは、十七歳のユリアーナよりもひとつかふたつ、年下と思われる少女――いや、少年だった。

柔らかそうな麦わら色の髪に、ペリドットを象嵌《ぞうがん》したような瞳を持つその少年は華奢《きゃしゃ》で、靴の踵《かかと》のぶんを差し引いてもユリアーナと背丈《せたけ》がそう変わらない。下手《へた》をすると十七歳の女性としてはごく平均的な身長のユリアーナのほうが、背が高いかもしれない。

けれどユリアーナが少年を一瞬、少女と間違えかけたのは、その体格のせいだけではなかった。花容双《かようなら》びない、少女人形と見まがうばかりの美しい容貌《すがた》をしていたのだ。

猫の目にも似た双眸《そうぼう》を縁どる黄金《きん》の睫毛は長く、金緑の目見《まみ》は澄み、鼻梁《びりょう》は通っている。

肌は汚れを知らない新雪よりもなお白く、夜光貝の真珠層のように蒼《あお》みがかっていた。

薄く造りの良い唇は血潮《ちしお》の色を透かして、うっすらと紅く色づいている。

彼は騎士の装《よそお》いではなく、金糸《きんし》で飾り刺繍が施された純白の聖衣《せいい》を纏《まと》っていた。首には銀のメダイと星十字に、真珠をつらねた《エステレラ》をかけている。

数珠《じゅず》状の首飾りにメダイと聖十字をつないだエステレラは、礼拝の際には欠かせない道具だ。ミルヒ村の小さな教会の司祭もそうであるように、聖職者であれば、常時身につけるべき聖品とされる。

(この男の子はいったい……)

何者なのか。

幼さの残る外見のわりに、妙に堂々として、落ち着き払っている。国王が寄越してきた賓客《ひんかく》で、聖騎士を二名も護衛につけてきたからには、相応の身分の少年なのだろうが……。

微笑をとり崩すことなくユリアーナが考えはじめたところで、少年は口をひらいた。

「王女様、お初にお目にかかります」

ユリアーナに対し、少年はにこりともせずに言った。

「私は改邪聖省特別異端審問官、クラウス・フォン・メレンドルフと申します。どうぞ以後、お見知りおきを」

クラウスと名乗った少年は胸に手をあてて、形式的な礼をしてきた。

ユリアーナはクラウディアを机上《きじょう》に置いて立ち上がると、クラウスと向かいあった。

目の高さがまるきり同じだった。彼の長靴《ちょうか》の踵と、ユリアーナが履く靴の踵の高さは大して変わらないので、思った通り、彼と自分は同じくらいの身長だったのだ。ユリアーナは自分の目測が正確だったことに密かに満足しつつ、愛想良く挨拶《あいさつ》を返した。

「はじめまして、クラウス殿。あらためて名乗る必要はないかもしれないけれど、わたしは、シュトロイゼル王国の第二王女、ユリアーナ・プリングスハイムです」

穿《は》き心地の悪い固いクリノリンで大きく膨らませたスカートを軽くつまみ、淑女《しゅくじょ》の作法に則《のっと》った完璧なお辞儀をする。お辞儀をしながら、ユリアーナは素早く記憶の糸をひもとく。

特別異端審問官のクラウス・フォン・メレンドルフ。

こうして相まみえるのははじめてだが、噂には聞いたことがあった。

(思い出した)

十三歳という異例の若さで神学校を卒業したあと、官僚《かんりょう》になるための国家試験に一発で合格した天才。改邪聖省に入ってからはますます頭角を現して、昨年の終わりには、史上最年少にして特別異端審問官に抜擢《ばってき》されたという。

異端審問官は呪術をおこなった者や魔女の疑いがある者を審問し、裁く権限を持つ。その頂点に立つのが、たった一名しかその地位に就《つ》けない特別異端審問官なのだ。

特別異端審問官は聖典の教えに背《そむ》いたおこないをした王族を尋問《じんもん》し、異端審問にかけることができる唯一《ゆいいつ》の人物だった。

宗教的に弱い立場にある忌み子のユリアーナにとっては、当然、油断ならない存在だ。

「クラウスで結構です。王女様」

クラウスの言葉に、ユリアーナは伏せていた目を上げた。

視線が交わると、彼は「さっそくですが」と切り出した。

「本日、私が王女様を訪ねて参りましたのはほかでもありません。国王陛下《へいか》より直々《じきじき》にご命令を承《うけたまわ》ったのです」

「どのようなご命令かしら」

『おっとりしていて無邪気な王女』らしく、ユリアーナは微笑み、小さく首をかしげた。

クラウスは表情を変えず、淡々と答える。

「本日より貴女《あなた》の花婿《はなむこ》候補として、このお城で暮らすようにと」

「花婿？　どなたが？」

「私がです」

寝耳に水で、ユリアーナはむせかけた。しかしすぐに動揺を鎮《しず》め、穏やかに口にする。

「あなた、まだ子供でしょう?」

結婚が許可される年齢は、法改正などによって時代ごとに変わるが、現行法では男女ともに十七歳にならなければ結婚できないことになっている。目の前に立つ少年は、どう見ても十四、五歳だ。高く見積もっても十六歳。

ユリアーナの言葉に、それまで微動だにしなかったクラウスの眉《まゆ》がかすかにぴくりとした。

「こう見えても十六です。王女様」

そうだったのか。

「現行法では、私は今からおよそ三カ月後の誕生日を迎えれば、結婚できる年齢になります」

「わたし、結婚なんて聞いていないわ」

「そうでしょうね。国王陛下と私のあいだで、貴女には極秘のうちに決定したことですから」

「どうして極秘に?」

ユリアーナは眉間《みけん》に皺《しわ》を刻みかけたが、途中で気がついて、慌《あわ》てて笑みを浮かべた。

「わたしは一番の当事者なのに、おかしくないかしら」

「おそらく陛下は、貴女がこの話を聞いて怯《おび》え、逃げ出されることを危惧《きぐ》されたのでしょう」

そのひと言に、ユリアーナは内心でほくそ笑んだ。父王や、特別異端審問官にまでそれほど頭の悪い王女だと思われているならば、これまでの地道な努力も報《むく》われたというものだ。

しかしここは、カチンときたふりをしなければ、却《かえ》って不審がられてしまう。

「怯えて逃げ出すだなんて……、わたしはそんな風に思われていたの？　わたしは一国の王女として、お父様……陛下のご命令とあらば、どなたとでも結婚する心づもりがあったのに」

「相手の男が神の御名《みな》において、王女様、貴女を裁くことのできる特別異端審問官であったとしても？」

　愚問だ、とユリアーナは思った。結婚相手がどのような人物であれ、国王の命令は絶対だ。聖職者であるクラウスが王命によって、聖性とはかけ離れた忌み子の自分との政略結婚を受け入れたように、ユリアーナも自分で結婚相手を選びたいなどとは端《はな》から思っていなかった。

　それに、ユリアーナはクラウスのことを別段恐れていなかった。単に彼が年少だからではない。彼が異端審問官たちを束ねる特別異端審問官に就任した頃から、それまで各地で横行していたむごい魔女狩りや不当な宗教裁判が目に見えて激減した。それは彼が改邪聖省の風の流れを変えたからにほかならないのではないだろうか。

　しかしそれを口にすれば、自分で築き上げた『落第王女』という性格設定がブレる。

　だからユリアーナは不安げな顔になるように表情筋を動かして、クラウスを見つめた。

「……裁く？　あなたはわたしに、何かひどいことをするの？」

　するとクラウスは静かに首を横に振った。

「神は罪なき者の血を流すことをお望みではありません。ですから王女様がこれまでのように、ただおとなしくお過《す》ごしになっていてくだされば、私が貴女を傷つけることはありません」

　ほっとため息を零《こぼ》したユリアーナに、クラウスはすかさず「ですが」と付け加えた。

「貴女が邪神と契《ちぎ》ったり、妖術によって人や家畜を呪った場合。またはその疑いが濃くなったとき、私は貴女を異端審問にかけます。神に背き、人に仇《あだ》なす魔女や魔術師は、貴賤《きせん》を問わず厳罰に処する、それが我々改邪聖省の者の務めですから」

……なるほど、若くして要職を任《まか》されただけあって、年のわりにしっかりしているようだ。

素直に感心しつつ、ユリアーナは言った。

「クラウス、わたしは今、神様のご慈悲でこんなにも満ち足りた暮らしをしているのに、邪神だとか、妖術だとか、そんな……恐ろしいことに手を染めたりはしません。けれど、あなたの職務に対するお心がけはよくわかりました。聖職者として、とてもご立派だと思うわ」

クラウスはきっと本当に純粋な信徒だから、仕事にも熱心に取り組んでいるのだろう。

けれどそれだけに、ユリアーナは彼を気の毒に思った。

「ねぇクラウス。あなたはさっき、今日からこのお城で暮らすと言ったけれど、どうせお互い好きあってもいない政略結婚なのだから、せめて十七歳になるまで王都で暮らしていたらどうかしら。だってこんな辺境の村から王都にある改邪聖省に毎日通うのは大変でしょう?」

「通いません」

「え?」

「異端審問、宗教裁判、悪魔祓いに関する重要な案件が発生した際には特別異端審問官として改邪聖省に出仕する必要がありますが、そうでないときは貴女のお傍《そば》におります。王女様」

「それも陛下のご命令なの?」

クラウスは「はい」と言った。

「私は陛下より、本日から貴女の監視役をつとめるようにとおおせつかっております。むしろそちらが陛下の本来のご意向であって、私が貴女の政略結婚の相手だということはいわば建前に過ぎないのです」

監視とは、また穏やかでない言葉が出てきたものだ。

ユリアーナは思案《しあん》した。

為政者《いせいしゃ》のくせに気が弱く、呪術や妖術に怯える父の気持ちになって考える。するど、見えてくるものがある。

ここ十数年ほど、規模に大小の差はあれど、王国の各地で不作や疫病が頻発《ひんぱつ》していた。それで父王は、魔性の力を持つといわれる忌み子の自分を魔女の一種として恐れ、警戒しているのかもしれない。そもそも父王はユリアーナが生まれたそのときから、ユリアーナを嫌悪していたのだ。父王の元正妃にしてユリアーナの実母カタリーナは、姉と自分を生みおとしたその晩のうちに命を落とした。

もともと身体が弱かったというから、お産は母の身に相当の負荷をかけたのだろう。

けれど、父王はそう思わなかった。

――カタリーナが死んだのは忌み子のお前を産んだせいだ！

父王はしばしば発作的にユリアーナを激しくなじった。

王宮にいた頃、ユリアーナが姉のレティーツィアのほかに唯一懐《なつ》いていた宮廷医師アルバンによれば、父王は正妃の死後、心を患《わずら》ってしまったのだということだった。

政務にはこれといった支障はなかったようで、現在に至るまで父の治世は続いている。けれどユリアーナは父王の心理状態を悪化させる存在とみなされ、もう十年以上も前に父との接触を禁止された。現在もその指示は解除されていない。だからユリアーナはもう父王の顔をほとんど憶えていなかった。そして孝行者には薄情な娘だと非難されるかもしれないが、ユリアーナもまた、父王に会いたいと思うことはなかった。

ともかくそういった事情があって、父王はユリアーナに対して憎悪と畏怖《いふ》を同時に覚えていた。だから清廉潔白《せいれんけっぱく》で誰よりも神に敬意を払う特別異端審問官にユリアーナを監視させておくことで、自身の心の安定を図ろうとしているのだろう。

（けれど、結婚までする必要があるのかしら）

ユリアーナの中にとりとめもない疑問が浮かぶ。

だがそれはいくらも考えずに、自己解決した。

特別異端審問官を、なんの理由もなしに忌み子であるユリアーナの傍に置けば、ユリアーナが危険人物の疑いありと、大声で世間に知らせているようなものだ。けれど婚約者に——そしていずれ夫婦になってしまえば、実際のところは四六時中監視する、されるという関係であったとしても、表向きはいつも一緒にいる仲睦《なかむつ》まじい夫婦にしか見えないだろう。

「なるほどね。わかりました」

ユリアーナはやっと納得できた。

「部屋はいくらでも空《あ》いているから、あなたのためにお部屋をしつらえましょう、クラウス」

ユリアーナが言うと、クラウスが背後に控えていたふたりの聖騎士のほうを見やった。下がってもよいという風に目で合図でも送ったのかもしれない。ふたりの聖騎士はクラウスに恭しく頭を下げた。場の空気を察したらしいマルグリットが、聖騎士たちに声をかける。

「そなたたちはのちほど城門までお見送りしよう」

ユリアーナは完全にただの白猫になりすましているクラウディアを抱き上げると、「こちらへどうぞ」とクラウスを先導して歩きだした。

ユリアーナは先代の城主の夫人が使っていたという部屋で起居しているため、夫婦の寝室を挟んで隣にある、城主の部屋は空いていた。緋《あか》い絨毯《じゆうたん》の敷かれた長い廊下をクラウスを案内しながら歩いていたユリアーナは、前を見たまま言った。

「よりにもよって忌み子と政略結婚させられるなんて、あなたも損な役回りね」

クラウスの視線が、自分の背中に向けられたのを感じた。

「王都に想《おも》い慕《した》う女性はいらっしゃらなかったの？」

「そんな女性はいません」

即答だった。

「私に愛する女性がいるとすれば、それはただ一人、純白の聖女様だけです」

「『純白の聖女様』？」

聖典の中に、それに該当《がいとう》する人物は出てきただろうか。

ユリアーナは首をひねったが、それについてクラウスからの補足説明はなかった。必要以上に自分のことを語る気はないのだろう。

(別にいいけど)

冷めた感想をいだきつつ、ユリアーナは先代の城主の部屋の前で足をとめた。

「鍵《かぎ》もかけられるのよ。のちほどお渡しするわね」

そう言って、クラウディアを抱いていないほうの手で扉を開ける。

「わたしが領主になってからは誰も使っていない部屋だけれど、お掃除は行き届いているし、敷布や毛布、枕は新品だから、快適に過ごせると思うわ。ほかに必要な家財や小物があれば、気軽にマルグリットやわたしに申しつけてね」

ユリアーナはすっかり扉を開け放ってから、クラウスに朗《ほが》らかに笑いかけた。

「長旅でお疲れでしょう？　あとでお茶と軽食を運ばせるから、夕食の時間までゆっくりとくつろいでいらしてね。お暇《ひま》だったら城内を好きに見てまわっていただいても構わないわ。この城には大きな図書館があるの。でも、あちこち探検しすぎて迷子にならないようにね」

ユリアーナは気前よく言った。禁書庫と、入られたら困る地下の一室には厳重に施錠《せじよう》がしてあった。だから、あとはどこを見られても問題ない。

『迷子』の一言が気に障《さわ》ったのか、クラウスがユリアーナに冷ややかなまなざしを向けた。

「私を子供扱いなさらないでください」

「だって、子供じゃない。わたしより一年も遅く生まれたんだから」

クラウスは反論しかけたようにひらいた口を、再び閉ざすと、無言でユリアーナとの距離を詰めてきた。冷たく煌めくペリドットの瞳がユリアーナに突き刺さる。

「な、なに？」

「王女様のせっかくのご厚意ですが、私は探検など致しません。くつろぎも致しません」

「だったら、夕刻まで何をして過ごすおつもりなの。……あ、わかったわ。ミルヒ村の教会に行きたいのね？　だったらカレンデュラの森を抜けて――」

「いいえ。申し上げたでしょう。私は貴女を監視するという責務を負ってここまで派遣されてきたのです。貴女のお傍を片時《かたとき》も離れるわけには参りません」

ユリアーナは目をしばたたいた。

「片時も？」

「はい。病《や》めるときも健《すこ》やかなるときも、貴女を監視致します」

大真面目《おおまじめ》な顔で返されたら、ユリアーナの胸に、ふいに意地悪な気持ちがこみ上げてきた。

「ふうん。じゃあわたしが着替えるときも？　眠るときも？　入浴するときも？」

ユリアーナは立て続けに鋭い質問をぶつけた。

まともな感覚の持ち主ならば、すくなからず辟易《へきえき》するだろう。

ユリアーナは、人形のように表情を変えないクラウスが動揺するのをほのかに期待した。

ところがユリアーナの期待に反し、クラウスは涼しい顔で、こともなげに言ったのだった。

「はい。いつでも王女様のお傍におります」

Kapitel Ⅱ

その晩、ユリアーナはとうとう憤慨《ふんがい》した。

「未婚の乙女の寝室にまで入ってくるなんて、あなたってどういう神経をしているの？」

クラウスは恐ろしいほど有言実行だった。昼下がりにこの城にやってきてからというもの、ユリアーナにべったりとくっついてきて片時も離れなかった。

夕食を一緒にとるのはよしとしても、ユリアーナが城の薬草園の植物たちに水をやったり、温室のカボチャの様子を見に行くときも同行してきた。浴室まではさすがについてこなかったが、ユリアーナが入浴を済ませ、薄手の寝衣《しんい》を身につけてから脱衣所の扉を開けたら、そこにクラウスは無表情で突っ立っていたのである。

彼はそこからまた、ユリアーナにまとわりついてきた。ユリアーナの部屋にもお構いなしに入室し、続きの間となっている寝室にもあたりまえのような顔をして入ってきた。

ユリアーナは『おっとりした無邪気な王女』という自分の性格設定も忘れ、不機嫌もあらわに寝台の縁《へり》にドカンと腰かけた。

『にゃあ』

普通の猫のふりをしたクラウディアが足元にすり寄ってくる。

アイスブルーの瞳《ひとみ》がユリアーナに、『王女、本性が丸出しになってるよ』と訴えていた。

けれどたとえおっとりした無邪気な王女であっても、ここは怒って良いところのはずだ。

ユリアーナはもふもふしたクラウディアをひょいと拾い上げて抱きしめると、目の前に立つ、非常識にもほどがある美少年を睨《にら》みつけた。

しかしクラウスはまるで動じなかった。

「国王陛下《へいか》の許可は得ております」

黄金《きん》と白銀《ぎん》の糸で精緻《せいち》な刺繍《ししゆう》が施《ほどこ》された聖衣のポケットから、クラウスは几帳面《きちようめん》に折り畳《たた》まれた羊皮紙《ようひし》を取り出した。それを手早く広げると、ユリアーナの眼前に突きつけた。

そこには父王の筆跡で、たったの一文が書かれていた。

『改邪聖省《かいじやせいしよう》特別異端審問官クラウス・フォン・メレンドルフに、シュトロイゼル王国第二王女ユリアーナ・プリングスハイムの有するいかなる権利も譲渡《じようと》する』

父の署名のほか、押印《おういん》もしてあるので、偽造文書でないことは確かだった。

むっつりと押し黙ったユリアーナに、クラウスは天使のような顔で無慈悲なことを言った。

「つまり私が王命をまっとうするためにどのように行動しようとも、貴女《あなた》には拒否権がないということです。陛下は私に貴女の生殺与奪《せいさつよだつ》の権さえ与えてくださいました」

生かすも殺すも自由という、生殺与奪の権。

酷《ひど》い話だが、ユリアーナは国王《あの男》ならそれくらい特別異端審問官に与えかねないと思っていたので、別段、動じなかった。

だが、「それがどうした」といわんばかりにふんぞり返っていては、長い年月をかけてやっと王侯貴族たちの意識にすり込んだ、『ユリアーナ・プリングスハイムはおっとりしていて、無邪気で病弱。花と宝石とお菓子をこよなく愛する落第王女《バカ》』という設定が、クラウスの前で音を立てて崩壊してしまう。

だからユリアーナは寝台に座ったまま、泣き出しそうな目をしてクラウスを見上げた。

「『神は罪なき者の血を流すことをお望みではない』と言っていたのは、あなたじゃない」

「おっしゃる通りです。けれど先刻も申し上げましたように、貴女が呪術をおこなったり、邪神と契約したり、神の教義に背《そむ》くようなおこないをした場合はその限りではありません」

あ、そう。

じゃあ、とばかりにユリアーナは訊《き》いた。

「男性が未婚の乙女の寝所《しんじょ》に居座るのは、神の教義に背くおこないではないの？　聖典の『汝《なんじ》、姦淫《かんいん》するなかれ』って『不倫をするな、婚前交渉をするな』という意味でしょう？　あなたが一晩中わたしの部屋にいたら、神様はどうだかわからないけれど、俗っぽい人なら確実に後者が頭をかすめると思うわ。あなた、不名誉な誤解をされてしまうかもしれないわね」

ユリアーナはクラウスがいやがりそうなことをわざと言って、彼を追い払おうと試みた。

ところがそれすらも、彼には効力を発揮しなかった。

「王女様は病気の女性に男性医師が一晩じゅう付き添っていたら、その医師を神の教義に背いた不届き者だとお思いになるのですか」

「馬鹿らしい、思うわけないでしょう！」

ユリアーナが腹立ちまぎれにボフン！　とふかふかの寝台を殴《なぐ》ると、腕の中にいたクラウディアが、『落ち着きなよ、王女』とでも言いたげに『にゃあ』とひと声鳴いた。

クラウスは表情こそ変えなかったものの、「それでしたら」とどこか勝ち誇ったような口調で言った。

「人の身の内から悪魔を退《しりぞ》ける聖職者は、病魔を退ける医師と同じようなものです。私のことはただの木か石だと思われて、どうか安らかにお眠りください」

「……わかったわよ」

ユリアーナはクラウディアを寝台の上に載《の》せると、自身ものろのろと上がった。

「でも寝る前に少しだけ読書をしたいから、灯《あか》りはまだ消さないでね」

ユリアーナはクラウスに告げてから、フリルのあしらわれた枕の下から分厚い書物を引っ張りだした。上半身だけ起こし、クラウスに中身を覗《のぞ》きこまれないように本を立てた状態で読書をはじめると、彼が目を光らせた。

「何を読まれているのですか、王女様」

やっぱりきたか、とユリアーナは思った。

おおかた、彼はユリアーナが妖術か黒魔術の本でも読んでいるのではないかと疑っているのだろう。しかし実際に彼女が読んでいるのは、色々な薬草の効能や副作用が書き記された、れっきとした医学書だった。ただし古くから伝わる民間療法について書かれた書物でもあるので、これをクラウスの前で堂々と読むわけにはいかなかった。

こうした書物は、場合によっては魔女の読みものと判断されるのだ。

しかし新しきを知るためには、故《ふる》きを温めなければならない。

だからユリアーナは、この手の書物を読むのを毎晩欠かさなかった。特別異端審問官が監視役についたからといって、自分の生き方や生活習慣をあらためるつもりは毛頭ない。

かといって、改邪聖省の推奨《すいしょう》しない書物を読んでいることがクラウスの知るところとなって、彼に目をつけられるのも賢明とはいえない。

書物はその人の興味の対象や思想をわかりやすく他者に示す、ある意味危険な道具だ。

だからユリアーナは、自分が書物をひらけば、クラウスはかならずその中身について質問してくるだろうと踏んでいた。

そこでユリアーナは偽装《ぎそう》した。クラウスがほんのわずかな時間いなくなったその隙《すき》に、読みかけの分厚い医学書の表紙に、古い長編恋愛小説の表紙を糊《のり》で貼りつけたのだ。まともに製本する時間などとてもなく、ひどく雑な工作になってしまったが、小さな灯りだけが照らす夜の薄暗がりの中では粗《あら》も見えないだろう。

箔押《はくお》しされた書名だけが、ちょうど良い具合に灯りを反射して黄金《きん》色に輝いていた。

『蜜よりも甘い夜の口づけ』

ユリアーナは書名を指さして、クラウスににこりと微笑みかけた。

「大衆向け恋愛小説よ。わたし、恋の物語が大好きなの」

予想では、クラウスはそこで引き下がることになっていた。

ところが。

「中も見せてください」

よほど慎重な性格らしく、彼は予想だにしなかったことを口にした。

（まずい）

ユリアーナは背中に冷や汗が伝うのを感じながら、この場をどう切り抜けるべきか考えた。

拒否すれば、クラウスはきっと国王から与えられた権利を遠慮なく行使して、自分から書物を奪い取るだろう。腕力勝負ならば、普段、畑仕事もしている自分のほうが彼に勝つ自信があった。なにしろ彼と自分は同じくらいの背丈《せたけ》、同じくらいの細さだからだ。しかし力技で死守したところで、彼の疑惑はますます深まるばかりだろう。

ユリアーナは迷った末に決断すると、動悸《どうき》を鎮《しず》めて言った。

「構わないわよ。わたしがいま読んでいるのは、裸の男女が熱い口づけを交わしながら抱きあうような愛の物語だけれど。そういうのにご興味がおありならば、どうぞお好きなだけ読んでちょうだい」

ユリアーナが『蜜よりも甘い夜の口づけ』と題された医学書をずいっとクラウスの前に差し出すと、彼はまるで汚物を避けるかのように、寝台から素早く一歩、身を引いた。

「遠慮致します。そんな不潔な書物に触れたら、純白の聖女様に捧《ささ》げた私の魂《たましい》が穢《けが》れます」

　クラウスは嫌悪感もあらわに言うと、聖衣の胸のあたりに手をやって、白銀《ぎん》の輝きを帯びた星十字《せいじゅうじ》をぎゅっと握りしめた。ユリアーナは内心で会心の笑みを浮かべた。どうやら一か八かの賭けじみた、思い切った作戦は大成功に終わったようだった。

（勝った。……それにしても、『純白の聖女様』って、本当にいったい何者なの？）

　ユリアーナはまたもや気になったが、口にはしなかった。

　せっかくクラウスが、メダイと星十字をつないだエステレラの珠《たま》を一粒ずつ指で繰《く》りながら悪を退ける祈りの詠唱《えいしょう》をはじめてくれたのだから、この好機を逃す手はない。

「残念だわ。神の愛《アガペー》が尊いのは言うまでもないことだけれど、人の愛《エロース》だって美しいのに……」

　ユリアーナは適当なことを呟いてから、クラウスの傍《そば》で堂々と医学書に読み耽《ふけ》った。


　森で囀《さえず》りはじめた小鳥の声で、ユリアーナは目を覚ました。

　まだ眠たかったユリアーナは、枕の下に手を差し込んで『蜜よりも甘い夜の口づけ』の表紙を貼りつけた医学書があるのを確かめてから、ころんと横向きに寝返りをうった。途端、

「きゃあ！」

　ユリアーナは短い悲鳴をあげて飛び起きた。クラウスがいる。

　いや、それだけならば驚かない。

　眠りについたのは四時間も前になるだろうか？　にもかかわらず、クラウスは四時間前とま

るきり同じ位置に、まるきり同じ姿勢で寝台の横に立っていたのである！

「おはようございます。王女様」

クラウスは涼しい顔でユリアーナに挨拶《あいさつ》をした。ユリアーナはドキドキと早鐘《はやがね》を打つ左胸を押さえながら、できるだけ冷静に返した。

「お、おはよう。あなた……まさか、一睡もせずに昨夜からずっとそこにいたの？」

「そうです。四六時中、王女様を監視させていただくと申し上げたでしょう」

クラウスはほとんどまばたきをしない、黄緑色の玻璃《ガラス》玉のような目で彼女を見た。少しも眠っていないというのに、彼の目はぱっちりとひらき、丹朱《たんしゅ》の唇《くちびる》も冴《さ》えていた。

「……あなた、本当に人間なの？」

「人間です」

クラウスは造り物のように整った顔立ちをしているし、本当は人形なのではないかと空想してしまったユリアーナの寝ぼけた問いに、彼は冷たく即答した。

そのとき、外から扉を叩《たた》く音がした。

「なにやら悲鳴が聞こえたようじゃが」とのんびりとした調子で言いながら寝室に入ってきたのはマルグリットである。水盆を両手で持った彼女は、青薔薇《あおばら》のアイパッチに覆《おお》われていないほうの目にクラウスを映すと、小首を傾《かし》げた。

「私はユリアーナ様のお召し替えのお手伝いに参ったのじゃが、クラウス殿、そなた、ずっとそこにおるつもりか？」

「はい」

「では、後ろを向いておれ」

「わかりました」

クラウスは素直に返事をすると壁際《かべぎわ》に歩いてゆき、寝台に背を向けた。

ユリアーナは寝台から飛び降りると、同い年のマルグリットに泣きすがった。

「マルグリット、いや！　お願いよ、クラウスをこの部屋からつまみ出して！」

「大丈夫じゃ。私はこやつがムラムラして振り返らないことに、金貨十枚賭けても良いわ」

「わたしだって賭けてもいい。この子、男女の愛を不潔だと思っているくらいだもの」

でも――でもなんだか厭《いや》なの！

と叫んでユリアーナはマルグリットに抱きついたが、彼女はユリアーナの背中をぽふぽふと叩いてなだめてくるだけで、彼を追い払ってはくれなかった。マルグリットはユリアーナの肩で結ばれた寝衣《しんい》のリボンをほどきながら、クラウスに声をかけた。

「しかし、クラウス殿。ときにそなた、自分が入浴するときはどうなさるおつもりじゃ？」

クラウスは直立不動で壁を見つめたまま答えた。

「王女様に手枷《てかせ》をつけておきます」

とんだ回答に、ユリアーナはクラウスの麦わら色の頭をキッと睨みつけた。

「やめてよ。手枷なんてつけられたら、そのあいだお茶も飲めないじゃない！」

「……そういう問題かのぅ」

「手枷をつけられるのが不都合でしたら、ほかの拘束具でも構いません。足枷も腰縄もご用意して参りました。どうぞ王女様のお好きなものをお選びください」

「用意周到すぎるし、どれも厭こ…………うぐっ」

最後のうめき声は、背後にまわったマルグリットにコルセットの紐《ひも》をきつく締めあげられて思わず零《こぼ》れたものだった。マルグリットはコルセットを締めるときは容赦《ようしゃ》がなかった。

「私に監視されるお立場のくせに、王女様は随分とわがままでいらっしゃるのですね」

ユリアーナの衣服が脱がされてゆく衣擦《きぬず》れの音が響いても、ユリアーナがうめき声を上げても、ぴくりとも反応せずに突っ立っているクラウスは、冷然とした声で続けた。

「しかし構いません。こんなこともあろうかと、昨夜のうちに別の策も考えておきました」

「別の策？」

ドロワーズの上に、花片《はなびら》が幾重《いくえ》にもなった白薔薇のようなパニエをかさねられながらユリアーナは訊き返した。クラウスは「今におわかりになります」とだけ答えた。

マルグリットが、我関せずといった調子でユリアーナに訊く。

「ユリアーナ様、本日のドレスはA《アー》になさるか。それともB《ベー》？　はたまたC《ツェー》？」

「……Aにしておくわ」

ユリアーナが所有するドレスは、おおまかに三通りに分類される。

Aは生地《きじ》が惜しみなく使われ、宝石の粒や刺繍で装飾された、いかにも王女らしいドレス。

Bは機能性を重視したエプロンドレス。往診《おうしん》に出向いたり、カボチャ畑を耕すときはこれ。

Cはどちらにも該当《がいとう》しないものである。露出の多い夜会用のドレスなどがこれにあたる。

本当はドレスBを着て、リボンで編み上げた革のブーツを履《は》いて身軽に動き回りたいのだが、クラウスに不審の目で見られるような格好は、まだ避けたほうが無難だろうと判断した。

着るものにあまり頓着《とんちゃく》しないユリアーナに代わってマルグリットが選び、手早く着せてくれたのは、デコルテの大きく開いた珊瑚朱《さんごしゅ》のガウンドレスだった。

襟《えり》ぐりにはレースの縁飾《ふちかざ》りが施されており、ボディスの胸元には枠に真珠を嵌《は》めた紅玉《こうぎょく》のブローチが輝く。前が開いたギャザースカートから覗くアンダースカートは、珊瑚朱の反対色に近い濃藍《こいあい》だが、一着のドレスに仕立てあげられると、二色は不思議とよく調和した。

洗顔のあとに手際《てぎわ》よく薄化粧を施される。ふわふわした蜂蜜の結晶色の髪を梳《くしけず》られて、首すじに薔薇水を吹きかけられ、最後にダイヤモンドが星のようにきらめくティアラを頭に載せられたところで、ようやくユリアーナの身支度が完了した。

「クラウス殿、待たせたの。どうじゃ、今日のユリアーナ様もとてもお美しいじゃろう」

クラウスは振り返ると、ユリアーナを視界に入れた。

「はい。とてもお美しいです、王女様」

彼は何の感慨《かんがい》もなさそうな顔で、マルグリットの言葉をそのまま引用した感想を述べた。

ユリアーナは美しいと言われ、こんなに微妙な気分になったのははじめてだった。

黙りこんでいると、寝室と日中の私室を隔てている扉の隙間《すきま》から、足音も立てずにクラウディアが入ってきた。

精霊という存在は魔性とみなされるため、賢いクラウディアはクラウスがやってきてからというもの、『にゃあ』しか言わない。ユリアーナはそれが少し寂《さび》しかったが、もふもふとしたクラウディアを抱いているだけで、心の癒《い》やしになる。

「おはよう、クラウディア」

ユリアーナがドレスのスカートの裾《すそ》を揺らしながらクラウディアに歩み寄り、抱き上げようとしたときだった。横から伸びてきたクラウスの手が、クラウディアをかっ攫《さら》っていった。

無表情でクラウディアを抱いたクラウスに、ユリアーナは眦《まなじり》をつり上げて抗議した。

「返してちょうだい。クラウディアはわたしの猫よ」

「王女様の愛猫《あいびょう》ですか」

「そうよ」

「それでしたら、私にとって好都合です。私はクラウディアを連れて身を清めて参ります」

噛みあわない会話にユリアーナがぽかんとなっているあいだに、クラウスはもうクラウディアを両手で抱いたまま、部屋の扉に向かって歩き出していた。ユリアーナは突然ハッと察して、彼を追いかけた。

「これが昨夜思いついたという策なの？　あなた、ご自分が入浴その他の用事でどうしてもわたしの傍《そば》を離れなければならないときは、クラウディアを人質ならぬ猫質《ねこじち》にするつもりね!?」

「はい。王女様が私の不在中に神の教義に背くおこないをなさったときは、この猫を私のものに致します。もっとも、私の入浴や水浴びに貴女がついてきてくださるならば猫質をとる必要もなくなるのですが」

「行くわけないでしょう！」

「そうおっしゃると思いました。では王女様、御前《ごぜん》を失礼致します」

クラウスは廊下に出てしまった。彼の肩から顔だけ覗かせたクラウディアが、自分を猫質として差し出したユリアーナをじと目で見つめている。

（ごめんなさい、クラウディア。この埋め合わせはかならずするわ）

クラウスに連行されて廊下の向こうに遠ざかってゆくクラウディアを見送りながら、ユリアーナは胸の内で謝罪した。しかしクラウディアの身を案じていつまでもこんなところにぼーっと立っていても仕方がない。ユリアーナは白猫ごとクラウスの姿が見えなくなると、さっさと気持ちを切り替えて私室に引き返した。

「マルグリット、今日の予定を確認したいのだけれど」

「午前中に宝石商が来訪。以上じゃ。往診の予定は無し」

ユリアーナは安心した。もしも往診の予定が入っていたら、貼りついてくるクラウスと戦って倒してでも患者のもとに行かなければならなかった。

ユリアーナがまだ王宮で暮らしていた頃、王宮仕《づか》えの医師にアルバンという優れた老医師がいた。ユリアーナにこっそりと医学を教えてくれた彼は、ユリアーナがカレンデュラの森の城に移されるのに先んじて侍医《じい》を引退したあとは、医師がいなかったミルヒ村で、小さな診療所を開業した。

王宮を離れたことで比較的自由の身となり、アルバンに本格的に弟子入りしたユリアーナは、三年前に彼がこの世を去ってからはミルヒ村で唯一《ゆいいつ》の医師となった。

だからユリアーナに領主としての本業に励むかたわら、村医師として、病人が出た家に往診に行ったり、薬の調合や研究に日々取り組んでいた。

ユリアーナは修道院で盛んに研究されているような西洋医学のみならず、長い歴史を持つ東洋の大国でおこなわれている医術を、必要に応じて自分の医療に取り入れた。また時として、今では魔女と呼ばれる森の賢女たちが、秘密の暗号や口伝《くでん》によって密かに後世に引き継いできた素材で薬を調合することもあった。ただしこれらはいずれも、医学的には有用でも、聖職者たちの間では異端の呪術とみなされた。

クラウスに見つかれば、高確率で異端審問にかけられるだろう。ユリアーナは異端審問所に出廷するのは構わなかったが、その間、ミルヒ村に医師が不在になるのが心配だった。

仕事のことを考えていたら、ユリアーナはふと些細《ささい》なことを思い出した。

「マルグリット、そういえば、薬を包む油紙が切れかけていたの。いつもの商人に発注しておいてくれる？　それから、ガーゼと包帯も。こちらはまだ結構残っているけれど、ついでに補充しておくわ」

「承《うけたまわ》りました、ユリアーナ様」

マルグリットはわざとかしこまった風に言うと、しずしずとその場をあとにした。

自分が医師であることを隠さない、こういったやりとりはクラウスの前ではできないので、ユリアーナはほっとため息をついた。

ユリアーナはクラウスがいない隙にほかになにかできないかと思案したが、部屋をうろうろしているうちに、カラスの行水よろしく、クラウスが帰ってきた。

部屋に入るやいなやクラウスの腕から解放されたクラウディアは、よほど彼に抱かれているのが厭だったのか、すぐさまユリアーナの足下に駆け寄ってきた。ユリアーナはクラウディアを抱き上げながらクラウスに微笑みかけた。

「お帰りなさい。早かったのね。もっとゆっくりしてきても良かったのに……」

「私は王女様の監視役です。王女様のお傍を長く離れるわけには参りません」

抑揚《よくよう》のない声でそう呟《つぶや》いたクラウスの髪はしっとりと濡れそぼち、雫《しずく》が滴《したた》っている。

「職務に熱心なのは結構だけれど、髪をちゃんと拭《ふ》かないと風邪《かぜ》をひくわよ」

ユリアーナはクローゼットの抽斗《ひきだし》から小さな綿織物を一枚取ってくると、問答無用でクラウスの髪をわしわしと拭いた。

クラウスは礼も言わず、かといって拒むでもなく、ユリアーナにされるがままになっていた。

ユリアーナはつい笑みを零《こぼ》してしまった。

「なんだか、急に手のかかる弟ができたみたい」

「子供扱いはやめてください」

「はいはい」

ユリアーナが軽くあしらっていると、再びマルグリットがやってきて、朝食の準備が整ったことを知らせた。マルグリットはユリアーナの用命をさっそく済ませてしまうつもりなのか、二人が部屋から出てくるのを待たずに、彼女の自室に行ってしまった。

侍女《じじょ》だけではなく、宝石鑑定士としての顔も持つマルグリットに、ユリアーナと同じく多忙な日々を送っていた。貴族や資産家からしばしば宝石を預かっては、自分の部屋に置いてある特殊な道具で真贋《しんがん》や品質を見極めている。ユリアーナとマルグリットはそれぞれの仕事について深く干渉《かんしょう》することはないが、手に職をつけた同じ女として、胸の内では互いに敬意を払っている。ユリアーナは彼女との、そんなさっぱりとした関係が心地良かった。

「スープが冷めてしまう前に行きましょうか」

ユリアーナはクラウスに声をかけた。

「はい」

クラウスは生返事をしつつ、おそらくは無意識的に、白い聖衣の胸の前で光る白銀の星十字に触れていた。何か迷っている様子の彼の挙動を見て、ユリアーナは察した。

修道女は、朝食の前に礼拝堂で朝のお祈りをするのを欠かさないのだったか。

修道院で育ち、神学校を出たというクラウスも敬虔《けいけん》な信徒だから、ひょっとすると礼拝堂に行きたいのかもしれない。

ユリアーナはクラウディアを抱いて私室を出ると、廊下を、食堂に近い階段とは真逆の方向に向かって歩きだした。その突きあたりの階段は庭に出られるエントランスへと通じている。

ユリアーナの三歩後ろからクラウスがついてくる。城の見取り図がもう頭に入っているのか、彼は怪訝《けげん》そうに訊《たず》ねてきた。

「どちらへお行きになるのですか、王女様」

「城の敷地内にある小さな礼拝堂よ。朝食の前に、朝のお祈りをするの」

ユリアーナはクラウスの顔を見ずに答えた。クラウスにはとても言えないが、ユリアーナは完全なる無神論者だった。神に祈って救われた例《ためし》がない。

(――あのときだって)

遠い記憶を辿《たど》るといつも、肩甲骨《けんこうこつ》から背の中ほどにかけて、じくじくとした痛みが駆け巡る。底のない沼に引きずり込まれてゆくような錯覚を起こす。ユリアーナは軽く頭を振って、胸に生じた暗い想念を追いやった。過去を振り返るのは無意味なことだった。

ともかくユリアーナは、人間の肉体や精神を救うことができるのは人間の知恵と力だけだと考えていた。お祈りをする習慣など、本当はなかった。

けれど信心深いクラウスは違うだろうから。

(仕方なく付き合ってあげるのよ。本当は神様にお祈りを捧《ささ》げたいのに、王女の監視者という役割に縛《しば》り付けられているせいでそれを叶《かな》えられないのは可哀想だものね)

階段を下りながら、ユリアーナは感謝しなさいよという思いで、背後からついてくる少年を見やった。途端ユリアーナは、うっ、と声を詰まらせた。

クラウスが子犬化していた。色素の薄い緑の瞳が、純粋そうにきらきらと輝いている。生気のなかった白い頬《ほお》には淡い朱が差している。無表情ではあるが、礼拝堂と聞いて彼が喜んでいるのは明らかだった。尻尾を振った子犬のようについてきている。

ほかの場所についてくるときは、振り払っても振り払ってもまとわりついてくる蜘蛛《くも》の巣か、気がつくとひたりと肌に吸いついている蛭《ひる》のように不気味で陰湿な気配を漂わせるのに。

(なんてわかりやすいのかしら。そういうところが子供なんじゃない)

ユリアーナは前方に視線を戻し、それきり会話も交わさずに屋内を出た。

生絹《すずし》を張ったような薄曇りの空から、絹糸のような陽光が地面に差していた。

光の中を薄水青《うすみずあお》の蝶が舞っている。鱗粉《りんぷん》が零れ、星屑《ほしくず》のようにきらめいていた。

夏の終わり頃からほころびはじめた幾つかの薔薇が、朝露《あさつゆ》を帯びて香っている。

じきに雪白や薄紅《うすべに》の薔薇で鮮やかに彩《いろど》られる、翠《みどり》の小径《こみち》を抜けた先に、白い石造りの礼拝堂は建っていた。正面から見ると、三角屋根に星十字を頂いただけの質素な建物だが、礼拝堂としての機能は古くから果たされていた。

王族ではあっても、秘されるような立場にある忌《い》み子《ご》の婚礼は大々的におこなわれず、この小さな礼拝堂の中でひっそりとはじまり、そして終わるのが慣例だからだ。

三カ月後には自分もここでクラウスと結婚式を挙げることになるのだろう、と、ユリアーナは実感も感慨もなく、ただ考えた。

クラウディアを片手に抱き直し、ユリアーナは扉を開けた。

礼拝堂の内部は光と静寂《せいじゃく》に満ちていた。

何列にもなった長椅子の間の通路を歩き、ユリアーナは星十字を背にした祭壇の前に跪《ひざまず》いた。

両手のひらを組み合わせて、瞼《まぶた》を閉じる。しばらくそうしていると、ユリアーナは少し後ろに立ったクラウスも膝《ひざ》をつき、自分に倣《なら》った気配を感じた。

何も祈っていなかったユリアーナは目を開けた。

衣擦れの音を立てないように、細心の注意を払いながらクラウスの様子を窺《うかが》うと、彼は瞳を閉じ、首から外したエステレラの珠を一つずつ指で繰りながら、一心に祈りを捧げていた。

使徒信条《しとしんじょう》からはじまる《エステレラの祈り》は、救世主の祈りを一回、聖霊の祈りを十回、栄えの玄義《げんぎ》一回を黙想して初めて《一連《いちれん》》となり、五連で《一環《いっかん》》となる。

エステレラの珠の数だけ黙想するというのはユリアーナにとっては気が遠くなるようなことだったが、聖職者の彼にとってはそれがあたりまえの日課なのだ。

ユリアーナの腕の中にいたクラウディアがもぞもぞし、アイスブルーの瞳でユリアーナの顔を見あげた。『まさか《一環》が終わるまで付き合ってやるつもりじゃないだろうね』と、呆《あき》れ果てたようなその目が訊いている。ユリアーナはクラウスの祈りの邪魔をしないように、無言で頷《うなず》いた。

聖霊や薔薇の花がえがかれたステンドグラスから光が差しこんできて、クラウスの澄んだ頬をよりいっそう白く照らした。麦わら色の長い睫毛《まつげ》が静謐《せいひつ》な光を纏《まと》い、黄金色に輝く。

(なんだか、宗教画に出てくる天使みたい……)

クラウスを包み込む空気はどこまでも清浄で、彼は本当に美しかった。

祈りも終盤に差しかかったと思われる頃。

ぐー。きゅるるるるー。

厳粛《げんしゅく》な場に突如《とつじょ》として怪音が響き渡った。ユリアーナの腹が盛大に鳴ったのだ。

ユリアーナは真っ赤になって胃のあたりを押さえたが、クラウスは聞こえていなかったのか、そのまま黙想を続けた。ユリアーナはほっと安堵《あんど》の息をついた。クラウディアが、ユリアーナに抱きしめられながら小刻みに震えていた。必死に笑いをこらえているらしい。

クラウスは透き通るように白く細い指で一環の最後の珠を繰ると、そっと瞼を持ちあげた。

ユリアーナと目が合ったとたん、彼は眉《まゆ》をひそめ、軽蔑《けいべつ》の色を隠さずに言った。

「なんですか、あの音は。信じられません。王女様のせいで気が散りました」

ユリアーナは恥ずかしいやら腹立たしいやらで、むきになって反論した。

「生理現象なのだから仕方ないでしょう！　だいたい、ちょっとわたしのお腹が鳴ったくらいで気を散らすようでは、あなたも修行が足りないのよ！」

クラウスは『ちょっと』のくだりでわずかに眉を動かしたが、何も言わなかった。

せっかく長いお祈りに付き合ってあげたのに、この態度！　気を悪くしたユリアーナはクラウディアを抱《かか》えたまま勢いよく立ち上がると、先に礼拝堂をずんずんと出ていった。

クラウスと一緒に無言で朝食を済ませたユリアーナは、その後、応接室に移動した。

じきに正午を迎える現在、飴《あめ》色の机を挟んだ向かいの席には、昨日とは別の宝石商が座っていた。中肉中背で日に焼けた肌をした、中年の男性である。彼は国内外から貴重な薬用鉱物を仕入れると、他のどんな熱心な蒐集家《しゅうしゅうか》の客よりも先にユリアーナに商談をもちかけてくれた。

ユリアーナがもっとも贔屓《ひいき》にしている宝石商だった。

「黄昏石《たそがれいし》と月光雲母《げっこううんも》、それから桜水晶《さくらずいしょう》を買うわ」

ユリアーナはマルグリットに鑑定をしてもらったあとで、宝石商に言った。

原石の状態のこれらは、あとで粉末状にして薬剤として用いる。馴染《なじ》みの宝石商はユリアーナが医師であり、鉱物を薬剤にすることを承知しているが、今、彼女の背後に影のように控えているクラウスはそれを知らない。また、知られてもならなかった。

だからユリアーナは、昨日のようにマルグリットと茶番を繰り広げた。

「桜水晶は、細い黄金《きん》の鎖《くさり》につないで首飾りにするの。どうかしら、マルグリット」

「名案かと。桜色はユリアーナ様の乙女らしい瑞々《みずみず》しさをよりいっそう際立《きわだ》たせるでしょう」

「お決まりでございましょうか。ではこちらの三点、お代は……」

宝石商がにこにこ顔で値段を提示した。

クラウスは会話には一切加わらず、そんな三者のやりとりをただ黙って見ていた。

支払いを済ませると、ユリアーナは宝石商を応接室の外まで見送るために席を立った。

そのときである。ユリアーナは突然、背中にひりつくような痛みを覚えた。

カーテンの開け放たれた窓から空を仰ぐと、今朝までは薄曇りでぼんやりと明るかった空は、いぶし銀の暗い雲に覆われて、今にも雨が降り出しそうに見えた。

こんな天気の日は、決まって背中の古傷が痛むのだった。

「ユリアーナ様」

ユリアーナの異変に気がついたマルグリットが、気遣《きづか》わしげに声をかけてきた。

いつも傍にいる彼女は、天気の悪い日にユリアーナが背中の疼《うず》きに悩まされることをよく知っていた。

「大丈夫。マルグリットは彼をお見送りしたら、そのまま出かけて構わないわ」

ユリアーナは痛みをこらえて言った。マルグリットは午後に王都へ行く予定があった。彼女は今日、王都に住む、とある伯爵《はくしゃく》夫人に宝石の鑑定を依頼されているのだ。

「……わかった。くれぐれも無理はせぬように」

その一言にユリアーナが無言で頷くと、マルグリットは宝石商とともに部屋を出ていった。

王都に一泊すると言っていたから、彼女は明日まで帰ってこない。

それぞれの仕事の都合で彼女と二、三日くらい離れることはそうめずらしくはなかったが、何故か今日に限って、ユリアーナは心細い気持ちになった。古傷が痛むせいかもしれないし、まだ感情がいまひとつ読めないクラウスが――というよりも、聖を尊び、邪を改める特別異端審問官が、自分の傍を離れないからかもしれない。

（……しっかりしなければ）

身体の不調が改善されると、案外、それにともなって不安も解消されることが多い。

ユリアーナはともかくも、沈痛効果のある薬草を煎《せん》じて飲むことにした。彼女は薬を取りに、いったん私室に戻った。古傷が痛むたびに必要になるので、乾燥させて細かくした薬草を何種類か混ぜた鎮痛薬を、寝台のサイドテーブルの抽斗《ひきだし》に常備していた。

可憐な蔦《つた》薔薇の彫刻が施された抽斗のひとつを開けると、木栓《もくせん》で蓋《ふた》をした小瓶《こびん》が隙間なく収まっている。ユリアーナはそのうち、《Veilchen《菫》》と書いたラベルが貼ってある小瓶を取り出した。抽斗に入っているすべての小瓶に花の名を記したラベルを貼っているが、それらはすべてユリアーナが調合した薬だった。

鎮痛剤は『菫《すみれ》』、吹き出物を治す薬は『かすみ草』といった具合に。

煎じ薬の材料を花の香りがする茶葉のように見せかけているのは、異端審問官避けだった。ラベルに花の名前を記しただけではなく、実際に、薬草に花の香りをつけている。どの薬がなんの花かはすべて記憶しているから、間違えない。

ユリアーナはクラウスがここに来る前から、いつ特別異端審問官がやってきても慌《あわ》てずに済むように、私室に置く薬瓶に限り、そんな工作をしていた。

「王女様、それは？」

「お花の香りがするお茶」

ユリアーナはクラウスの質問に答えてから抽斗を閉めると、菫の小瓶を持って部屋を出た。

料理人は外でジャガイモでも洗っているのか、厨房《ちゅうぼう》に人はいなかった。

ユリアーナが水を張った鍋に火をかけると、またもクラウスから問いをぶつけられた。

「王女様は、手ずからお茶をお淹《い》れになるのですか」

お茶は使用人に淹れてもらうことがほとんどだが、煎じ薬は自分で服用するものも、他人に処方するものも、医師である自分で作る。ユリアーナは湯が煮立つと、薬草を細かくしたものを薬匙《やくさじ》に二杯掬《すく》って鍋に入れた。

「今日に関しては……マルグリットがいないんだもの」

「けれど、ほかにも使用人はいるでしょう。その者たちにご用命なさればよろしいのに」

ユリアーナは菫の香りの湯気が立つ鍋をゆっくりと掻きまわしながら、クラウスを見た。

美しいペリドットの瞳に浮かんでいるのは、ユリアーナに対する、深い疑念だった。

「マルグリットとわたしのほかに上手にお茶を淹れられる人は、この寂しいお城にはいないわ」

ユリアーナはにこりと笑ってから、鍋に視線を戻した。

クラウスは沈黙した。納得したのか、していないのか。何を考えているのか、それとも何も考えていないのか。ユリアーナは謎めいた彼の胸の内を何一つ推《お》し測《はか》ることができなかった。

ただ、用心しなければならない、と思った。クラウスは天使のように清らかで、ときに子犬のように可愛い少年だ。でも、忘れてはいけない。

彼は高位の聖職者で、自分は魔性の力を秘めているとされる忌み子の王女であることを。

彼が自分を監視するために国王から遣わされた、特別異端審問官であることを。

相容《あいい》れない存在なのだ。だから、ユリアーナは彼に隙を見せてはならないと思っていた。

背中の痛みは一向に治まる気配がなく、ユリアーナは下唇の裏をきつく噛みしめた。

──病《や》めるときも健《すこ》やかなるときも、貴女を監視致します。

クラウスはそう宣言したが、人間に生理現象がある以上、彼が完全に四六時中ユリアーナの傍に貼りついていることは現実的には不可能だった。

ユリアーナは自室の書き物机の前に座り、濃厚な恋愛小説『蜜よりも甘い夜の口づけ』の表紙を貼った医学書を読み耽《ふけ》りながら、『菫』という名の煎じ薬を飲んでいた。

クラウスはじっと部屋の隅に控えてユリアーナを監視していたが、唐突に動き出すと、ユリアーナの足下でまどろんでいた猫質──もとい、クラウディアを抱き上げて部屋を出ていった。

彼は終始無言だったので、単に用足しに行ったのか、それとも礼拝堂に祈りを捧げに行ったのかは定かではなかった。

ユリアーナは扉が閉まるのを見届けると、「はぁ～」という長く深いため息とともに机に突っ伏した。

なんだかどっと疲れた。けれども古傷の痛みは引いてきていたので、こうしている場合ではない、と思い直し、しゃんと背すじを伸ばした。

（クラウスのいないあいだに、さっき買いつけた月光雲母を粉末状にしておこう）

ユリアーナは書き物机の抽斗を開けた。そこには両手に収まるくらいの宝石箱が入っている。

宝石箱の蓋には綿《わた》を入れた真珠色の絹が張られており、水晶のビーズが、絹にひし形を連ねたような模様をえがくように縫《ぬ》い留《と》められていた。

蓋の中央を飾るのは、黄金の枠に嵌《は》められた大粒の水宝玉だ。

一国の王女が手にするに相応《ふさわ》しい優美な宝石箱だが、ユリアーナの手に渡ったが最後、それは完全なる標本箱と化した。板で仕切られたいくつもの正方形の中に、美しい鉱物から地味な鉱物まで、色とりどりの薬用鉱物の原石が整然と収められている。

昨日ユリアーナをカボチャ頭の王女呼ばわりした宝石商から購《あがな》った雪花石膏《せっかせっこう》も琥珀《こはく》も紅珊瑚《べにさんご》も、今日入手したばかりの黄昏石も月光雲母も桜水晶も、特に貴重な薬用鉱物は、すべてこの宝石箱に保管していた。

ユリアーナが絹の台座に載った月光雲母に手を伸ばそうとしたとき、机の下から黒くて長い耳がふたつ、突如としてぴょこんと飛び出してきた。

『告げ口しちゃお、告げ口しちゃお。森の小鳥とリスたちが〜、《ルアの花》が今夜から咲くって噂してました〜！』

「まあ。めずらしく有益な告げ口をありがとう、黒うさぎ。ご褒美《ほうび》にお菓子をあげる」

ユリアーナは、煎じ薬のティーボウルと一緒にトレイに載せてきた陶製の菓子皿からプレッツェルを一枚取ると、机の下に差しだした。するとうさぎの黒い前脚が伸びてきてプレッツェルを受けとった。それから黒うさぎはぱちん！　という音を立てて消えた。

「さて」

ユリアーナは書き物机に両肘《りょうひじ》をつき、組みあわせた手の甲に顎《あご》を載せて考えた。

《ルアの花》は初秋の頃、七日間だけ咲く薬草だ。

これは根が止血に効く薬となるが、ユリアーナが採取したいのは《ルアの花》ではなく、ルアの花の蜜しか吸わない短命の蝶、《マルガリーテース》だった。その鱗粉《りんぷん》には解毒作用がある。よく効くわりに、眠たくなる程度の副作用しかない、すばらしい薬だった。

問題はルアの花が夜にしか咲かないということ。花が咲かなければマルガリーテースも寄ってこない。だからユリアーナは夜に出かける必要がある。マルガリーテースは蒼白《あおじろ》く輝く美しい翅《はね》を持つから見に行きたい、と言えば、クラウスはきっとなんの疑問もいだかずについてくるだろう。しかしユリアーナは——マルガリーテースには本当に酷なことをすると思うが——その場で蝶の翅を毟《むし》って、翅が新鮮なうちに強い酒に漬けこまなければならなかった。

そんな姿を見られようものなら、その場で断罪されかねない。なにしろ蝶という昆虫は聖典において、救世主の《聖なる復活》の象徴とされているからだ。

安物のハムやベーコンの発色剤として、すりつぶした貝殻虫《かいがらむし》から抽出した色素を用いるぶんには問題ないのに、蝶だけ特別扱いされているなんておかしな話だと、無神論者のユリアーナは思う。貝殻虫であろうと蝶であろうと平等に『昆虫類』としてひとくくりにすべきだ。だがエステレラの祈りを真面目《まじめ》におこなうような聖職者のクラウスはそうは考えないだろう。

(わたしが蝶の翅を毟り取ろうとするのを、なんとしても阻止しようとするはず)

自分が医師であることはクラウスには秘密にしている。仮に自分が医師であることを明かし、人々の命を救う薬にするためにマルガリーテースに犠牲になってもらうのだと説明したところで、クラウスが納得するとも思えなかった。

なにしろこの国では、植物以外のものを薬として用いること自体が古い民間医術、すなわち古《いにしえ》の神々を祀《まつ》る異端者の呪術とみなされるのだ。結論として、クラウスに魔女扱いされることなく順調にマルガリーテースを採取することは不可能と考えた。

（となるとやっぱりわたしは、クラウスに黙って夜中にこっそりと森に行く必要がある）

問題は城を空《あ》ける時間の長さだ。今のように、クラウスが猫質を連れて少し席を外した瞬間に城を抜け出すことはできるだろうが、動かぬ花を摘《つ》みに行くのとはわけが違うので、クラウスが戻るまでに自分が蝶を捕獲して戻ってくることは無理だろう。

（だったら——）

ユリアーナは宝石箱の蓋を閉めると、抽斗に戻した。

寝室に行って、寝台のサイドテーブルの抽斗をあける。それぞれに花の名を記したラベルがつき、お茶に擬装した薬草の瓶がずらりと並んでいる。ユリアーナはその中から数種の瓶を手早く引き抜くと、ドレスの隠しポケットに入れた。抽斗には忘れずに鍵《かぎ》をかけておく。

申し訳ないが、今晩、自分が用事を済ませるまでクラウスには眠っていてもらうしかない。

ユリアーナは急いで部屋を出ると、厨房に走った。

「おや、これはユリアーナ様」

ちょうどジャガイモの下処理を終えた料理人が勝手口から戻ってきたところだった。

ユリアーナは持参してきた薬瓶を調理台の上に置いて木栓を次々に抜いたあとで、それぞれに入っている乾いた薬草の粉末を、薬匙で正確に測りながらレースペーパーの上に載せた。

「そんな切羽詰《せっぱ》まったお顔をなさって、何事ですかい。どなたか腹でも下されたんですか」

料理人がこっそりと訊いてきた。彼もミルヒ村の他の住民と同じように、ユリアーナが医師であるのを知っていながら隠してくれている、信頼の置ける人物だ。ユリアーナは「違うわよ」と短く返しながら、薬草を包んでリボンをかけたレースペーパーを料理人に渡した。

「今日の晩餐《ばんさん》のスープは、確か玉ねぎのスープだったわね。お願いがあるの。クラウスのスープにだけこれを入れて」

「ひょっとして媚薬《びやく》かなんかですかい。ユリアーナ様、いくらなんでもそれはちょっと……」

「ばか、そんなわけないでしょう！」

ユリアーナは憤慨してから、視線をさまよわせた。

「それは、えーと、……そう、滋養強壮のお薬よ。だってあの子、わたしの監視をするためにちっとも寝ていないんだもの。このままではそのうち倒れてしまうんじゃないかと思って」

すると料理人は目をぱちぱちさせて、感心したように言った。

「ユリアーナ様……。俺ぁてっきりユリアーナ様はあの特別異端審問官のガキをうっとうしく思っていらっしゃるんじゃないかと思ってたんですが、さっすが王女様だ。お優しくていらっしゃる！」

「そうでもないけれど……。とにかくよろしくね。わたしは急ぐから失礼するわ」

ユリアーナは料理人が「任《まか》せてください！」と言って、力強く胸を叩くのを見届けてから、大急ぎで部屋に戻った。私室の扉を開けると、先に帰ってきてしまっていたクラウスが猫質を抱いたまま無表情でそこに立っていた。猫質のクラウディアはぶすっとした顔でユリアーナを見ていたが、ユリアーナは気づかないふりをした。

「どちらにいらっしゃったのですか」

クラウスが訊いた。

手際良くこなしたとはいえ、厨房へ行って薬の計量までしてきたのだから、お花摘みというには不在にしていた時間が長すぎたかもしれない。だからユリアーナは別のことを言った。

「わたしの大切なティアラを探していたの。クラウス、どこかで見なかった？　真ん中に薔薇水晶が飾られているティアラなのだけれど……」

「見ました。お探しのものでしたら、今、貴女の頭に載っています」

ユリアーナのボケに対してもクラウスは真顔を崩さずに言うと、猫質を床に解放した。

『にゃあ』

クラウディアが、不機嫌そうに啼《な》いて足にまとわりついてきた。ユリアーナはその場に屈《かが》んでクラウディアの柔らかな毛を撫《な》でてやりながら、傍《かたわ》らに立つクラウスの顔を窺った。

彼はやはり感情のなさそうな無機質な瞳で、ユリアーナを静かに見下ろしていた。

橙色《だいだいいろ》の灯《ひ》がともる照明具が、月の光が差さない真の夜闇《よやみ》をかろうじて払っていた。

ユリアーナは『蜜よりも甘い夜の口づけ』に擬装した医学書を読むのを早々に切り上げると、

寝台の傍らにじっと控えるクラウスに「おやすみなさい」とにこりと笑って挨拶をし、毛布にくるまった。

瞼を下ろし、寝たふりを決めこんで、ユリアーナはそのときを待つ。

期待した瞬間が訪れるのに、そう時間はかからなかった。

薄闇の中で空気が動いた。ぎし、と音を立てて、寝台の端のほうが沈む。

ユリアーナは耳をそばだてた。

クラウスの呼吸に意識を集中する。胸式呼吸が、規則正しい腹式呼吸に変わった。

(クラウスは眠った)

ユリアーナは確信したが、なお用心を怠《おこた》らなかった。薄目をあけ、視線だけで傍を見る。

するとクラウスは床に膝をつき、ユリアーナの肩のあたりに突っ伏していた。華奢《きゃしゃ》な手首にこめかみを預け、心持ちおもてを横に向けて眠っていた。長い睫毛《まつげ》が、病的に白い顔に濃い影を刻んでいた。

(ごめんなさい。クラウス)

料理人に頼んで彼のスープに入れてもらったのは、ユリアーナ特製の眠り薬だった。領民で不眠症の者が現れると、決まって処方するのがこれだ。よく眠れるわりに、癖《くせ》になりにくく、しかも翌日に眠気が残らないと評判だった。ユリアーナは自分でも時折飲むが、自然に眠気を誘ってくるので、彼も翌朝目覚めたとき、一服盛られたとは気づくまい。ユリアーナはもういちど胸の内で彼に謝罪をしてから、足音を立てないように寝台から下りた。ほどけかけていた胸元のリボンをきちんと結び直す。袖口《そでぐち》や裾に霧虹《きりにじ》のように白く透けたチュールレースがあしらわれた純白の寝衣の裾を翻《ひるがえ》して歩き、寝室の扉のノブに手をかけたときだった。

「今夜は邪神崇拝集会《サバト》ですか。王女様」

冷たい手で心臓を掴《つか》まれたような心地がした。

背後を振り返ると、クラウスがユリアーナを見つめながら、緩慢《かんまん》な動きで立ち上がるところだった。

クラウスは確かに眠り薬入りのスープを飲んだ。それなのに。

「『どうして』というお顔をなさっておいでですね」

クラウスはユリアーナが動揺していることを正確に言いあてた。

室内の薄赤い照明を受けて、クラウスが首にかけたエステレラの真珠と白銀《ぎん》の星十字が鮮血に染まったように照り輝く。

咽喉《のど》の奥が凍りつき、ユリアーナは声を出すことができなかった。

「貴女が手ずから、あるいは料理人に頼んで私の食膳《しょくぜん》に催眠作用のある薬草を混ぜたことには気がついていました。スープが食卓に運ばれてきたとき、わずかですが、夢酔草《ソムニウム》の香りがかすめましたから。私は無論、飲みませんでした。匙に口をつけて飲むふりをして、あとは貴女が私から視線を逸《そ》らした隙に、コーヒーで半分満たされたボウルにスープを流し込んだのです。透き通ったスープは黒い液体に溶け、貴女の目には消えたように見えたことでしょう」

クラウスは、コーヒーを飲まなかった。苦いものが苦手なのだと言って。

コーヒーが好きではない子供は多い。だからユリアーナは別段、気にも留めなかったのだ。

クラウスはさらに言った。

「服用すればたちまち睡魔に襲われる鹿子草《バルドリアン》ではなく、遅効性の夢酔草を用いるあたりはさすが思慮《しりょ》深く、警戒心の強い王女様だと、頭の下がる思いが致しました」

ユリアーナは深く息を吸ってから、小さく微笑んだ。

「……サバトだとか、薬草だとか、わたしにはいったいなんのことかわからないわ」

気を落ち着かせるために、ユリアーナは温かくてふわふわしたクラウディアを抱きしめようと思った。けれど気まぐれな猫は、こんなときに限っていない。

「王女様、いつまで愚鈍《ぐどん》な王女のふりをなさっているおつもりですか」

ぎくりと肩をこわばらせたユリアーナに、クラウスは寝起きとは思えない身のこなしで歩み寄ってきた。当然だ。彼もまた彼女と同じように、実際には眠ってなどいなかったのだから。

ユリアーナはクラウスから視線を逸らさずに、一歩、二歩と後退した。三歩目で背中が壁にぶつかった。クラウスが目の前に立つ。まだ成長途中にある彼は華奢で小柄《こがら》で、背丈など自分とほとんど変わらないのに、ユリアーナは彼に威圧感を覚えた。

「貴女は宝石と花を、本当にただ鑑賞し、愛《め》でるために蒐集していらっしゃるのですか」

「そうよ。ほかにどんな理由があるというの」

「それは貴女自身がよくご存じのはずです。……王女様、貴女は爪《つめ》を隠した賢い鷹《たか》です」

クラウスは抑揚のない声で口にすると、ユリアーナの身体を挟むように両手を壁についた。

無感情のようでいて、そうではなかった。冷たいペリドットの瞳の底に、絶対に逃がすまいという意志の籠《こ》もった、蒼白い焔《ほのお》が揺らめいていた。

「これより貴女を審問致します」

「審問ですって？」

訊き返したユリアーナに、クラウスは「はい」と応《こた》えた。

「まずは貴女の口から真実を引き出させていただきます。なお、貴女に拒否権はありません」

ユリアーナは黙っていたが、彼は構わずに『審問』をはじめた。

「貴女は今朝、宝石商から、黄昏石、月光雲母、桜水晶を購われましたね。その後、あなたはそれらの宝石——いいえ、あえて鉱物と申し上げましょうか——を絹張りの宝石箱に仕舞われました。私は貴女の宝石箱の中身を見て違和感を覚えました。宝石箱に収められていた鉱物の中には硬度が低く、そのために宝石の加工には向かない石が多く見受けられたからです」

「それは——」

「私が不審に思ったのは鉱物についてだけではありません」

言い訳を口にしようとしたユリアーナを、クラウスは冷たく遮った。

「宝石商を帰したあと、貴女は『お茶』を手ずから淹れてお飲みになり、昼下がりになると、今度は城の敷地内にある『花畑』に足を運ばれました。あなたが『花畑』とお呼びになるその場所に生えていたのは、私の主観を除いても、地味な植物ばかりでした」

「趣味や嗜好《しこう》は人それぞれでしょう？　わたしはたとえ宝石に向かなくても綺麗な石なら気に

入るし、植物だって——わたしは、地味な植物にこそ美しさを見出《みいだ》すのよ」

「王女様」

クラウスはユリアーナの反論を聞いても、微塵《みじん》も表情を動かさなかった。

「特別異端審問官である私に嘘《うそ》をつくのは、賢明なご判断とはいえません」

「脅迫しているの？」

「いいえ。警告しているのです」

ユリアーナはこくりと咽喉《のど》を鳴らした。

特別異端審問官は、この国で唯一、王族を宗教的に裁く権限を持つ聖職者——。

クラウスは壁についていた手を離すと、その両手で、今度はユリアーナの顔を挟んだ。

ユリアーナに顔を背《そむ》けさせず、水宝玉の瞳の中に真実を探ろうとするかのように。

クラウスの手は熱かった。それとも、自分の頬が冷えきっているのだろうか。

審問は続いた。

「貴女が集めていらっしゃる鉱物と植物の共通点。それはどちらも、毒になり得るということです」

それは間違っていない。厳然たる事実だった。

けれど、使用量や組み合わせによっては薬になるのだ。

ただ、それは王道の医術ではない。魔女とほとんど同一視される、森の賢女たちがおこなってきたような民間医術だ。クラウスの個人の考えはわからないが、ユリアーナが鉱物と植物を毒として用いようと、薬として用いようと、改邪聖省《かいじゃせいしょう》の総意としては、悪でしかない。

（なんて……、なんて説明すればクラウスは理解を示してくれるのかしら）

ユリアーナが身体を硬くしていると、彼はふいにユリアーナから離れた。

気を抜きかけたそのとき、寝室の扉の鍵が、重い金属音を立てて閉められた。

「反論をなさらないのでしたら、次の審問に移ります。王女様、お召し物を脱いでください」

ユリアーナは何を言われているのか、すぐには理解できなかった。

一拍《いっぱく》の間《ま》を置いてようやく意味を呑み込み、ユリアーナはこちらに引き返してくるクラウスに、険のあるまなざしを向けた。

「あなた、自分が何を言っているかわかっているの？」

「わかっています。改邪聖省の規定では、異端審問ではまず口頭での審問がおこなわれ、次に身体検査がおこなわれることになっています。何故《なぜ》か。それは邪神に精神と肉体を捧げ、契約した魔女の心臓の上には刻印が現れるからです。以上の理由により、これより、刻印の有無《うむ》を調べさせていただきます」

「わたしの純潔を疑っているの？」

ユリアーナは唇をわななかせた。忌み子ではあっても、自分の中に生まれたときからおのずと備わっていた王女としての誇りを傷つけられたような気がした。

「貴女には、そう疑わざるを得ない条件が揃ってしまったのです。もしも貴女の監視役が他の異端審問官だったとしても、貴女はきっと、今と同じ状況に陥《おちい》っていたと思います」

クラウスはユリアーナの手首をそっと摑んだ。

「わたしは誓って潔白よ」

ユリアーナが訴えると、手首にまわされた手に、かすかに力が籠められた。

「罪を犯した魔女はみな、はじめはそう言うのです」

クラウスはどこか憐《あわ》れむように告げると、ユリアーナの手をとったまま寝台に向かった。

彼の言動は、すべてが自動人形のように機械的だった。どこにも感情が見出せなくて、ユリアーナは怖くなる。クラウス、と彼の背中に向かって呼びかけた直後、ユリアーナはぐいと手を引かれて寝台に投げ出された。その横に、クラウスが乗り上げてくる。

本当に胸の刻印の有無を調べるつもりなのだ。

「やめて、クラウス」

「私は、王女様のご命令には従いません」

ユリアーナの上に覆いかぶさるようにして逃げ道を塞《ふさ》ぎながら、彼はにべもなく返した。

その一言で、ユリアーナは彼とはどうあってもわかりあえないことを確信した。自分がとるべき行動が見つからないうちに、利《き》き手である右の手首を、毛布の上に押さえつけられる。

腕力勝負なら勝てるだろうと思ったのは、大きな間違いだった。いくら彼が年少で、美しい少女のような容貌《ようぼう》をしていても、同年代の異性であるクラウスの前でユリアーナの抵抗は意味を成さなかった。氷魚《ひお》のように蒼白く細い指が胸元で結ばれたリボンにかかり、躊躇《ちゅうちょ》なくほどかれる。耳を塞ぎたくなるような果敢《はか》ない衣擦れの音とともに、寝衣の前がひらかれた。

娘らしい膨《ふく》らみをもった真珠色の胸があらわにされる。蒸散《じょうさん》する花の気配をじっとりと帯びた夜風が窓の隙間から忍び込み、素肌を舐《ねぶ》るように吹き過ぎていったとき、ユリアーナの中に、純潔を疑われ、否定も聞き入れられず、無垢《むく》な肌をただ徒《いたずら》に暴かれたことへの悔《くや》しさが突如として湧き起こった。

「貴女が純潔であることを確認しました。審問は以上です。鉱物と植物につきましては――」

クラウスが、ユリアーナのリボンを結び直しながら言った。

乱れた着衣さえ元通りにすれば、それで何もなかったことになると思っているのだろうか。それほどまでに、忌み子とは侮《あなど》られる存在なのか。

まるで、心を持たない人形に向けるようなまなざしでこちらを見下ろしてくる彼の瞳に気がついた刹那《せつな》、ユリアーナの頰にカッと血が昇った。右手はすでに解放されていた。彼女はほとんど衝動的にクラウスの頰を張っていた。

陰気な闇に閉ざされた寝室に、乾いた音が響き渡った。ユリアーナは寝台の上に素早く上体を起こすと、茫然《ぼうぜん》と頰を押さえたクラウスをきつく睨み据えた。

「王との契約書が一枚あれば、わたしに何をしても許されるというの⁉　わたしは国王が許しても、神が許しても、そんな横暴、認めない！　あなたはわたしの矜持《きょうじ》を踏みにじった！」

視界が急激に滲《にじ》んで、クラウスの表情はたちまちわからなくなった。目の奥がじんと熱くなる。ユリアーナは自分の瞳から、大粒の涙がぽろぽろと零《こぼ》れ出したのを感じた。ほんのわずかな羞恥《しゅうち》と、なによりも屈辱《くつじょく》のために、生ぬるい涙は際限なく溢《あふ》れた。

ふたごの王女の妹として、この世に生まれた。

ただそれだけの理由で、何故こんな少年から、辱《はずかし》めを受けなければならないのだろう。

何故、いつも。……いつも、……わたしだけ……。

眼先《まなさき》に、真っ赤に燃える蛇の幻覚が浮かんだ。それはユリアーナの脳裏に焼きごてのように押しつけられた、恐ろしい、忌まわしい記憶の断片だった。心が弱るといつも自分を苛《さいな》んでくる幻だ。ユリアーナはそれを視界から締め出すように、両手で顔を覆った。

「王女様、泣いて……」

肩に、クラウスの手が躊躇《ためら》いがちに触れた。ユリアーナが驚いてびくりと身を震わせると、クラウスはすぐさま手を引いた。

「もう、決して王女様に触れません。お約束致します」

いつも単調だったクラウスの声が徐々に小さくなっていく。しまいには注意しなければ聞きとれないほどになった。ふたりとも沈黙した。けれどその静寂《しじま》は長くは続かなかった。

『ユリアーナ！　急患～！　急患～！　クローバー畑で貴族の子供が倒れた～！』

現実に引き戻されてユリアーナが顔から手を離すと、膝の上にいつのまにか黒うさぎが載っていた。喋るうさぎをクラウスは愕然《がくぜん》とした顔で凝視《ぎょうし》していたが、ユリアーナはそんなことに構ってはいられなかった。

濡れた目元を手の甲でぐいと拭《ぬぐ》って、ユリアーナは黒うさぎに訊いた。

「症状は？」

『嘔吐《おうと》、悪心《おしん》、高熱！』

「わかった。すぐに向かうわ」

ユリアーナは抽斗を開け、花の名のラベルが貼ってある大量の小瓶の中から手早く必要な薬を選び出すと、持ち手のついた薬箱に収納した。煎じている暇はないだろうから、水ですぐに服用できる丸薬ばかりだ。それから念のために清潔な綿《めん》の布と、筒、消毒液も入れておく。

ユリアーナは頭巾《ずきん》が付属した、黒い薄手の外套《がいとう》を素早くまとった。素顔を隠すためだった。蜂蜜色の髪に水宝玉の瞳の娘が忌み子の王女であることを知っている貴族のうち、信仰心の強い者は、ユリアーナの治療を黒魔術だと恐れ、拒否してくる可能性があるからだ。

薬箱を持って寝室を出ると、クラウスもついてきた。

「来ないで！」

ユリアーナが敵意もあらわに叫ぶと、クラウスはつかのま立ち竦《すく》んだ。けれど国王の命令に忠実な彼が、ユリアーナの言葉ごときで引き下がるはずもなかった。

「私は王女様の監視役です。貴女のご意向には添えません」

「それなら、勝手にすればいい」

ユリアーナは棘《とげ》のある声で言い放ち、私室の扉を開けた。

「でも、わたしの仕事の邪魔をしたら許さない」

もうクラウスには本性を見破られた。猫をかぶる必要がなくなったユリアーナは彼に冷ややかな視線を向けると、案内役の黒うさぎの先導に従って急患のもとへと急いだ。

夜空には月も星もなく、カレンデュラの森は鈍色《にびいろ》の闇に沈んでいた。

濡れた土の匂《にお》いと、闇に浮かびあがる真っ白な野薔薇の香りがうっすらと漂っていた。外套の裾が夜露《よつゆ》を吸って重くなったが、ユリアーナは構わずに暗い森を駆けた。

十一歳でこの地に移り住んだ自分と違い、クラウスは神学校育ちで、これまで王都で勤めてきた少年だ。自然に親しんできたとは思えない彼がもしも木の根や草に足をとられて転倒したとしても、ユリアーナは彼を置いて患者のもとに行くつもりだった。

けれどクラウスの足取りはあぶなげなく、彼女に後《おく》れをとらずについてきた。

ひょっとすると、神学校に入る以前は、王都ではなく田舎《いなか》で暮らしていたのだろうか。

ユリアーナはとりとめもなく考えたが、問いはしなかった。口を利《き》きたくない。激昂《げっこう》した頭はすでに冷えていたが、彼に対する悪感情までもが払拭《ふっしょく》されたわけではなかった。

『あそこ～！』

ぴょんぴょんと跳ねながらユリアーナを案内していた黒うさぎが、前脚の片方を前方に突き出した。

二、三十歩先の闇を薄い橙色のカンテラの光が照らしていた。光の中に、襟の詰まった暗い色のドレスを纏った若い女性と、その侍女らしき、お仕着せ姿の女性がいる。位《くらい》の高そうな女性のほうはドレスが汚れるのに構う様子もなく地面に座り、ぐったりとした子供を抱き起こしていた。子供の名前を必死に呼びかけているようだが、よく聞きとれない。

ユリアーナが草をかき分けて歩みを進めると、黒うさぎは役目を終えたとばかりに、ぱちん！　と音を立てて消えた。

「クラウス」

ユリアーナは後方を振り返らずに口をひらいた。

「あの人たちに、わたしが王女であることは内密にして」

貴女の命令には従いません、と返されたら、ユリアーナは彼のみぞおちに肘《ひじ》を打ち込んで、気絶させようと本気で考えていた。けれど彼は分別のある少年らしく、殊勝《しゅしょう》に応えた。

「心得ております。王女様」

そうして、ユリアーナの後ろをおとなしくついてきた。

近づくほどに、ふたりの女性とひとりの子供の姿が明らかになってくる。

飾り気のほとんどない濃紫《こむらさき》のドレスに身を包んだ貴夫人は、栗《くり》色の髪をきちんと結いあげた頭に、黒真珠が控えめにあしらわれた黒のヴェールをつけていた。貴夫人は蝋《ろう》よりも蒼褪《あおざ》めた顔で、彼女の子と思われる十歳くらいの少年の名を繰り返し叫んでいた。

「レオン、レオン！　しっかりして！」

草を踏みしめる音に反応したのか、勢いよくこちらのほうを振り返ったのは、女性と子供の傍らでおろおろと立ち尽くしていた侍女だった。

「クラウス様！　……奥様、奥様、奇跡ですわ！　大変な御方がお見えになりましたわ！」

貴夫人は侍女の言葉で、泣きはらしたような顔を上げた。まず頭巾に顔を隠したユリアーナを見て、それからクラウスに視線を移すと、薄茶色の目を瞠《みは》った。口をひらいたものの驚きに声が出ないのか、硬直してしまった貴夫人の横で侍女が思い出したように言った。

「ああ、そうでした！　クラウス様は確か、この森でひっそりと暮らす第二王女殿下とご婚約なさったのです。巷《ちまた》の噂で聞きましたわ。まさか本当でしたなんて」

ユリアーナは侍女の脇《わき》をすり抜けると、母親に抱かれた子供の傍に跪《ひざまず》いた。

「あなたは……？」

途方に暮れたように訊いてきた母親に、ユリアーナはすらすらと述べた。

「わたしは今は亡き王宮医師アルバンの一番弟子です。現在はカレンデュラの城で第二王女殿下の侍医をつとめております。急患が出たと匿名《とくめい》で知らせがありましたので、殿下のお許しをいただき駆けつけて参りました」

ユリアーナは話しながら子供の額《ひたい》に手をあて、続けて脈をとった。脈拍《みゃくはく》がやや速い。

おずおずと訊ねてきたのは侍女だった。

「お声がまだお若いようだけれど、あなたのような娘さんが医師でいらっしゃるの？」

「ご心配なく。わたしの腕は確かです」

ユリアーナが薬箱をあけたとき、母親の膝に頭を預けていた子供がひどく咳《せ》きこんだ。口の端から吐瀉物《としゃぶつ》が零れた。

「お母様、お子様をこちらに失礼致します」

ユリアーナは母親の腕からなかば強引に少年を引きとると、自分の膝の上に少年の頭を載せ、横向きにした。まだ嘔吐するものが気道に残っているはずだが、少年は苦しげに咳きこむだけで内容物が出てこない。背中を叩いても効果がなかった。ユリアーナは薬箱から指輪程度の幅の筒を取り出すと、少年の口をこじ開けて筒を咽喉《のど》に入れた。

「な、何をするの、あなた」

「吐瀉物を吸い出すのです。このままでは、窒息《ちっそく》してしまいます」

声を震わせた母親にユリアーナは説明すると、身体を伏せて筒の反対側を咥《くわ》えた。難なく異物を取り除くと、ユリアーナは筒を打ち遣《や》って、薬箱の中から三つの小瓶を取り出した。

「解熱剤、抗生物質、胃が荒れるのを防ぐ丸薬です」

ユリアーナは解熱剤二粒、抗生物質一粒、胃腸薬三粒を手のひらにとると、それらが毒でないことを証明するために自分で飲んでみせた。

「本当にお医者様なのね……」

侍女が感心したように呟くのを無視して、ユリアーナは少年を抱き起こした。苦しげに呼吸を繰り返す口に丸薬を含ませ、なるべく咽喉《のど》の奥まで指先で押し込んでから、ユリアーナは水差しからゆっくりと、慎重に水を注ぎこんでいった。

そのときだった。

「奥様！」

侍女が叫んだ。ユリアーナが声のほうを見ると、母親がうずくまって胸を押さえていた。その細い肩が大きく上下している。

「奥様には持病が？」

ユリアーナはつとめて冷静に侍女に訊ねたが、内心では少なからず動揺していた。急患の処置中にあらたな急患が出ることは想定外だったのだ。

「奥様に持病はございません」

ユリアーナは、持病がないならば過呼吸かもしれないと思った。人は極度の不安や緊張状態に陥ると、必要以上に呼吸をし、息苦しくなることがある。重症化すると意識が混濁《こんだく》する。

（どうすれば）

ユリアーナは子供から手を離せない。どう対処すべきか考えていると、侍女が思い立ったように口にした。

「そうですわ！　こういうときは空気の吸いすぎですから、口に紙を押しあてるのがよろしいとお医者様からうかがったことがあります」

侍女は素早く行動に出た。前掛けのポケットから懐紙《かいし》を取り出すと、なんの迷いもなく母親の口に押し当てたのである。

「違う、その処置は正しくない！　素人《しろうと》がやると息がとまって死ぬの！」

ユリアーナは少年を抱きかかえながら大声で言った。

「そういうときは、そうじゃなくて……っ」

医学の心得がない者にどう指示を下せばよいのかわからなくなって、言葉がつかえる。

そんなユリアーナに代わって声を発したのは、それまで、ただ状況を静観していたクラウスだった。

「落ち着いてください」

その言葉はユリアーナではなく、少年の母親に向けられたものだった。

クラウスはうずくまる女性の前に膝をつくと、肩に手を置いた。

「落ち着いて、話してみてください。貴女は何を恐れていらっしゃるのですか」

母親はその質問に、荒い呼吸の合間から答えた。

「死神が、また、わたくしの大切な人を連れていってしまう。夫も……わたくしの最愛の夫も連れてゆかれてしまったのです……！」

ユリアーナの腕の中で、少年がすべての丸薬を嚥下《えんか》した。子供の処置は済んだ。

ユリアーナは水差しを地面に置くと、クラウスの動向を見守った。

取り乱した母親が、苦しげに声を絞《しぼ》り、涙を散らしながらクラウスの腕にとりすがる。

「クラウス様、どうか死神を退《しりぞ》けてください。あの子のためにお祈りをしてください……！」

「お望みとあらば」

彼は聖衣の胸元に光る星十字に手を添えると、瞳を閉じた。

「神と救世主と聖霊の御名《みな》によって」

エステレラの祈りのような黙想ではなく、彼は囁《ささや》くように口にした。

「創造の神よ、死の棘《とげ》を滅ぼし給《たま》え。慈《いつく》しみ深き救世主よ、憂《うれ》いの澱《おり》を清め給え。御憐《おんあわ》れみを乞《こ》う我らに恩寵《おんちょう》の雨が降り、祝福の光が差さんことを」

淀《よど》みなく、讃美歌のように滑《なめ》らかに紡《つむ》がれてゆくその祈りは、不安に支配され、呼吸困難をきたしていた母親の胸に確実に染《し》み込んだようだった。苦しみながらも両手を合わせ、祈りの言葉に熱心に耳を傾けていた母親は、徐々にその呼吸を安らかにしていった。

母親が完全に落ち着きを取り戻すのを待ってから、ユリアーナは言った。

「お母様、お子様の容態が落ち着きました。風邪をこじらせてしまっただけです。暖かくして安静にしてあげれば、二、三日で元気になると思いますが、念のため、明日にでもかかりつけの医師に診《み》せてください」

「レオン……！」

母親は弾《はじ》かれたように立ち上がると、ユリアーナが引き渡した少年をぎゅっと抱きしめた。

「お母様もお大事になさってください。……馬車はありますか？」

ユリアーナが侍女に訊くと、侍女はこくこくと頷いた。

「すぐ先に、馬車を待たせております」

「あなたたち、王都の人でしょう？　どうしてわざわざこんな辺鄙《へんぴ》なところにやってきて、夜の森に入ろうと思われたの」

ユリアーナが気になっていたことを訊くと、侍女が答える前に、母親の腕に抱かれた少年が、

「……僕が、マルガリーテースを見たかったから」と弱々しく言った。

「カレンデュラの森にしか咲かないルアの花の蜜だけを吸う、……たった七日間の命の、儚《はかな》い蝶。お父様が生きていらっしゃった頃、僕に話してくれたんだ。幼い頃にご覧になったマルガリーテースは、白く輝く美しい蝶で、まるで聖霊のように見えたって……」

「ふうん。でも今年は諦《あきら》めることね。あなた、しばらくは外出を控えたほうがいいもの」

発熱のためか失望のためか、瞳を潤《うる》ませた少年の頭に、ユリアーナは手を置いた。

「マルガリーテースは来年も再来年もここにいるわ。またいつでも見に来ればいい」

なかば顔を隠したユリアーナが言うと、少年は頬を紅《あか》くして、「うん」と微笑んだ。

「わたしは城に帰る」

ユリアーナが薬箱を持ってさっさともと来た道を引き返すと、クラウスもそれに続いた。

「クラウス様」

背後からかけられた少年の母親の呼びかけに、クラウスは立ち止まった。

「……ありがとうございます。あまりにももったいない、尊きお祈りでこの子を救ってくださって」

「貴女はとても敬虔なかたなのですね。これからも神を信じ、敬う気持ちをお忘れなく」

ただ、と彼は言い添えた。

「このたび貴女のご子息をお救いになったのは、神ではなく、あの医師です」

クラウスを待たずに歩みを進めていたユリアーナは、思わず振り返った。

同じく驚いたように瞳をまたたかせた母親に、彼は表情もなく告げた。

「貴女がたに末永《すえなが》く神の御加護がありますように」

一行のもとを離れたクラウスは、その場に固まってしまったユリアーナに追いつくと、闇の中でも輝くペリドットの瞳で一瞥《いちべつ》してきた。

「参りましょう、侍医殿」

ユリアーナは黙って、クラウスと並んで歩きだした。

「あなたって、馬鹿正直な子ね」

しばらく森を進んでから、ユリアーナは呟いた。

「あの信心深い母親は、あなたの祈りが神様に通じたから息子が助かったと思ったのよ。そのままあなたの手柄《てがら》にしておけば、聖職者としての株もさらに上がったでしょうに」

「私は聖職者として、すでに限りなく頂点にいます。これ以上株を上げてどうするのですか」

「すごい自信家ね」

「事実です。私は王宮への出入りも許された改邪聖省の特別異端審問官ですから。……それに、嘘をつくことは、神の教義に反します」

「子供の処置をしたのは確かにわたしだけど……」

ユリアーナは自分の顔を隠していた頭巾を払うと、クラウスの瞳をまっすぐに見つめた。

「母親を救ったのはあなただった。極度の不安状態から過呼吸を起こした人への適切な処置は、とにかく気持ちを落ち着かせること。おそらく敬虔な国教徒である彼女にとって、信頼の置ける聖職者であるあなたのお祈りほど心強いものはなかったでしょうね。真心の籠もったあなたのお祈りにご夫人は安心感を得て、過呼吸を鎮《しず》めたのよ」

　クラウスは、ユリアーナの話にじっと耳を傾けていた。

「クラウス、わたし、不測の事態に焦《あせ》って、咄嗟《とっさ》の判断ができなかったの。だから、わたしの代わりに冷静でいてくれて……あの母子《おやこ》を助けてくれて、本当にありがとう」

「申し訳ありません」

　急に謝罪されて、ユリアーナは首をかしげた。

「わたしはあなたにお礼を言っているのに、どうして謝るの？」

「私は先刻、貴女に対し、聖職者にあるまじき無体を働きました」

　今の今まで急患のことで頭がいっぱいになっていたユリアーナは、彼がなんのことを言っているのかすぐにはわからなかった。

　ほんの少しの間を置いてから、寝室で彼に審問されたことを思い出した。

　すると怒りよりも恥辱よりも先に、ユリアーナの手のひらに、彼の頰を平手打ちしたときの痛みが蘇《よみがえ》った。自分でさえ痛かったのだから、ぶたれたクラウスのほうはもっと痛かったに決まっている。

　ユリアーナはきまりが悪くなって、外套から零れた自分の蜂蜜色の髪を無意味に弄《いじ》った。

「もう怒っていないわ。……わたしのほうこそ、ごめんなさい」

「私には、王女様が謝罪される理由がわかりかねます」

「感情的になってあなたを叩いてしまったから。わたしが医師として急患の処置をしたように、あなたはわたしを監視する特別異端審問官として、ただ真面目に自分の仕事をまっとうしようとしていただけだったのに」

つま先に細く蒼白い光が差して、ユリアーナは空を見上げた。雲が動き、月がときおり姿を現しては、また隠れる。銀灰色《ぎんかいしょく》の雲をうっすらと刷《は》いたような瑠璃《るり》色の空に、鬱蒼《うっそう》とした森の木々は、影絵のように黒く枝を張り出していた。雲の流れを見るともなしに眺めていたユリアーナは、「あ」と声を上げた。

折り重なった枝葉の隙間を縫い、光をまとった蝶が一頭、すいと横切っていった。

薄氷《うすごおり》のように透き通った翅をひらめかすその蝶は、急患の少年が見たがっていたもの。

そして今夜、ユリアーナがつかまえに行く予定だった薬剤だ。

ユリアーナは無言で同じものを見上げるクラウスに、思わず熱の籠もった口調で言った。

「クラウス、あれがさっきの男の子が求めていた蝶、マルガリーテースよ。この森にしか生息していないから、あなたも実物を見るのははじめてでしょう?」

「はい」

「実はね、わたしも今夜、あの蝶を探しに行こうと思っていたの」

「それは、ただ蝶が美しいからですか」

ユリアーナが口を閉ざしてしまうと、クラウスは蝶から彼女へと視線を転じた。

「肯定《こうてい》なさればよろしいのに。『馬鹿正直』というお言葉はそのまま貴女にお返し致します」

「だって……」

ユリアーナは、クラウスに嘘をつき通す自信がすっかりなくなっていた。

どこまでも神の教えに忠実で、一点の曇りもなく、邪《じゃ》を見透かすような純粋な目をした彼は、やはり特別異端審問官の地位に値《あたい》するだけの能力をもった少年だったのだ。

ユリアーナは追及されることを覚悟した。

鑑賞目的でないならば、なんのために蝶を探していたのか——と。

けれどクラウスは口をひらくと、別のことを言った。

「王女様が医師でいらっしゃったとは、夢にも思いませんでした」

「それは……そうでしょうね」

ユリアーナは微苦笑を浮かべた。

「カレンデュラの城に送り込まれたとたん、名医に弟子入りして医学に没頭してしまうような変わり者の王女は、あとにもさきにも、きっとわたしだけだもの。それにわたしが医師であることは、ミルヒ村の人たちにも秘密にしてもらっていたから」

「何を隠すことがあるのですか。貴女はもっとご自分の、犠牲と奉仕の精神を誇るべきです」

「とんでもないことだわ」

ユリアーナは俯《うつむ》いた。叢《くさむら》の陰で、濡れ光る螢草《ほたるぐさ》が、蒼い花をひっそりと咲かせている。

花を踏まないように、彼女は下を向いたまま歩いた。

「森の賢女の知恵を取り入れたわたしの医術は邪道なの。古来、森の賢女は魔女と同一視され、殊更《ことさら》に魔女狩りの盛んだった時代には処刑された。わたしは忌み子だから、ただでさえ国王に警戒されている。落第王女で有名なのに、特別異端審問官を監視役につけてきたくらいよ。この上いらぬ知識までつけていると知れれば、宗教裁判でも起こされかねないわ」

　黙って聞いているクラウスに、ユリアーナはすがるような思いで言った。

「クラウス、お願いがあるの。国王にはわたしが医師であることを報告しないで」

　愚鈍な王女のふりをすることは、ユリアーナにとって鎧《よろい》を纏うのと同じことだった。

　王宮にユリアーナを守ってくれる者はいない。優しく聡明《そうめい》なレティーツィアだけが唯一、ユリアーナに温かく接してくれるが、それを内心では快《こころよ》く思っていない貴族たちが多いこともユリアーナは知っていた。だから、ユリアーナはレティーツィアを愛してはいても、距離を置くべきだと考えていた。間違っても、次代の王となる彼女の絆《ほだ》しになってはいけない。

　頼るべき身内がいないならば、たとえ無様なやりかたであっても、自分の身は自分で守らなければならないのだ。

　でも、ユリアーナは今、自分以外の誰かに——クラウスに慈悲を乞おうとしている。ユリアーナの命令には従わないと断言し、国王の命令と神の教義に忠実に従ってきた、厳格な聖職者である彼に。

「王女様。私の役目は、特別異端審問官として王女様を監視することです。……したがって、貴女が悪《あ》しきおこないをすれば、当然、国王陛下にも改邪聖省にも報告します」

　かすかに身を強張《こわば》らせたユリアーナに、クラウスは「ですが」と続けた。

「神の教義に沿った、貴女の善《よ》きおこないにつきましては、逐一《ちくいち》報告する義務はございません。

私は子供の苦しみを取り除いた貴女の行動のどこにも悪意を見出せませんでした」

彼の言葉は遠まわしで、わかりにくかった。

ユリアーナは自分の解釈に自信がもてず、念のため、確認した。

「では、今夜のことはふたりだけの秘密にしてくれるのね？」

「ですから、……そうです」

瞼に朱を上らせて視線を逸らしてしまったクラウスに、ユリアーナは小さく笑った。

「クラウス、仲直りの握手をしましょう」

ユリアーナが足を止めて片手を差し出すと、彼はきまり悪そうに視線を彷徨《さまよ》わせた。

「貴女にはもう触れないとお約束致しました」

「わたしはクラウスと仲直りがしたいの。仲直りをすれば、約束もなかったことになるわ」

クラウスは星十字に触れ、繭玉《まゆだま》のような瞼を閉じた。祈りの言葉でも黙想していたのか、しばらく沈黙してからようやく目をあけると、ユリアーナの手を思いがけず強い力で握った。

氷のように真っ白な肌に反して、彼の手は熱かった。……やけに熱かった。

「……クラウス？」

ユリアーナが眉を寄せた次の瞬間、クラウスの身体がぐらりと傾《かし》いで、ユリアーナを下敷きにして草の上に倒れた。

どさり、という音とともに、地面に降り積もっていた真っ白な野薔薇の花片《はなびら》が、夜の粉雪《こゆき》のように舞いあがった。

ユリアーナは受け身がうまくいって地面に頭を打たずに済んだが、クラウスがぴたりと折り重なっている状態のせいで、薄絹の寝衣一枚を通して、彼の体温がじわりと肌に染み込んできた。いくらクラウスを異性として認識していないとはいっても、この状況にはさすがにユリアーナも紅くなった。

「クラウス、クラウス！　重たいからさっさと起き上がってちょうだい！」

下から腕を伸ばしてクラウスの背中をばしばしと叩きながら、ユリアーナはふと、彼の呼吸が浅く、速くなっていることに気がついた。すぐに医師の思考に切り替え、彼の首すじに手をあてると、脈が速く打っていた。額には夜露にも似た汗が浮かんでいる。

クラウスは、発熱していた。

『告げ口しちゃお、告げ口しちゃお。クラウスが〜、まだ結婚もしてないのに〜、ユリアーナを押し倒してま〜す！』

クラウスに押しつぶされている彼女の顔の横に突然現れたかと思えば、それだけ言い残してぱちん！　と消えようとする黒うさぎの耳をユリアーナは素早くわし摑みにした。

『いてて〜』

「黒うさぎ、悪いけれど城で働く男の人を二、三人、起こしてここまで連れてきてくれない？　背格好がほとんど同じクラウスを、わたしひとりの力で城まで運ぶのは、さすがにきつい」

『え〜、やだ〜、めんどくさい〜』

「言うことを聞いてくれたら、明日、カボチャのトルテをまるごと一台あなたに進呈するわ」

『御意《ぎょい》～！』

しぶっていた黒うさぎだったが、ユリアーナが呈示した報酬が気に入ったらしい。いきなり態度を一変させて、今度こそ、ぱちん！　と姿を消した。

またふたりきりになると、ユリアーナは「はぁ」とため息をついた。

「あなた、ここに来てから一睡もしていないんだもの。倒れないほうがおかしいのよ。わたし、あなたのことを見直していたところだったのに、やっぱり子犬か弟にしか思えなくなった」

すると、ユリアーナの肩に額を預け、ぐったりとしていたクラウスが、生意気にも反論してきた。ただし、消え入りそうなほど掠《かす》れた声で。

「……私は王女様とひとつしか歳が違いません……。子供扱いはやめてください……」

「まあ。あなた、まだ意識があったの？　てっきり気絶しているのかと思った」

「……私は……死んでも、王女様を監視し続けます……」

恐ろしい一言を言いきったところで、彼は今度こそ完全に眠ってしまった。

（信じられない。淑女《しゅくじょ》の上で寝るなんて、やっぱり子供じゃない）

ユリアーナは呆れたが、無防備な姿をさらす程度には彼は自分に対する警戒心を解いてくれたのだろうかと思ったら、胸に小さな灯《ひ》がともったような気がした。

これが特別異端審問官ではなく、本当に弟だったら、素直に可愛がれたのに。

ひそかに惜しい気持ちになりながら、ユリアーナはクラウスの後頭部をそっと抱きしめた。

麦わら色の髪は、極上の絹のように柔らかくて手触りが良かった。

（……なんてことかしら。クラウディアの毛に負けず劣らず、さらさらでふわふわだわ……）

ユリアーナは彼が熟睡しているのを良いことに、ついクラウディアや子犬にするように、彼の頭を撫でまわしてしまった。


月光の滲む薄暗がりの中で、クラウスは目をあけた。

闇に目が慣れてくると、自分がどこにいるのかを理解した。

初日にユリアーナに案内された、カレンデュラの森の城の先代の城主の寝室だ。

箱型の寝台に、自分は今、毛布をかけられて仰向けに横たわっている。

四隅を支柱に支えられた天蓋《てんがい》から、臙脂《えんじ》色のベルベットの幕が下りている。舞台の緞帳《どんちょう》のように黄金《きん》の房飾《ふさかざ》りで縁《ふち》どりがされた幕は、カーテンタッセルでまとめられており、寝台の中にも月明かりが差していた。

クラウスは胸に手を置いた。ひやりとした聖品《エステレラ》の感触を確かめて、ほっとする。

崇拝する純白の聖女に抱かれ、優しく髪を撫でられる夢を見た。

しかし、意識をなくす直前の記憶が曖昧《あいまい》だった。ユリアーナが森で急病人の介抱《かいほう》をするのを見た。その帰り道に、彼女と握手をした。おそらく倒れたのはその直後のことだろう。

自分にとって、監視対象でしかない彼女に嫌われようとどうでも良いと思っていた。

しかしいざ彼女に許されたら、何故か気が抜け、身体からも力が抜けてしまったのだ。

『感謝しなよ。王女と城の男たちがあんたをここまで運んできたんだよ』

枕元で、突然、少年のものらしい声がした。

熱っぽい頭を動かしてみると、顔の横に白銀の毛をふささせたクラウディアがいた。

ユリアーナの愛猫なので、猫質として自分も重宝している白猫だ。今朝まで『にゃあ』しか言わなかった白猫が、どういうわけか人語を喋っている。

尋常《じんじょう》なことではなかった。国教では、白い鳩が聖霊の象徴とされている。

白……。……まさか、この白い猫も……。

「貴方《あなた》は……聖霊だったのですか」

『想像に任せるよ』

ぞんざいな口調で言われ、クラウスは判断に迷った末に、口をひらいた。

「これまでの非礼をお詫《わ》び致します。貴方を猫質にしてしまいました」

『ふん、まったくだね。王女がたまにはあんたから解放されてひとりになれるように、わざと猫質になってやってるんだから、あんたにも、王女にも、感謝してほしいよ』

「……はい」

全身が重く気だるくて、クラウスは張りのない声で返事をした。

『王女があんたのために薬を煎じたよ』

クラウディアがそう言って、寝台のサイドテーブルを見やった。木目の美しい盆に、ティーコゼがかぶせられたポットと、伏せた陶製のボウルが置かれている。

発熱のために悪寒《おかん》がして、身体中がひりついていた。この苦痛から一刻も早く逃れたい。クラウスは手をついてなんとか上体を起こすと、ポットに満たされていた煎じ薬をボウルに注いだ。煎じ薬は、まだほのかに温かかった。

彼がボウルに唇をつけると、クラウディアがぼそりと言った。

『毒だったりしてね。王女にはあんたを殺す動機がありすぎる』

それは自分でもよくわかっていた。まず忌み子の王女にとって、改邪聖省は彼女を迫害する存在だ。それに加え、自分はユリアーナの純潔を疑い、異端審問という大義名分のもとに彼女を辱《はずかし》めるようなおこないをしたのだ。……しかし。

「……毒ではありません。この煎じ薬からは吸《す》い葛《かずら》の香りがするのです。解熱に効く薬草です。私も神学校にいた頃に、多少の薬草学は習いましたから」

クラウスは煎じ薬をひと息に飲み干すと、複雑な思いでボウルに視線を落とした。

──呪われた、冷血な王女の監視をするために、彼女と結婚してほしい。

国王はクラウスにそう言ったが、実際に会った王女は想像していた人物像とは違った。

爪を隠した賢い王女であることは予想していたが、あんなにも汚れがなく、まっすぐな少女だとは思わなかった。それに、理解できないほどのお人好しだ。クラウスは、ユリアーナが無神論者であることは察している。けれど、彼女は朝の礼拝に足を運んだ。思いあがりかもしれないが、もしかしたら聖職者の自分のためにそうしてくれたのではないかと思う。

『……あの美しい王女の傍に四六時中いながら、少しも感情を揺さぶられない男は、僕が見てきた中であんたが初めてだよ』

聖霊クラウディアがあくびまじりに言った。

美しい？　……わからない。

自分が美しいと思ったことのある女性は、これまでの人生で、純白の聖女だけだ。

あとの女性はみな例外なく、花や蝶と同じ、ただの綺麗な有機物にしか見えない。

『清廉潔白なのはいいけど、あんた、なんで聖職者になんかなろうと思ったのさ』

クラウスはボウルを盆に戻すと、力尽きたように寝台に身体を沈めた。

何故、聖職者を志《こころざ》したのか。それは――

「……純白の聖女様に私のすべてを捧げようと、幼い日に胸に誓ったからです」

『なんだよ、『純白の聖女様』って』

聖霊クラウディアが訊く。クラウスは昔のことを瞼の裏に思い描くように、瞳を閉じた。

薄い貝殻のような瞼に、蒼白い月の光が差す。

六年前。

自分の前に純白の聖女が舞いおりたあの夜も、蒼褪めた月が夜空を照らしていたのだった。

「純白の聖女様は……私の最愛の女性です」

クラウスは手探りで聖霊クラウディアを自分の胸に抱き寄せると、熱に浮かされるまま、自分の運命を変えた一夜のことを、ぽつり、ぽつりと語った。

六年から十五年ほど前までのシュトロイゼル王国は、地獄絵図のようにひどい時代だった。

国内――とりわけ辺境の村の各地で大飢饉《だいききん》が起こり、餓死者《がししゃ》が続出した。

クラウスが生まれ育った貧しい農村も例外ではなかった。

埋葬しても埋葬してもあらたな死体が積み上がってゆく。のたれ死んだまま、雨に打たれて腐敗していく遺体もあった。

蛆《うじ》が大発生し、真っ黒な蠅《はえ》の大群が陽《ひ》を覆い、村は常に薄暗く、井戸の水は褐色《かつしよく》に濁った。

追随《ついずい》して、蚤《のみ》を媒介《ばいかい》として人から人へ感染する、『空蟬病《ツイカーデ》』という疫病が蔓延《まんえん》した。

それは黒死病《ペスト》に比肩《ひけん》するほど不気味で恐ろしい病《やまい》だった。

罹患《りかん》すると日に何度も吐血《とけつ》する。

失血にともない、皮膚《ひふ》が次第に病葉《わくらば》のように蒼白くなってゆく。

特効薬はなく、蟬《せみ》が羽化して七日目に死ぬように、発症して七日前後で必ず死に至る。

空蟬病に罹患した者は強制的に村外れの隔離施設に収容される。隔離施設といっても、ただの簡素な木造の小屋だった。最終的に、病魔に巣食われた死体ごと焼き払われるためだ。

十歳にして両親と妹を次々と空蟬病で喪《うしな》ったクラウスは、天涯孤独になった悲嘆《ひたん》に暮れる間もなく、みずからも同じ病に侵《おか》された。

ある朝、突然、大量の血を吐いて意識を失った。

発見者の手によって移送されたのか、目を覚ましたときにはもう、外界から閉ざされた隔離施設の中にいた。栄養失調で骨と皮のように痩《や》せ細った足首には、逃亡できないようにするためか、太い鎖のついた枷が嵌められていた。

ほとんどの村人はすでに死ぬか、離散していた。

そのせいか、狭い隔離施設には自分の他に生きた人間は誰もいなかった。乾いて黒ずんだ血の染みが壁にべったりとこびりつき、まだ筋肉の繊維が残る白骨が床に散乱していた。胃液が込みあげてくるほどの死臭《ししゅう》と腐臭《ふしゅう》と腥《なまぐさ》い血の匂いが、小屋中に染みついていた。

クラウスは隔離施設でただ血を吐き続けた。

どうせ助からない命だが、せめて渇《かつ》して苦しむことがないように、安らかに逝《い》けるようにとの村人たちの情けだったのだろう、小屋には水を張った水甕《みずがめ》が用意されていた。

水は汚濁《おだく》していて異臭がし、蟻《あり》や小さな羽虫の死骸がいくつも浮かんでいた。

しかしクラウスは咽喉《のど》の渇きに抗《あらが》えず、三日と経《た》たずに水甕の水を飲み干してしまった。

あとは死を待つばかりだった。

奇跡が訪れたのは、空蟬病に罹患してから七日目の、月の明るい晩のことだった。

隔離施設の傷《いた》んだ扉が、突如として音を立ててひらいた。

死神にとり憑《つ》かれた、哀《あわ》れな、新たな罹患者がやってきたのだろうと思った。

壊れたガラクタ人形のように汚れた床に倒れ、生気のない目で虚空《こくう》を眺めていたクラウスの視界に入ったのは、自分と同じくらいの年頃の少女だった。

少女の透き通った瞳は、光と影の加減で薄水青《うすみずあお》にも、菫《すみれ》色にも見えた。

彼女がどんな顔立ちをしていたのか、自分にどんな言葉をかけてきたのかは憶えていない。

ただ、その白さだけが鮮明だった。長く滞《とどこお》っていた分厚い黒雲を切り裂いて、ふいに天から差したような、一条の光と同じ種類の清浄な白さだった。

しかも少女は病人ではなかった。肌は病的な白さではなく、雪花石膏《せっかせっこう》の輝きを帯びていたし、唇はまだほころばない、春を待つ薔薇のつぼみのように薄赤かった。少女は迷いのない足取りでクラウスのもとに歩み寄ってくると、血と骨と死穢《しえ》にまみれた床に躊躇なく跪いた。

少女は前掛けのポケットから何か液体の満たされた小瓶を取り出すと、その中身を自分の口に含んだ。クラウスは何を感じるでもなく、少女の姿をぼんやりと瞳に映していたが、ふいに少女の手によって頭を抱き起こされた。

朦朧《もうろう》とする彼の唇に、しっとりと濡れた、柔らかく甘美な花のつぼみが押しあてられた。

それが花ではなく少女の唇なのだと気がついたときにはもう、少女の肌と同じ温《ぬく》もりを帯びた、とろりとした液体が口腔《こうこう》に流し込まれていた。ひどく渇《かつ》していたクラウスは、本能的に、夢中でそれを飲み下した。

少女はクラウスを横たえると、その場で前掛けを外し、自身が纏っていた質素なドレスを脱ぎ捨てた。前掛けは丸めてクラウスの頭の下に敷き、ドレスはクラウスの腹の上に掛けた。

少女は立ち上がり、クラウスに背を向けた。

クラウスは霞《かす》む瞳で、少女の素肌を見つめた。

声を出す余力もなく、ただ見つめることしかできなかった。

少女の白い背中一面には、紅い薔薇の蔦《つた》が這《は》ったような、焼けただれた痕《あと》があった。

痛々しくも美しいその背中をなかば覆っていたのは、目がくらむほど真っ白な翼だった。

月明かりと星の光を受けて、白雲母《きらら》の粉をまぶしたように輝く純白の翼が、クラウスの網膜に鮮烈に焼きついた。

意識は、そこで途切れた。

——死すべき運命にあったクラウスは、しかし、再び目覚めた。

隔離施設の中ではなく、生まれ育った農村からだいぶ離れた町の教会にいた。

容態が安定した頃、クラウスは教会のメレンドルフ司教夫妻に養子にならないかともちかけられた。それは天涯孤独となった幼い彼にとって、願ってもみない幸運だった。

空蟬病に罹患しながらも奇跡の生還を遂《と》げた彼は、神の寵児《ちょうじ》ということになっていた。病を克服したからだけではない。そもそも空蟬病に罹《かか》ると、死ぬ直前に青紫色の斑《はん》が出る。クラウスの場合は罹患してから六日目に、左胸に斑が出た。それがたまたま星十字の形をしていて、病後も薄く残ったために、司教はクラウスの内に神聖な力を見出したのだ。

大人になったら父のように自分も農夫になるのだろうと思っていたクラウスだったが、もう帰る家はなかった。メレンドルフ司教の養子となり、神学校に入り、聖職の道へと進んだ。

司教の望む通りの生き方を選んだのは、単に養育された恩義があるからではなかった。

クラウスは純白の翼を持つ少女の——いや、聖女の、少しでも近くに行きたかったのだ。

あの晩以降、純白の聖女の行方《ゆくえ》は杳《よう》として知れないが、聖典に従い、神に敬虔な祈りを捧げながら生きれば、いつか再び純白の聖女に相まみえるはずだと……今も、そう信じている。

「……ですから、私が聖職者を志した理由は、本当は、不純なのです。純白の聖女様に出逢《であ》うまでは、敬虔な信徒などではなかった。死んだのちでも良いから、ただ聖女様のもとへ行きたくて、ただそれだけで……私はこの道を選んだのです」

クラウスは瞼の裏が熱くなるのを感じながら、そう話を締めくくった。

『不純？　あんた、その純白の聖女様とやらに恋着《れんちゃく》でもしているわけ？』

訊き返されて、クラウスは瞳を閉じたまま首を横に振った。

「恋など……、そんな想いをいだくのはあまりにもおこがましいことです。私が彼女にいだくのは、敬愛、信仰、服従……そういった感情です。私は聖女様を崇拝しています。……純白の聖女様が私を御許《みもと》に召してくださるというならば、私は喜んで彼女のしもべになります……」

クラウスは訥々《とつとつ》と語りながら、徐々に微睡《まどろ》んできた。ユリアーナが煎じた薬には、熱を下げる吸い葛《かずら》のほかに、不眠に効能がある弟切草《おとぎりそう》も含まれていたのかもしれない。

クラウディアの反応を待たずに、彼は安らかで深い眠りに落ちていった。

クラウディアはクラウスの腕から抜け出すと、夜の森へと足を運んだ。

していた。
水面《みなも》に満月が映る澄んだ泉で、一人の乙女がこちらに背を向け、一糸《いっし》まとわぬ姿で水浴びを
そのたおやかな背には、一面に紅い薔薇の蔦で縛《いまし》められたような火傷《やけど》の痕があり、その上を、
ふわふわと波打つ純白の長い髪が覆っていた。
(なるほど、『目がくらむほど真っ白な翼』に見えないこともないか)
ましてや空蟬病に罹り、発熱と脱水症状で意識が混濁していた状態ならば余計に。
『王女』
クラウディアが近くまで行って声をかけると、少女は水滴を水晶の粒のように散らしながら
振り返った。彼女はクラウディアの姿を視界に認めると、水宝玉の瞳を細めて微笑んだ。
ユリアーナの淡すぎる色の髪は、月明かりを受けると、蒼みを帯びた白銀に輝くのだった。
「クラウディア、おまえも水浴びをしに来たの?」
『冗談じゃない。僕は浴室でぬるま湯につかるのが一番さ』
「ふうん。綺麗な泉で月光浴をするのも気持ちがいいのに」
自分が猫の姿をしているせいだろうが、ユリアーナは雪花石膏の肌を隠そうともせずに笑う。
『あんた、いくらなんでも無防備なんじゃないの。カレンデュラの城に思春期の少年がひとり
やってきてるってことを忘れるなよ』
「クラウスは、女の裸なんか見たって動じないわよ。わたし、さっき審問にかけられたときに
思いっきり胸を見られたけれど、あの子、眉ひとつ動かさなかったもの」

『胸がどこにあるか見えなかったんじゃないの』

「失礼ね！　そこまで小さくないわよ！」

ユリアーナは怒りのためか頬に朱を散らし、こちらを睨みつけてきた。

十七歳という実年齢よりもあどけなく、可愛らしすぎる顔立ちのせいで怒っていても凄味《すごみ》が出ないユリアーナを適当にあしらいながら、クラウディアは考えていた。

各地で空蟬病が蔓延したあの年。

当時十一歳だったユリアーナは、彼女が師匠として慕《した》っていた元王宮医師のアルバンとともに、ミルヒ村のみならず、近隣の村人たちをひとりでも多く救うために奔走《ほんそう》していた。

特効薬の発見が遅れたためにアルバンとユリアーナが救えた命は少なかったが、薬の効能で助かった者もいた。

そのひとりが、貧しい農村の隔離施設に閉じ籠められていたクラウスだったのだ。

（クラウス。あんたが天国かどこかにいると思っている『純白の聖女様』は、あんたのものっすごく身近にいるんだけど、どうするわけ）

クラウディアは『純白の聖女様』に対してゆきすぎた信仰心をいだくクラウスの顔を思い浮かべ、軽く首を振った。ユリアーナが純白の聖女様と同一人物であることに自分は気づいてしまったが、それは自分だけの胸に仕舞っておこうと、クラウディアはひそかに決意した。

いたいけで一途《いちず》すぎる少年の扱いには注意が必要だった。

彼に知らせたら、ユリアーナが困ることになりそうな予感がしてならなかった。

Kapitel Ⅲ

クラウスがカレンデュラの森の城で暮らすようになってから、十日あまりが過ぎた。

寝不足がたたって卒倒したクラウスだったが、ユリアーナの煎《せん》じた薬が効いたのか、それとも彼の執念深さによる賜物《たまもの》か、翌日にはけろりと回復した。

そして彼は今日も静かにユリアーナを監視しているのだった。

ユリアーナの書き物机の上には、色も形も大きさも様々なカボチャがひしめいていた。皮が橙《だいだい》色のもの、緑色のもの、黄色いもの。手毬《てまり》のように丸いもの、細長いもの。ひだが入ったもの、つるりとしたもの。縦縞《たてじま》の模様が入ったもの、ぶちが入ったもの。いずれも今朝、温室で収穫してきたばかりのものだ。飢饉《ききん》対策の食糧にするには、まだまだ改良の余地があるカボチャたちをユリアーナが柔らかな布で丁寧《ていねい》に磨いていると、背後でクラウスが言った。

「王女様」

クラウスはユリアーナと背中合わせになるかたちで、別の書き物机の前に座っていた。書き物机は先代の城主の部屋にあったものを、クラウスがわざわざ運びだしてきたのである。

カレンデュラの森の城に移ってからも、クラウスには改邪聖省《かいじゃせいしょう》の役人としてすべき仕事があった。処理しなければならない書類や、各地の司祭、司教からの書簡が毎日のように彼のもとに届けられる。けれどクラウスは書類にかかりきりになっているわけにもいかない。ユリアーナの監視をしなければならないからだ。

　そこで彼は、ユリアーナの部屋で起居するという、とても単純で非常識な方法を思いついたようだった。行動が早い彼は使用人たちの手を借りて、まず書き物机をせっせと彼女の私室に移動させ、寝台にもなる長椅子を、彼女の寝室に勝手に設置したのである。

　おかげでユリアーナの部屋は手狭になった。

（それだけの問題じゃないわよ）

　いくら互いに無関心――ユリアーナはカボチャばかりを愛し、クラウスは純白の聖女様以外のすべてに興味がない――とはいっても、姉弟だって普通は自分たちくらいの年頃になったら寝室を分けるのに、クラウスといったら本当に、淑女《しゅくじょ》に対する配慮のひと欠片《かけら》もなかった。

「何かご用？」

　ユリアーナがつっけんどんに言って座ったまま後ろを振り返ると、彼は音もなく椅子から立ち上がった。その手には誰かからの手紙か、折り目のついた羊皮紙《ようひし》がある。

「大変残念なお知らせがございます」

「何かしら」

　ユリアーナが訊《き》くと、彼は天気の話でもするかのようにさらりと告げた。

「貴女《あなた》に、第一王女殿下を呪詛《じゅそ》した嫌疑がかけられているようです」

「呪詛!?　このわたしが!?　レティ姉様に!?」

　ユリアーナは勢いよく席を立つと、クラウスから羊皮紙を封筒ごとひったくった。

　手紙には、姉のレティーツィアが体調不良で城内の離宮《りきゅう》に移されたこと、そしてその要因となったのがユリアーナの呪術による可能性が高い、ということが記されていた。

　ユリアーナは最後まで読まずに封筒を見る。封蠟《ふうろう》には剣と宝冠をつけた獅子《しし》の紋章が押されていた。手紙の送り主は、筆跡からして見当はついていたが、やはり国王だった。

「馬鹿らしい！」

　ユリアーナは羊皮紙をクラウスに返すと、吐き捨てるように言った。

「愛《いと》しい姉様を呪殺する動機がわたしにはないわ。わたしは玉座《ぎょくざ》なんて興味ないし、仮にあったとしたって、姉様をこの世から抹消《まっしょう》してわたしが女王になれるわけでもないのに」

　ユリアーナは白いマホガニーの猫脚《ねこあし》椅子にドカッと座り直すと、腕組みした。

　王位継承権第一位はユリアーナのふたごの姉、レティーツィアに。第二位は、ふたご姉妹の同い年の異母兄グスタフに与えられている。グスタフは、父の元愛妾《あいしょう》で現在は正妃の座におさまっている、オリーヴィアの一人息子だった。忌《い》み子《ご》であるユリアーナには王女という肩書きだけが与えられ、王位継承権はなかった。

「国王はそんなにわたしが憎いのかしら……」

　ユリアーナは桜貝のような爪の先でカボチャをつつきながら、独り言のように呟《つぶや》いた。

「貴女が憎いのではなく、忌み子が憎いのでしょう」

「同じことだわ」

「……。どうお考えになるかは貴女の自由です」

クラウスは素っ気《そけ》なく言った。ユリアーナはカボチャ磨きを再開しながら、思案に暮れる。

（いずれ呪詛の件が宗教裁判に発展したらどうなるだろう。改邪聖省に身の潔白を訴えたところで、聞き入れられるのかしら。わたしを審問し、最終的に裁きを下すのは、特別異端審問官であるクラウス。彼はわたしの敵になるのか、それとも……）

ユリアーナは軽く頭を振る。宗教裁判という最悪の事態に陥《おちい》ったときのことを憂《うれ》えるよりも、今はそれを回避する方法を考えるべきだ。

「呪詛の件」

ユリアーナと背中合わせで自分の書き物机に向かうクラウスが、唐突に口にした。

「国王陛下が思い至られたことだとは限らないのでは」

「どういうこと？」

「陛下が信頼をお寄せになる何者かが、陛下にそのように讒言《ざんげん》したという可能性もあります」

「何者かって、誰？」

「わかりかねます。そもそものような人物が存在すること自体が、私の想像に過ぎません。しかしもしも私がレティーツィア様と貴女を殺したいと考えたら、やはりまず、貴女に呪詛の罪を着せると思います」

例えば――と、クラウスは、つらつらと口にした。

「レティーツィア様のお食事に検出されにくい毒を毎日微量ずつ盛れば、レティーツィア様は徐々に弱ってゆきます。次に頃合いを見計らって、その衰弱《すいじゃく》の原因を貴女の呪術によるものだとします。そうですね、適当な聖職者を買収し、貴女が疑わしいという供述をさせれば、貴女をいともたやすく罪人に仕立て上げることができるでしょう」

ユリアーナが首をめぐらせて後方を顧《かえり》みると、クラウスもこちらを見ていた。

憎悪もなければ憐憫《れんびん》もない、ただ無感情な声で、彼はさらに言った。

「何しろ貴女には『忌み子』という、持って生まれた負の烙印《らくいん》があるのですから」

「そうね」

ユリアーナは平然として返した。傷つきもしなければ、怒りが湧くこともなかった。

何故《なぜ》なら自分が忌み子であるのは動かしがたい事実であるし、何よりもクラウスの澄んだ薄《うす》翠《みどり》の瞳《ひとみ》のどこにも、自分を傷つけようとしている悪意が見出《みいだ》せなかったからだ。

「やがてレティーツィア様は死に、貴女は姉を呪殺した罪で処刑されます」

そう言って、彼は淡々と『ふたごの王女殺害計画』を締めくくった。

「いかがでしょうか。そうすれば、私は自分の手を極力汚すことなく、ふたごの王女を短期間のうちにまとめて亡き者にすることができます」

「あなた、聖職者のくせに、よくもそんな恐ろしいことを思いつくわね」

ユリアーナはクラウスの胸の前で光る、白銀の星十字《せいじゅうじ》をじろじろと見た。

「……まあ、筋書きとしては美しいわ。でもその殺害計画では、想定外の事態になったときのことが考慮されていないわね」

「想定外の事態」

　無表情で反芻《はんすう》したクラウスに、ユリアーナは花がほころぶような笑みを浮かべてみせた。

「たとえばあなたが、陥《おとし》れようとしていたわたしに、逆に陥れられてしまった場合のこと」

「この私を出し抜くのですか。どのようにして」

「レティ姉様の周辺から、怪《あや》しい物的証拠を集めるのよ」

「物的証拠。それはかならずしも見つかるものでしょうか」

「それは……、探してみなければわからないわ」

　ユリアーナが口ごもると、クラウスは「それからもう一点」と言った。

「王女様は、犯行に本物の呪術師が加担《かたん》しているとはお考えにならないのですか。つまり貴女以外の何者かがレティーツィア様を呪詛しているという可能性です。レティーツィア様が本当に黒魔術によって体調を崩されているならば、物的証拠を見つけるのは至難の業《わざ》でしょう」

「黒魔術？」

　ユリアーナは小さく笑った。

「わたしは医師なのよ、クラウス。この世には精霊が実在するから、魔法や呪術の存在を完全に否定するつもりはないけれど、人の身体を蝕《むしば》むものの多くは菌か毒だと思うの。原因不明の病《やまい》であってもよ」

　それからユリアーナは、たとえとして、最初に念頭をかすめた病の名を口にした。

「ねぇクラウス、空蟬病《ツイカーデ》という病を知っている？　六、七年前に、王国の辺境一帯を中心に蔓《まん》延《えん》した疫病《えきびょう》よ。罹患《りかん》するとまず呼吸器官が破壊されて血を吐くの。患者は血を吐きはじめたその日から数えて、ちょうど七日目に死ぬ」

「……よく知っています」

彼の声がほんのわずかな緊張をはらんだのには気づかずに、ユリアーナはカボチャを磨きながら言った。

「空蟬病は黒死病《ペスト》と違い、このあたりの一部地域でしか流行《はや》らなかった。だから王都の有識者たちは進んで研究をすることもなく、長年、『呪われた不治《ふじ》の病』だなんて言われて片付けられてきたの。でも空蟬病は呪われた不治の病なんかじゃなかった。

特効薬があったのよ。隣国の高山にしか生息しない三日月草《みかづきそう》。それまで、根が毒になるからと恐れられてきたその花の蜜に薬効を見出したのがわたしの師、アルバンだった」

「特効薬……」

「そう、新種の薬よ。アルバンは特効薬を発見すると、すぐにこの一帯のあちこちを駆け回り、空蟬病に苦しむ人々に処方した。結果、救われた命もあった」

ユリアーナは夕陽のような橙色をした、小玉カボチャを机に置いた。話しながら延々と磨いていたので、上質な柘榴石《ざくろいし》のようにピカピカとした光沢《こうたく》を帯びていた。次に手にとったのは、やはり片手にすっぽりと収まってしまいそうな小ささの、縞の入った濃緑《こみどり》のカボチャだ。

「もう少し早く薬を発見できていれば、ここまで被害は拡大しなかったかもしれない……アルバンはそんな風に嘆《なげ》いていたけれど、わたしは患者を救ったことだけがアルバンの功績ではなかったと思っている。怪しいまじないによって空蝉病《ツィカーデ》を流行らせたと言いがかりをつけられて、投獄されていた魔女たちを解放することができたんだもの。

ああ、魔女というのは、紅《あか》い髪に黄金《きん》の瞳を持って生まれた者たちのことよ。聖典に、紅い髪と黄金の瞳は邪性の証《あかし》だと記されていたために、迫害される運命を背負ってしまった」

「存じ上げております」

「そうね。聖典の内容を誰よりもよく知るあなたには、説明するまでもないことだったわ」

クラウスは国王に返事の手紙でも書いているらしく、部屋には羽根ペンの先がさらさらと羊皮紙を滑る音が響いていた。しかしほどなくして、彼は羽根ペンを動かす手をとめた。

「王女様。空蝉病の患者に特効薬を処方して回ったのは、貴女の師だけですか。他にどなたかいらっしゃらなかったのですか」

「アルバンだけよ。二次感染、三次感染の危険性があるから素人《しろうと》には任《まか》せられないし、三日月草は処方をわずかでも誤ると猛毒になる諸刃《もろは》の剣《つるぎ》だもの。専門知識のある医師たちに調合や処方の仕方を丁寧に指導する時間もなければ、進んで手を貸してくれる医師もいなかった。せいぜい、わたしが時々無理を言ってアルバンを手伝ったくらいだわ」

「……そうですか」

「何故そんなことを訊くの？」

「いえ……」

　クラウスは、なんだか黙ってしまった。特に追及するようなことでもないと思い、ユリアーナは話を戻した。

「とにかくわたしが言いたいのは、呪われた病と言われるような病気でも、蓋《ふた》を開けてみれば毒や菌が原因に過ぎない場合が極めて多いということよ」

「おおむね同意致します。王女様」

　クラウスは特別異端審問官にしては柔軟だった。聖職者の中には、自分たちには理解が及ばない方法で病を退《しりぞ》けるからといって、医師のことですら異端視する者も少なくないのに。自分と思想が異なる者の話にも、とりあえずは耳を傾けてくれる。ユリアーナは彼のそういうところが好ましかった。

「問題は、どうやってわたしが王宮に潜《もぐ》り込むかよね」

　忌み子であるユリアーナは、国王からの招集でもかからない限り、王宮には戻れないことになっていた。カボチャを手にうなっていると、クラウスが言った。

「私が貴女を王宮にお連れ致します」

「あなたが？」

　ユリアーナが目をぱちぱちさせてクラウスを見ると、こちらに背を向けて書き物をしていた彼は、あからさまなため息をついた。

「王女様、貴女は先程、手紙を全部お読みにならなかったのですか」

「だって、途中でつい頭に血が昇ってしまったんだもの」

「それでは、今度は落ち着いてご覧ください。王女様」

クラウスは件《くだん》の手紙を持って立ち上がると、つかつかとユリアーナのほうに歩み寄ってきた。

カボチャだらけの書き物机の上に、羊皮紙が置かれる。

ユリアーナが文面に目を通すのを、傍《そば》に立ったクラウスは黙って待っていた。

ユリアーナは半分ほど読んだところで、概要《がいよう》をだいたい理解した。国王はレティーツィアの身を蝕む呪詛を、清浄なる祈禱《きとう》によって退けようと考えている。そしてその祈禱師には、クラウスを任命する旨《むね》が記されていた。ユリアーナは感心した。

「あなた、よほどあの男……じゃなくて、陛下に信頼されているのね。わたしの監視役だけではなく、いずれ女王になるレティ姉様の病気平癒《へいゆ》のお祈りまで任されてしまうなんて」

「特別異端審問官ですから」

「ふうん。じゃあ、あなたは遠からず王都に行くわけね」

「はい。貴女を連れて」

「え?」

「……ですから、最後までお読みになってください」

「ええと」

あせあせと手紙の続きを読もうとしたユリアーナから、クラウスは羊皮紙を取り上げた。

「もう結構です。貴女がせっかちなのはよくわかりました。あとは私がご説明申し上げます」

せっかちなのはどちらだろう。唇《くちびる》をとがらせたユリアーナに、クラウスは簡潔に告げた。

「私はカレンデュラの城を離れなければなりませんが、かといって、その間、私は貴女の監視役の任を解かれたわけではありません。大胆にも、陛下は貴女を私の監視下に置き続けるために、私にあえて貴女を連れて王宮に参じるようにとおおせになりました」

ユリアーナはパッと顔を輝かせた。

「本当!? ありがとう、クラウス。国王の信の厚いあなたがわたしの監視役で良かった!」

ユリアーナは猫脚椅子から立ち上がりざま、喜びの勢いでクラウスに抱きついた。そして即行でクラウスに肩を押しやられた。

「貴女には、慎《つつし》みというものがないのですか」

「ごめんなさい」

口先では詫《わ》びつつも、ユリアーナは舞い上がっていた。これで、宗教裁判になる前に、自分にかけられた疑いを自分で晴らすことができる。

(完全犯罪なんてありっこないもの。かならず犯人のしっぽをつかんでみせるわ)

闘志に燃えるユリアーナに、クラウスがそろりと声をかけた。

「王女様。言い忘れておりましたが、貴女を王宮にお連れする際には、貴女に最低一個以上の拘束具をつけるようにと、別途、陛下からいただいた書状に書かれていました」

「え?」

「王女様、こちらへどうぞ」

クラウスはユリアーナの手をとると、自分の書き物机のほうへと誘導した。

机の横に備えつけられた抽斗《ひきだし》の鍵穴《かぎあな》に、彼は小さな鍵を差し込んで、回した。カチ、と音がすると、クラウスは抽斗を開けた。中を覗《のぞ》きこんだ途端、ユリアーナは声を失った。抽斗の中をぎっしりと埋め尽くしていたのは、素材も形状も多様な手枷《てかせ》、足枷、首輪、腰縄といった拘束具の数々だった。ユリアーナはぞっとした。

「これってもしかして、改邪聖省が魔女狩りの際に実際に使ったもの……？」

「ご安心ください。すべて私の私物で新品です。王女様、貴女のためだけにあつらえました」

「え……」

いったい何を安心すれば良いのかわからず、ユリアーナはクラウスから一歩、身を引いた。天使のように綺麗な顔をして、この少年はなんてものを集めているのだろう。

クラウスはごそごそと抽斗を漁《あさ》りはじめた。拘束具についた鎖《くさり》が擦《こす》れあい、冷たい金属音が室内に響く。

「王女様はどのような拘束具がお好みですか。これなどはいかがでしょうか」

クラウスが抽斗の中から取り出したのは、月の暈《かさ》のように美しい、白銀の足枷だった。両の足首に嵌《は》めるのだと思《おぼ》しきふたつの環《わ》が、一歩分にも及ばない長さの鎖で繋《つな》がれている。

「い、厭《いや》よ！　そんなおぞましいものつけたくない！」

ユリアーナが思いきり拒否すると、クラウスは不機嫌そうに眉《まゆ》を寄せた。

「拘束具をお召しいただかなければ貴女を王宮にお連れすることはできません。子供のようなわがままをおっしゃらないでください。手枷はもっとお厭でしょう。王女様はレティーツィア様の周辺を捜索なさりたいのですから、手を縛《いまし》められていては不便が生じると思います」

歳下の少年に冷静にたしなめられて、ユリアーナはもう、何も言えなくなってしまった。

「王女様、どうぞおかけください」

クラウスが書き物机の前の椅子を引いた。駄々をこねてまた子供扱いされるのも癪《しゃく》なので、ユリアーナはおとなしく彼の言うことに従った。

「貴女のおみ足にぴったり合えばよろしいのですが」

椅子に座ったユリアーナの前に、足枷を両手に持ったクラウスが騎士のように跪《ひざまず》いた。

「……何をするの？」

「試着していただくのです。王女様、失礼致します」

クラウスは足枷の鎖をいったん自分の手首に掛けると、ユリアーナが身につけていた、床に引きずるほど長いドレスの裾《すそ》をそっと払った。

ユリアーナは頰《ほお》に微熱が宿るのを感じたが、動揺は胸の内に押し隠した。

脚を男性の目の前に晒《さら》すなんて考えられないようなことだったが、そもそも足枷をつけられる時点でおかしいのだ。それに、クラウスは子供だ。意識するのも馬鹿馬鹿しい。

ユリアーナは必死に自分にそう言い聞かせながら、眼下の麦わら色の髪から顔を背《そむ》けた。

ドロワーズの下には薔薇《ばら》を繋げたような模様の、純白のレース地の靴下を履《は》いていたが、それは肌に吸いつくように薄く繊細な造りだった。足首にクラウスの指先の体温を感じると、まるで直接触れられているような錯覚を起こし、ユリアーナの白皙《はくせき》の肌は紅くなってしまった。

何をされているのか直視できない代わりに足首に全神経を集中させていたせいか、そこに突然冷たい金属を押しあてられたとき、ユリアーナの身体はびくりと震えた。

「王女様」

ユリアーナの反応を怪訝《けげん》に思ったのか、クラウスが顔を上げた。

「ご、ごめんなさい。なんでもないの」

ユリアーナが恥ずかしさのあまり瞳を潤《うる》ませると、クラウスは何か誤解したようだった。

「王女様、怖がらないでください。この足枷は貴女を傷つけるものではありません」

「わかっているわ。驚かせてしまってごめんなさい……」

「急におとなしくなられましたね。……もっとも、そのほうが私には好都合ですが」

クラウスはどこか腑《ふ》に落ちない様子で言いながらも、淡々とユリアーナの拘束を再開した。

彼はまるで灰かぶり姫の足に玻璃《ガラス》の靴を履かせる王子のように、ユリアーナの左右の足首に、恭《うやうや》しい手つきで足枷を嵌めた。最後にカチ、と硬質な音がした。ユリアーナが自分で外せないように、枷に鍵をかけられたのだとわかった。

「これで王女様は、私のもとから、走って逃亡なさることができなくなりました」

クラウスはふたつの足枷の環を繋ぐ鎖を手で掬《すく》い、感情の読みとれない顔で呟いた。

「走るどころか、普通に歩いていても転びそうで怖いわ」

「それでは少し、枷をつけて歩く練習をなさいますか」

「そうしてみる」

ユリアーナは恐る恐る立ち上がったが、すぐに椅子に座りなおした。

足首に枷がついている上に、踵《かかと》の高い靴を履いて歩くのは、いきなり難易度が高すぎる。

ユリアーナは背中を折り曲げて、つま先に絹のロゼットがついた赤い靴を脱ごうとしたが、枷がついているせいでうまくいかない。クラウスはユリアーナがしようとしていることを察したのか、さっさと靴を脱がせてくれた。

「お気をつけて」

目の前に立ったクラウスに差し伸べられた手をとり、ユリアーナはゆっくりと立った。

靴を脱いだせいで、クラウスのほうが背が高くなってしまった。ユリアーナはそれが少し面白くなかったが、彼に自由を奪われている状況がそうさせるのか、憎まれ口のひとつも出てこなかった。ユリアーナはクラウスから手を離すと、怖々と最初の一歩を踏み出した。

大股《おおまた》で歩くのが癖《くせ》なのを自覚していたユリアーナは、鎖の長さ以上の歩幅にならないように慎重に歩いた。五、六歩目までは順調だった。油断した七歩目に、鎖が足にからまった。

「きゃ……！」

体勢を崩したユリアーナを、付き添っていたクラウスがなんとか抱きとめた。

「あ、ありがとう」

あたふたと彼の胸から身を離した彼女に、クラウスは温度のない声で告げた。

「私の腕につかまってください。エスコートされているつもりで」

そんなことを言われても、エスコートなどされたことはない。

ユリアーナはややためらってから、手を伸ばして、クラウスの腕に指を絡《から》めた。

「こ、こう……？」

「遠いです、王女様。もっと私に寄り添ってください」

真顔で指示を下される。

ユリアーナは恥ずかしすぎて泣きたいような気持ちになったが、これは越えなければならない壁だった。数歩歩くたびに転んでいるようでは、王宮に行っても、レティーツィアの離宮に辿《たど》り着く前にボロボロになってしまうだろう。物的証拠を集めるときは万全の状態で臨《のぞ》みたい。ならばなんとしても、今から枷のついた足での歩行に慣れておく必要があるのだ。

ユリアーナは意を決して、言われた通りにクラウスの腕に抱きついた。

「でも、これはこれであなたを巻き添えにして転びそうで、怖くない？」

ユリアーナが素朴な疑問を口にすると、クラウスは言った。

「貴女はお忘れのようですが、私は男です。王女様おひとりくらい支えて差し上げられます」

そうだろうか。ユリアーナの頭に疑問符が浮かぶ。さっき自分が転倒しかけて支えてくれたときは、彼も巻き添えを食ってよろめいていたような気がする。

けれどクラウスは無表情ながらも明らかにむっとした様子になっていたので、ユリアーナはその子供っぽさに、「そう？　じゃあ、頼りにしているわ」と、緊張も忘れて微笑んだ。

それから七日の後。

ユリアーナはクラウスとともに王宮を訪れていた。

大理石の廊下は鏡のようによく磨かれ、果てしなく続いている。

扉と扉の間にある丸いステンドグラスの窓からは昼下がりの光が差し込んで、反対側の壁に等間隔に取りつけられた黄金《きん》の燭台《しょくだい》を、時折強く煌《きら》めかせた。

純白のアーチ型の天井は、めまいを起こしそうなほど高い位置にある。

そこに絵画のように細かく彫刻されているのは、百合《ゆり》や薔薇、葡萄《ぶどう》といった聖なる植物に、水盤から水を飲む二羽の鳩《聖霊》だ。羽を広げ、飛翔しているものもある。

ユリアーナが十一歳になるまで暮らしていたこの城は、昔と比べ何一つ変わらなかった。

大聖堂と融合したような建物の造りは、政治と宗教が結合したこの国の体制をそのまま表しているかのようだった。

「王女様、お疲れですか」

寄り添っていたクラウスに声をかけられ、ユリアーナは現実に返った。

「いいえ。このお城はずっと変わらないなと思って、見ていただけ。……行きましょう」

ぼんやりと立ち止まってしまっていたことに詫びを入れ、ユリアーナは彼を促《うなが》した。

クラウスは何も言わずに、いつもよりだいぶ緩やかな速度で歩きだした。

王の命令によって足枷を嵌められ、鎖を引きずって歩くユリアーナが躓《つまず》かないように、歩調を合わせてくれているのだ。

ユリアーナは視線に気づかれないようにこっそりと横のクラウスを見た。

白銀と黄金の糸で、薔薇の蔦《つた》のような飾り刺繡《ししゅう》が施《ほどこ》された純白の聖衣を纏《まと》い、襟《えり》の詰まった首には真珠の粒をつらねたエステレラをかけている。白銀のメダイと星十字を身につけた彼の身の内からは、聖堂に似た城に存在するのに相応《ふさわ》しい清廉《せいれん》さが溢《あふ》れ出ているようだった。

(それに引き換え、わたしはいかにも慌《あわ》てて装《よそお》ってきた風だわ……)

ユリアーナは情けない気持ちで自分の衣装を見おろした。

村のあちこちの家を往診《おうしん》したり、カボチャの収穫に精を出す暮らしの中で、美しく着飾る必要はほとんどなかった。

機能性の低いドレスを着るのは、せいぜいカレンデュラの森の城に宝石商を招いたり、近隣の村々を治める領主たちとの会合に出席するときくらいだ。そうでないときは前掛けをつけた膝下丈《ひざしたたけ》の簡素なドレスに、リボンで編み上げた革のブーツでも履いているのが一番だ。

けれど王宮に参じる今日はさすがに王女らしく取り繕《つくろ》う必要があった。

今朝、いつもの二倍の時間をかけて侍女《じじょ》のマルグリットに着せてもらったのは、玉虫色の光沢を放つ、夜空のように深い青色のコルセットドレスだった。

黒のチュールレースが雪白の首をすっかり覆《おお》ってしまうほど贅沢《ぜいたく》に使用された立襟《たてえり》のブラウスは、烏《からす》の羽のような濡色《ぬれいろ》で、胸元にはシフォン素材でできた黒薔薇のコサージュが飾られている。袖《そで》は金管楽器《ラッパ》のように広がる形状で、肘《ひじ》の下から手首にかけて、階段のように折り重なった五段重ねのレースになっていた。

ブラウスに重ねたドレスの胴体部分は装飾コルセットである。前を黒のリボンで編み上げる仕様になっていて、編み上げ部分の両側には、黒の薔薇レースが平行になるように縫いつけられていた。鎖骨《さこつ》の下を起点としたコルセットは、腰のくびれの下で共布の青地《あおじ》で仕立てられたドレープスカートに切り替わる。裾の部分に、やはり黒の薔薇レースとフリルがあしらわれたドレープスカートは、背面の二点を紐《ひも》で絞《しぼ》り上げているので、前面はカボチャのように愛らしい丸みを帯びながらも、同時に流れるようなひだがそこに優美な陰影を生み出していた。

たくしあげたドレープスカートの下から覗くのは、手触りのよい黒のジョーゼットスカートだ。内側に、薄い花片《はなびら》が幾重《いくえ》にもなった花金鳳花《ラナンキュラス》を伏せたようなパニエを仕込み、ふんわりと膨《ふく》らませている。スカートの裾に隠れてしまい外からは見えないが、青い靴の踵にも、黒薔薇のシフォンの造花があしらわれていた。

蜂蜜の結晶色の髪は、一部を編み上げただけで結わずに下ろしている。マルグリットが青のドレスと淡い色の髪の対比ほど美しいものはないとまで言ったので、ユリアーナは彼女の好きなようにさせた。頭にはドレスの色に合わせたのか、大粒のサファイアとダイヤモンドが輝くティアラを載《の》せられた。

マルグリットはユリアーナを着飾らせるとき、やけに気合いが入る。『原石を磨いて光らせるのが楽しいからじゃ』と主張するあたり、いかにも宝石鑑定士の彼女らしい。

（せっかくマルグリットがわたしを懸命に磨いてくれたのだけれど……）

ユリアーナはあたりを見回した。

なるべく人目につきたくないというユリアーナの要望で、普段は閉鎖《へいさ》されている西門から王宮に入ったので、長い廊下でもすれ違う人はなかった。廃屋《はいおく》のように静まり返っているのは、ひょっとすると、ユリアーナの一時帰還によって王宮内が混乱に陥らないようにと、国王のほうでも手を回したのかもしれない。何しろ国王は、忌み子のユリアーナをとことんまで警戒しているのだから。

(別にいいけど。どうせお城で会いたい人といったら、レティ姉様くらいしかいないもの)

逆に会いたくない人物なら大勢いる。

国王と、国王に媚《こ》びへつらう側近全員と、異母兄だ。

(特に兄。あれとは昔からそりが合わなかった)

そんなことを考えながら離宮へと通じる渡り廊下にさしかかったところで、ユリアーナは顔をしかめた。

噂《うわさ》をすればなんとやらと言うが、頭に思い浮かべただけなのに遭遇してしまった。

癖のある茶色の髪と青い目をした青年が、吹きさらしの渡り廊下の屋根を支える、装飾的な柱にもたれかかっていた。スカーフを宝石付きのピンで留《と》めたブラウスにジレ、深緑の天鵞絨《ビロード》の外套《がいとう》で華やかに装った青年は、同い年の異母兄グスタフであった。

グスタフはクラウスと並んで歩くユリアーナの姿を目に留めると、軽く片手を上げた。

「やあ、しばらくぶりだね、ユリアーナ」

しばらくぶり――正確には六年ぶりだ。

グスタフは最後に見たときよりもかなり身長が伸び、声も低くなっていた。とはいえ十七歳のグスタフは、ユリアーナが（彼が順調に成長していればこんなものだろう）と思いえがいていたそのままの姿だったので、成長した異母兄を見ても特になんの感慨《かんがい》も湧かなかった。

「お久しぶりね、兄様。こんなところで何をしているの？　レティ姉様が静養されている離宮は、陛下と医師、それに特別異端審問官殿を除いては、男子禁制と聞いていたけれど」

「レティーツィアに用があったんじゃないよ。お前が久しぶりに王宮にやってくると小耳に挟んだものだから、顔を見に来たんだ」

「ふうん」

「なんだ、素っ気ないな。十一歳のときから少しも変わっていないじゃないか。外面《そとづら》は良いが、俺の前じゃいつも無愛想で、可愛げも何もなかった」

「ご用がないなら、わたしとクラウスは行くわ。急いでいるから」

しゃら、と鎖が擦れる音を立てて、ユリアーナは足を一歩踏み出した。

するとグスタフが支柱から離れ、ユリアーナのほうに近づいてきた。不審のまなざしを向ける彼女の全身を、グスタフは口元に厭な笑みを浮かべつつ、舐《な》めるように見た。

「いや、見た目だけは変わったかな」

青い瞳に好色な気配が滲《にじ》んだ。

「お前は綺麗になったよ、ユリアーナ。それに、随分と女らしい身体つきになった。ふたごだというのに、聖女のように神々《こうごう》しくて近寄りがたいレティーツィアとはまた違う美しさだ」

「レティ姉様とわたしは、髪の色が違うのだから印象が違って当然じゃない」

ユリアーナとレティーツィアは顔立ちと瞳の色こそ同じだったが、不思議なことにユリアーナが淡い金髪であるのに対して、レティーツィアは艶《つや》めく黒髪の持ち主だった。

ところがグスタフはなおも不快な言葉を吐き出すのをやめなかった。

「髪の色だけじゃないな。今のお前には妙な色香《いろか》がある。ああ、お前は本当に罪深い王女だ。辺境の城での暮らしが寂しいからといって、そのいやらしい身体でこれまでにいったい何人の男をたらしこんできたんだ？　この濡れた赤い唇で、どれほどの……」

ユリアーナはカッとなって言い返そうとしたが、自分よりもずっと長身のグスタフの手が頬に伸びてきた途端、言い知れぬ恐怖が生じ、それがユリアーナの咽喉《のど》を凍らせた。

少女のように美しいクラウスの白魚《しらうお》の指とはまったく違う、ふしくれだった親指が唇に触れそうになる。ユリアーナは身を強張《こわば》らせた。クラウスが、ユリアーナにしがみつかれていないほうの手でグスタフの腕を摑《つか》んだのは、そのときだった。

「王子殿下、お戯《たわむ》れが過ぎます」

「なんのつもりだ。お若い聖職者殿」

グスタフは不快そうに眉を寄せたが、すぐにクラウスの行動に納得がいったように笑った。

「俺はこの国でもっとも気高《けだか》い血を引く王子だ。忌み子に触れたくらいで穢《けが》れたりしないさ」

「いいえ。貴方《あなた》の不埒《ふらち》なお言葉とその手が、清らかな王女様を穢すと申し上げているのです」

グスタフは一瞬ぽかんと口をあけてから、その顔色を見る間に怒りで赤くした。

「な……っ、貴様、ただの聖職者の分際でこの俺を侮辱《ぶじょく》するのか！」

「私は特別異端審問官です」

クラウスはグスタフの手を冷たく撥《は》ねつけたが、荒々しいその所作《しょさ》に反して、その声は恐ろしいほどに落ち着き払っていた。

「政教結合したこの国において、貴方がた王族とほぼ対等な権限を持っています。そもそも、王女様を先に侮辱なさったのは貴方のほうではありませんか。王子殿下」

グスタフはそれを聞くと、「ハッ」と笑った。

「誰よりもユリアーナを侮辱しているのは、ユリアーナがまるで大罪人か何かであるように監視しているお前じゃないか。父の命令かどうか知らないが、可哀想《かわいそう》に、足枷までつけて」

クラウスは、上背のあるグスタフを静かに見上げた。

「侮辱などしていません。私が王女様の監視役である前に、王女様に愛を捧《ささ》げた婚約者であることは、貴方も国王陛下からお聞きになってご存じのはずです」

露《つゆ》ほども愛を捧げられた覚えのないユリアーナは思わず声を発しそうになったが、クラウスの手にさりげなく口を塞《ふさ》がれた。

「貴方は、私がただ王女様の逃亡を阻止するために彼女に足枷をつけているとお思いですか。違います。私が王女様に枷をつけているのは、王女様を私に依存《いぞん》させるためです。私は王女様が愛《いと》しいあまり、王女様が、私の存在なくしては生きられないようになってしまえば良いとさえ思っています。ですからこの足枷は、単に私の独占欲と歪《ゆが》んだ愛の表れにほかなりません」

グスタフは、顎《あご》が外れそうなほど大きく口をひらいてクラウスを見つめた。

クラウスはグスタフを邪魔そうに押しのけると、淡々とした声で言った。

「参りましょう。私だけの王女様」

クラウスはユリアーナの手をとり、歩幅に気を遣《つか》いながら渡り廊下を歩きだす。

「忌み子の王女にはお似合いだ、聖職者の皮をかぶった狐《きつね》め！」

グスタフは舌打ちすると、外套を翻《ひるがえ》してその場を去っていった。

(呆《あき》れた。あの人、本当にわたしにいやがらせをするためだけにここにいたのね)

グスタフには昔からそういう陰険なところがあった。

子供の頃は晩餐《ばんさん》の席の食卓の陰でこっそりと手の甲をつねってきたり、ユリアーナに花瓶《かびん》の水をかけてきたりしたものだが、大人になってからは少しいやがらせの趣向を変えたらしい。

いずれにしてもユリアーナが昔からグスタフを嫌いなことに変わりはなかった。

それよりも……。

「……ばか」

ユリアーナはクラウスの手を握り返すと、ぽつりと零《こぼ》した。

「たとえ方便でもあんな変態みたいな発言をして、自分で自分の評価を下げてどうするの」

「私の聖職者としての地位は盤石《ばんじゃく》です。あの程度のことで評価が揺らぐことはありません」

「でも、あんな俗っぽい人の相手を真面目《まじめ》にすることなんかなかったのに」

すると、クラウスはしばらく考えてから言った。

「つい頭に血が昇ってしまっただけです」

衝動に任せた言動をするなんて、クラウスらしくもない、と思った。

（でも）

ユリアーナは俯いた。

（わたし、クラウスがわたしのためにむきになってくれて、ほんの少しだけ嬉《うれ》しかった）

頰を熱くしたユリアーナの頭上に、クラウスの声が降ってくる。

「王女様は、お顔を上げて堂々となさっていてください。貴女は美しく、清らかな女性です。純白の聖女様の次に──」

最後の最後でユリアーナはとてつもなく微妙な気持ちになり、ツンとそっぽを向いた。

「あなた、やっぱり子供だわ！　最後の一言は、大人なら思っても口にはしないものよ」

「では、言葉を変えます。貴女はこの世に実在する女性の中ではもっとも美しいかたです」

「あなたが純白の聖女様のことを好きで好きでしかたがないというのは、よくわかったわ」

なんだか胸がもやもやする。

理由はわからないが、とにかく、とても面白くない気分だった。


黄色の蔦薔薇に抱かれた、赤煉瓦《あかれんが》造りの離宮。

明るい日の光が差すその建物が王女レティーツィアのかりそめの住まいだった。

堅牢《けんろう》な入り口の両側を守っていた近衛《このえ》騎士は、クラウスの姿を認めると敬礼し、扉を開けた。

エントランスにも大きなステンドグラスの窓があり、純白の床で七色の光の粒子が踊っていた。

クラウスは小さな紙片を広げて離宮の見取り図を確かめると、ユリアーナの手を引いて、白い螺旋《らせん》階段を上った。

ユリアーナの心臓はドキドキしていた。

仲良しの姉レティーツィアとは、十一歳で離ればなれになってからも親交があった。

実際に会うことはかなわなくても、父の目を盗み、定期的に手紙のやりとりをしていた。

いつも近況を報告し、互いの身体を気遣いあうような他愛《たわい》もない手紙だったが、レティーツィアからの手紙には、ユリアーナの胸が高鳴るような、ささやかな贈り物が同封されることもあった。レティーツィアが城で見つけた、四葉のクローバーの押し花。薄水青の小鳥の羽根。手編みのレースのリボン。白銀《ぎん》で綺羅星《きらぼし》が箔押《はくお》しされた、降誕祭の美しいカード……。

(レティ姉様、お変《か》わりなければ良いけれど……)

優しい姉は病に侵《おか》され、憔悴《しょうすい》していないだろうか。

ユリアーナは恐れながら、案内された部屋の前に立った。

クラウスが叩扉《こうひ》すると、扉の内から「改邪聖省のかた？　どうぞ」と返事があった。

六年前よりも落ち着きを帯びたとはいえ、翡翠《ひすい》の珠《たま》を触れ合わせたような声は、確かに姉のものだった。

「失礼致します。レティーツィア様」

クラウスが断りを入れて扉を開けると、寝台の上で上体を起こしていた黒髪の少女が、水宝《すいほう》玉《ぎょく》の瞳でこちらを見た。もともと白い額《ひたい》は蒼《あお》みを帯び、かすかに面《おも》やつれしていたものの、頬はごく淡い桃花鳥《とき》色に色づき、唇は薄赤く照り、黒髪には濡れたような艶《つや》があった。

「レティ姉様！」

ユリアーナはクラウスから手を離すと、足枷を嵌められていることも忘れて寝台に駆け寄り、薄紅《うすべに》色の絹の寝衣《しんい》に身を包んだレティーツィアに抱きついた。

「まあ、ユリィ！　まさかあなたまで来てくれるなんて」

レティーツィアは手にしていた本を置いて、ユリアーナの背中をぎゅっと抱きしめ返してきてくれた。柔らかな黒髪に顔をうずめると、甘く優しい白百合の香りがする。六年前と少しも変わらないレティーツィアの匂いに、ユリアーナはほっと吐息を漏《も》らした。

同じようなことを考えていたのか、レティーツィアがユリアーナの淡い蜂蜜色の髪を梳《す》きながら、微笑んだ。

「ユリィ、今のあなたはお日様の香りがする。あなたが元気になってくれて本当によかった」

「姉様も元気にならなくてはだめよ。病気と聞いて、心配したんだから」

「わたしはなんとなく体調がすぐれないだけよ。お父様もお継母《かあ》様も大げさだわ。……毎日のように違う医師が訪れては帰ってゆくのだけれど、そのほうがずっと気疲れしてしまう」

不満をほとんど口にしない彼女にしてはめずらしく、レティーツィアはため息をついた。

「今日はお医者様じゃないわ。司教様より偉いかたが、姉様のためにお祈りをしに来たのよ」

ユリアーナは名残惜《なごりお》しげにレティーツィアから身体を離すと、後ろに控えていたクラウスの背に手を添えて、レティーツィアのほうに押しやった。

押し出されたクラウスは、未来の女王を目の前にしても、やはり表情ひとつ変えずに言う。

「はじめまして、レティーツィア様。私はレティーツィア様の病気平癒の祈禱をおこなうべく、改邪聖省より派遣されて参りました、クラウス・フォン・メレンドルフと申します」

レティーツィアは頰に手をあてると、しげしげと彼を眺めた。

「ユリィの婚約者でもある人ね。誠実そうで、それにとても可愛らしい男の子でよかったわ」

「姉様、気をつけて。クラウスは子供扱いすると怒るの。子供だから子供扱いしているのに」

ユリアーナがクラウスの後ろから注意すると、振り返った彼に氷の視線を向けられた。

「王女様。貴女は黙っておとなしく私の祈禱が終わるのを待っていてください」

クラウスはとげとげしくユリアーナに言ってから、寝台の傍に跪いた。

「さっそくはじめましょう、レティーツィア様。寝台に背中を預け、瞳を閉じて、胸の前で手を組んでください。途中で眠たくなられましたら、眠っていただいても構いません」

「わかりました」

彼に殊勝《しゆしよう》に返事をした姉に、ユリアーナはいかにも無邪気そうに声をかけた。

「ねぇ、レティ姉様。お祈りが済むまで、姉様のお部屋をあちこち見ていてもいい？」

レティーツィアは妹の突飛なお願いにまばたきをしたが、やがて苦笑を浮かべた。

「別に構わないわ。ユリィに見られて恥ずかしいものはないもの」

「ありがとう、姉様」

ユリアーナは瞳を細めて微笑んだ。

レティーツィアはクラウスの指示に従って、胸の前で祈るように両手を組みあわせ、薄紅の瞼《まぶた》を閉じた。水宝玉の瞳が隠れ、黒絹のような睫毛《まつげ》が白い頬を淡く翳《かげ》らせる。

クラウスは自分の首に掛けていたエステレラを外した。彼が長く連なった真珠を一粒ずつ指先で繰《く》りながら祈りをはじめると、ユリアーナはさっそく室内をうろうろしはじめた。

レティーツィアの健康を害するものの物的証拠探しである。

百合の花の模様が施された白い鏡台の上に、帆立貝《ほたてがい》をかたどった、蓋付きの容器が置いてある。まるで人魚姫の宝物のようだと思いながら、ユリアーナは容器をあけた。中にはまだ一度も使われた形跡がない紅《べに》と、小さな化粧筆が入っていた。上蓋の内側には鏡がついている。

ユリアーナは紅を光にかざした。そこに銀朱《ぎんしゅ》の粒子がいくつも煌《きら》めくのを確認すると、蓋を閉じて、容器をもとの場所に戻した。

鏡台の抽斗を開けると、雲母《きら》びきの細長い箱が現れた。見るからに真新しい。ユリアーナは箱を鏡台に置き、蓋をとる。太陽の光を溶かしたように透き通った石の向こうに、一輪の薔薇が咲いたカメオの首飾りだ。石はわずかに乳白色を帯びており、琥珀《こはく》ではなさそうだった。

ユリアーナは箱に蓋をすると、今度は書棚の横に掛けられている、額《がく》入りの小さな絵を眺めた。背中から羽を生やした、美しい裸身の少女たちが小さく微笑みながら水浴びをしている。

おそらく、天上の泉の光景をえがいたものだろう。

（綺麗……。クラウスが想《おも》い慕《した》っている純白の聖女様も、こういう感じなのかしら……）

物的証拠集めとはまるで関係のないことが頭をかすめ、ユリアーナは慌てて雑念を振り払う。

美しい絵ではあるが、泉の水の青がやたらと鮮やかなのが気になった。

次に書棚をくまなく見る。怪《あや》しいものがありそうだったが、引っかかるものはなかった。

花のようなドレスで埋め尽くされたクローゼット。こちらも特に問題なし。

ユリアーナは最後に、レティーツィアが眠る寝台に歩み寄った。

サイドテーブルに、瑠璃《るり》のゴブレットが置いてある。祈りを捧げるクラウスの横で、ユリアーナはゴブレットを手にとり、中を覗きこんだ。煎じ薬でも入っていたのか、水滴が残っている。ユリアーナは匂《にお》いを嗅《か》いでから、ゴブレットを卓上に戻した。

（証拠集めはこれくらいでいいかしら）

ユリアーナは寝台から離れ、鏡台の前の椅子に座った。

祈りはもう終盤にさしかかっていた。

「……罪を防ぎ、禍《わざわい》を鎮《しず》め、彼《か》の者に慈《いつく》しみの雨を降らせ、愛の雪を敷き給《たま》え」

クラウスがエステレラの末端に繋がれた星十字に触れる。

しばらく口を閉ざしてから、彼は寝台で眠るレティーツィアに声をかけた。

「レティーツィア様。お祈りは以上です」

「……ありがとう、クラウス殿」

レティーツィアは眠ってはいないようだったが、うとうとしかけていたらしい。

緩慢《かんまん》な動きで上体を起こした彼女は、眠たげに目をこすっていた。

「レティ姉様、お疲れ様」

ユリアーナは鏡台前の椅子から立ち上がり、レティーツィアのもとに歩み寄った。

「わたしは寝ていただけよ。ねぎらいの言葉は、あなたの未来の夫となる人にかけてあげて」

レティーツィアは、真っ先に自分にくっついてきた妹に、悪戯《いたずら》っぽく微笑んで言った。

――未来の夫。

あらためてそう言われると、ユリアーナは変に落ち着かなくなった。

「ク、クラウス、お疲れ様」

「王女様も」

そわそわするユリアーナに対し、クラウスは真顔で一言、そう返しただけだった。

ユリアーナはまた面白くない気分になる。レティーツィアの『未来の夫』発言に彼は少しも動じていない。つまり自分は、彼に女性としてまったく意識されていない。

（べ、別にわたしだってクラウスのことなんて、弟ぐらいにしか思っていないし、いいもの）

彼の前でたまに顔が熱くなったり、動悸《どうき》がするようになったのは、きっと最近疲れていて、副交感神経《ふくこうかんしんけい》がどうかしている状態にあるからに違いない。カレンデュラの森の城に帰ったら、薬を煎じて飲んでおこう。

ユリアーナは胸の内でそう決めてから、姉に向かって甘えた声を出した。

「ねぇ、レティ姉様」

「なあに、ユリィ」

「あのね。わたし、六年ぶりの再会の記念に、姉様のものがいくつかほしいの……」

ユリアーナは寝台の傍に膝をついて座り、上目遣《うわめづか》いでふたごの姉を見つめた。

「あら、ユリィがものをねだってくるなんてめずらしいこともあるのね。何がほしいの？」

心優しいレティーツィアは少しも厭な顔をせず、むしろ興味深そうに訊《たず》ねてきた。

「鏡台のところにあった、貝形の容《い》れ物に入った口紅と、薔薇のカメオの首飾り。それから壁に掛かっている、水浴びする乙女たちが描かれた小さな絵画。あとね、ここにある、きらきら光る瑠璃のゴブレット」

するとレティーツィアは困ったように頬に手を添えた。

「ゴブレットは別に良いけれど……ごめんなさい、あとの三つはあげられないわ」

「どうして？」

「だって、お継母様がお見舞いにくださったものなのよ」

お継母様、という単語にぴくりと反応したあとで、ユリアーナはしゅんとしてみせた。

「どうしても、だめ？　これと交換ではいけない？　ちょっと待って……」

ユリアーナはレティーツィアに背を向けてごそごそしてから、ドレスの薔薇のコサージュの横に留めていた水宝玉のブローチを外した。

振り返ったユリアーナの手のひらに水宝玉のブローチが載っているのを目にすると、レティーツィアは驚愕《きょうがく》に軽く目を見ひらいた。

「ユリィ。それはあなたが慕っていたアルバン先生がくださった、大切なものなのでしょう」

そう、とても大切なものだ。

美しき薬草、菫《すみれ》の花の彫刻が施された白金の飾り枠に、ユリアーナの瞳の色と同じ薄水青の水宝玉が収まったブローチは、ユリアーナが四年前にアルバンの知る民間医術をすっかり修得した記念に彼から贈られたものだった。そしてそれは、知識と食糧のほかに、アルバンがユリアーナに遺《のこ》してくれた唯一《ゆいいつ》の形あるものでもあった。

装飾品に執着しないユリアーナもこれだけは手放したくなかったが、義理固いレティーツィアから継母《ままはは》の贈り物をねだるには、それ相応の切実さをこちらも示さなければならない。

ユリアーナは眉を下げ、瞳を潤ませた。

「……だって、どうしても欲しいんだもの。クラウスは、そのうちまたお祈りのためにここに来るかもしれないけれど、わたしのほうは、次もお城に入る許可をもらえるとは限らない。わたしたち、今日が終わってしまったら、陛下によってまた離ればなれにされてしまうかもしれないのよ。そうしたら、次に会えるのは、数年後か、数十年後か……姉様が女王になってからよ。……わたし、離れて暮らしているあいだも、姉様を思い出したいの。手紙だけではもう物足りないの。欲張りな妹だって呆れないで、レティ姉様……」

ユリアーナが洟《はな》をすすると、レティーツィアは雪の額を押さえた。

ややあって、彼女は深く長いため息をついた。

「……クラウス殿、お願いがあるの」

レティーツィアは顔を上げた。クラウスは涙を零すユリアーナを醒《さ》めきった目で眺めていたが、その姉に声をかけられると、我に返ったように返事をした。

「はい」

「腕利《うでき》きの職人に頼んで、ユリィがほしがっているものの贋作《がんさく》をこっそりと作ることはできないかしら。偽物《にせもの》のほうをあとでわたしのもとに送ってくれたら助かるのだけれど……」

「はい。承《うけたまわ》りました、レティーツィア様」

あっさりと頷いたクラウスの隣で、ユリアーナは泣き顔から一転、瞳を輝かせた。

「それじゃあ、姉様……！」

「しかたがないから、あげるわ。わたしはユリィに泣かれてしまうと弱いのよ」

「ありがとう！　大好きよ、姉様。本当に好き」

ユリアーナはレティーツィアに抱きつくと、心からそう口にした。

レティーツィアの香りに包まれる幸福を嚙みしめながら、ユリアーナは「でも」と言った。

「贋作なんて作らせなくて結構よ。もしもお継母様に宝物の所在を訊かれたらこう言えばいい。『わがままな妹が、お継母様がくださった宝物がどうしても欲しいと言って聞かなかったの。あげくの果てには、「くれないならここに居座り続ける」と言われて泣く泣く渡した』ってね。わたしは自分のせいで、姉様やクラウスが嘘《うそ》つきになってしまうのは厭よ」

「でも、ユリィ……」

思案げにこちらを見つめてくるレティーツィアに、ユリアーナはにこりと微笑んだ。

「大丈夫よ、レティ姉様。わたしにはクラウスという頼もしい恋人がいるから、心配することなんて何もないの」

　レティーツィアは呆れた目をしてユリアーナを見つめ、「ごちそうさま」と言った。

　レティーツィアの前を辞《じ》したふたりは、城の西門で待機させていた改邪聖省の箱馬車に乗り込んだ。星十字花紋が入った白銀《ぎん》装飾の美しい馬車で、乗り心地はすこぶる快適だった。

　馬車が動き出すと、クラウスは帳《とばり》を閉めた。

　薄暗がりの中で、クラウスは座席に着いたユリアーナの前におもむろに跪く。

「ど、どうしたの？　クラウス」

「枷を外して差し上げます」

「あ、ああ。枷……。そうね、鍵はあなたが持っているんだもの、早く外してもらわなきゃ」

　ユリアーナはまるですこしもドキドキしていないという風に、平静を装った。

「王女様、ドレスの裾を持ち上げてください」

　クラウスは小さな白銀の鍵を手にすると、ユリアーナに指示した。

　ユリアーナの平常心はその一言で崩れ落ちた。

　クラウスはユリアーナに、自分でドレスの裾を持ち上げて、薄絹に包まれただけの足を彼の前に晒せと言っているのだ。

「な、何を言い出すのよ！　冗談じゃない！　そんなはしたないこと、わたし……」

やらない！　と怒る前に、クラウスが温度のない目でユリアーナを見上げた。

「それでは、このままずっと、足枷をつけていらっしゃいますか」

そんな意地の悪いことを言われた直後、ユリアーナの耳の奥に、グスタフと対峙《たいじ》したときの彼の声が唐突に蘇《よみがえ》った。

——この足枷は、単に私の独占欲と歪んだ愛の表れにほかなりません。

（なんてことを思い出してしまうの。あの発言はクラウスのただのお芝居なのに……！）

独占欲も歪んだ愛もなかった。今、ユリアーナの姿を映す彼のペリドットの瞳に宿るのは、

『これ以上、手をわずらわせるな』という無言の抗議だけだった。

「ず、ずっとは厭……。クラウス、ごめんなさい。あなたの言う通りにするから……」

ユリアーナは膝下のあたりに両手を持ってくると、ドレープスカートの下に穿《は》いたスカートをそっと上に持ち上げた。足首の枷がかろうじて見える、最低限のところで手をとめる。

「……はじめから、そうやって従順でいらっしゃれば良いのに」

クラウスは何かぼそりと呟いてから、ユリアーナの足を縛めた枷の鍵穴に鍵を差し込んだ。

まもなく、カチ、と音がして、彼女の両足はようやく冷たい金属から解放された。

足枷が回収されると、ユリアーナはほっとしてドレスの裾を下ろした。

「王女様。貴女は先程、レティーツィア様の前で嘘泣きをなさいましたね」

ユリアーナの前に跪いたまま、クラウスが思い出したように言った。

気を抜きかけていたユリアーナはぎくりとした。身に覚えがありすぎた。レティーツィアに、継母からもらったものを譲ってほしいとごねたときである。

「どうして、そんな……」

そんなことがわかるのか。

ユリアーナが慄《おのの》いていると、クラウスはゆっくりと立ち上がった。そうして、椅子に座ったユリアーナを腕の檻《おり》に閉じ込めるようにして、背後の壁に両手をついた。

「貴女があんなことで泣くとは思えません」

クラウスはユリアーナを端整なおもてで見おろした。座っているせいで、中腰の彼のほうが目線が高くなる。たったそれだけのことなのに、ユリアーナの鼓動はまた乱れはじめた。

動揺のあまり声も出ず、黙秘していると、クラウスがユリアーナの頰に顔を近づけてきた。唇のほど近くに温かな吐息がかかり、ユリアーナが思わずぎゅっと目を瞑《つむ》ったときだった。

「ほら」と、クラウスは涼しい声で言って、ユリアーナから顔を離した。

「まだうっすらと薄荷《はっか》の匂いが残っています。目の下に塗れば、簡単に涙が出るのですよね」

「そ、その通りよ……。姉様に背を向けて水宝玉のブローチを外したとき、ついでに素早く薄荷の軟膏《なんこう》を塗ったの。も、もちろん良心は咎《とが》めたけれど、姉様のお優しさにつけ込むには、泣くのがいちばん手っ取り早くて確実だったんだもの……」

ユリアーナは今度こそ本当に泣きそうになりながら、目の前に立つ聖職者に懺悔《ざんげ》した。

嘘泣きの仕掛けを見破って満足したのか、クラウスは何事もなかったかのようにユリアーナの向かいの席に腰かけた。

「貴女が嘘泣きをしてまで回収した品々が、いわゆる毒物ですか」

クラウスが本題を切り出すと、ユリアーナも気持ちを切り替えて、真剣な顔で頷いた。

自分の横に置いたドクターズ・バッグに視線を落とす。中には今日の収穫物が入っている。

それらをひとつずつ思い浮かべながら、ユリアーナは説明した。

「まず、貝形の容器に入っていた口紅には、たぶん血露石《けつろいし》という鉱物が含まれている。ひと昔前まで東の国々で紅《べに》として使われていた辰砂《しんしゃ》が実は水銀を含んでいたように、血露石には血を薄める毒が含まれているの。唇の粘膜を通過して血中に入れば、姉様の血は着実に薄くなり、貧血状態に陥る。血露石は火に入れると炎色《えんしょく》反応を示すから、調べればすぐにわかるわ。

首飾りのカメオに使われている石は、琥珀の有毒版だと思っていただいて差し支えないわ。『死灰樹《しかいじゅ》』という、真っ白な葉をつける木の樹液で、それには毒があるの。当然、化石化しても同じことよ。体内に入ると高熱を出して、きっちり三日三晩は苦しむことになる。

乙女たちが水浴びをしている絵画は、青の塗料が気になった。これ、『蒼黒透《そうこくす》かし蛇《じゃ》の目《め》』という蝶の翅《はね》の鱗粉《りんぷん》を使った絵の具よ。鱗粉を吸うと肺機能に障害を起こすの。だから念のため、額《がく》ごと厳重に密閉しておいたわ。

最後のゴブレットだけれど、着目すべきは中に残った水滴。これは毒草を混ぜた煎じ薬ね。薔薇の香りでかき消されているけれど、ほのかに香った匂いで一瞬でわかった。以上」

ひと息に喋《しゃべ》り終えたユリアーナは、背もたれのふかふかしたクッションに身を預けた。

星十字花紋が入ったこの馬車は、特別異端審問官であるクラウス専用の送迎車らしい。今日のように、クラウスが職務をおこなうのに必要なときには自由に使えるのだそうだ。

「王女様は、さすがですね。貴女ほどの知識を蓄《たくわ》えた医師は王宮にもいないでしょう」

「いたわ。それこそ王宮医師のアルバンよ。亡くなったわたしの師匠《ししょう》はなんでも知っていた」

医学書に載っているような最先端の医術も、修道院で受け継がれている聖なる医術も、森の賢女と呼ばれる女性たちが記録に残さず、ひっそりと語り継いできただけの異端の医術も、東の大国で何千年も前から実践《じっせん》されている医学も、アルバンはすべて惜しみなくユリアーナに教えてくれた。

「王女様は何故、アルバン殿と親交を深められたのですか。いつもお元気な貴女が医師と接触する機会は、あまりないように思うのですが」

クラウスの静かな声と、心地良い薄闇《うすやみ》、そして優しく身体を包み込んでくれる雲のように柔らかなクッションが、ユリアーナを微睡《まどろ》みへと誘《いざな》いはじめていた。

ユリアーナは座ったまま、上体だけ、ぽすんとクッションの上に倒した。

「わたし、まだ王宮にいた頃……、小さいときに、生死の境を彷徨《さまよ》うような大怪我《おおけが》をしたの。さっき、レティ姉様も言っていたでしょう、『今のあなたはお日様の香りがする』って。当時のわたしには、血と消毒液の匂いが、一年近くも染《し》みついていた。ずっと寝台の上だったから、そのあいだ、お日様の光とは無縁だったのよ」

「そんな大怪我を……」

声を失ったクラウスに、ユリアーナは慌てて言った。

「でも、現在はあなたも知っての通り元気よ。せいぜいお天気の悪い日に古傷が疼《うず》くくらい。アルバンはそのときのわたしの主治医で、わたしが寝台から出られるようになるまで、治療だけではなく、たくさんのお話を聞かせてくれたわ。王宮の中がこの世界のすべてだったわたしにとって、かつて医術の研究のために世界中を旅したアルバンの話は新鮮で、わたしに夢を与えてくれた。だから、領主になってからもアルバンのもとで学んだの。アルバンはわたしがお城から出される少し前に王宮医師を引退して、わざわざミルヒ村で開業してくれたのよ。アルバンは自分の命よりも他人の命を尊ぶような、高潔な魂《たましい》の持ち主だった。だから最期《さいご》は、黒死病《ペスト》が蔓延する村に患者を救いに行って、そこでみずからも罹患して命を落としてしまった。……わたしをたったひとり、カレンデュラの森のお城に残して」

だが、アルバンはユリアーナが領主として生きていくための、多くのものを遺してくれた。それは知識と、ミルヒ村の人々からの信頼であった。いかに金銭を費やしても得られない、本当に価値あるものだけを、アルバンは亡くなる前にユリアーナに贈ってくれた。

「今のわたしはとても未熟で、まだまだアルバンの足下にも及ばない医師だけれど、いつか彼のようになれたら良いと思うわ」

ユリアーナが沈黙すると、車輪が回る音しか聞こえなくなった。ユリアーナは急に恥ずかしくなって、手近にあったクッションに紅くなった顔をうずめた。

「ごめんなさい。わたし、少し話しすぎたみたい。あなたには退屈な話だったでしょう」

「いいえ、少しも。何故お顔を隠されるのですか、王女様」

クラウスは抑揚《よくよう》のない声で訊ねながら、ユリアーナの顔からクッションを無理やり剝《は》ぎ取った。このように、たまに容赦《ようしゃ》がないのがこの特別異端審問官だった。

姿勢よく正面の席に座るクラウスは、横になるユリアーナをまっすぐに見つめて言った。

「王女様はもう充分にご立派な医師です。いずれアルバン殿を超える医師にもなりましょう」

ユリアーナはすでに火照《ほて》っている頰に、さらに朱をのぼらせた。

「……ありがとう。あなたにそう言われると、ありがたい神託《しんたく》を受けているようで心強いわ」

「神託？　王女様は、神を信仰していらっしゃるのですか」

「え、ええと……」

そういうわけではなかった。視線を泳がせていると、クラウスが、かすかに笑った。

「王女様は本当に、嘘をつくのがお下手《へた》ですね」

めったに感情が表れることのない薄翠《うすみどり》の瞳が、柔らかく細められる。

ユリアーナはまたひとつ、鼓動が跳ねるのを感じた。やはり心臓の具合が悪いようだ。

「そ、そうだわクラウス。レティ姉様のことなんだけれど……」

まだ重要な話が残っていたことを思い出し、ユリアーナは自分の心臓のためにも、話題を転じた。

「はい」

「特別異端審問官の発言力で、姉様を離宮からもっと安全な場所に移すことはできないかしら。

城の敷地内にある離宮にいては、また部屋が毒物で埋め尽くされてしまうと思うの」

クラウスは少し思案するように黙ってから、口をひらいた。

「メレンドルフ家の別邸のひとつが、王都の郊外にあります。そこにレティーツィア様の静養先を移していただきますように、私が陛下とメレンドルフ司教にかけあってみます」

「本当？」

「はい。ご神託があったということにして、レティーツィア様を別邸に反隔離状態にするのです。その上で、彼女の部屋には私の祝別《しゅくべつ》を受けたものしか持ち込んではならないという決まりでも作っておけば、妃殿下《ひでんか》も容易には彼女に毒を贈れなくなるでしょう」

「ご神託を、聖職者がそんなデタラメなことに利用していいの？」

「今回の場合はやむを得ませんし、そもそも厳密に、偽《いつわ》りなく申し上げてしまえば、私が信仰しているのは神というよりは、純白の聖女様ですから」

「……ふうん。あ、そう」

また『純白の聖女様』。

クラウスの頭の中は、もはや純白の聖女様で埋め尽くされているのではないかとさえ思えてきた。感情に乏《とぼ》しいクラウスの心を完全に奪ってしまった純白の聖女様とはいったい何者なのか。どれほど美しく、そしてどれほど心が清らかなのか。

……気になって、しかたがない。

ユリアーナは彼の瞳をじっと見つめていたが、はたと気がついた。

「クラウス。あなた今さりげなく、王妃――わたしの継母をこの事件の黒幕と断じたわね」

「王女様もどうせそう思っていらっしゃるのでしょう」

「思っているけれど、まだ証拠不十分よ。お見舞い品の毒については『知らなかった』で簡単に言い逃れができる。継母が姉様に対して殺意があるという、決定的証拠がほしい」

「それでは、次はどうなさいますか」

「待つ」

ユリアーナが簡潔に答えると、クラウスはわずかに眉を動かした。

「待つ？」

「ええ。王妃は遠くないうちに、かならず何らかの行動に出るわ。王妃が動けば、この事件は一気に終息に向かうと思うの」

「まるでそうなる未来をご覧になってきたかのような、自信に満ちたお言葉ですね」

「自信じゃないわ。少し、賭けに出てみるだけ」

ユリアーナは手をついて起き上がり、椅子に座り直した。

「……今日はある程度の証拠品を集められたこと、レティ姉様の安全が近いうちに確保されることが、ほぼ決まっただけでも大きな収穫だったと思う」

ユリアーナは髪を手櫛《てぐし》できちんと整えると、クラウスにあらたまってお礼を言った。

「クラウス、わたしを王宮に連れていってくれてありがとう」

「私は陛下のご命令に従っただけです。王女様のためではありません」

「陛下の命令でも。それから、わたしを信じてくれてありがとう。あなたは国王から、わたしがレティ姉様を呪詛している可能性があるという手紙を受けとったときからずっと、いちどもわたしを疑わないでいてくれた。わたし……、それが、実はとても嬉しかったの」

「それは……」

クラウスは戸惑《とまど》うようにユリアーナから目を逸《そ》らした。

「……単に、貴女を疑う理由を自分の中に見つけることができなかったからです。貴女を監視しながら、貴女のお傍で暮らすうちに、私は貴女がいかに清廉であるかを知りました」

ユリアーナは、白い目元をかすかに染めたクラウスの横顔を驚いて見つめた。

てっきり、『貴女を監視するためにあえて油断させただけです』というようなことを言われるかと思っていたのに、まったく予想外の言葉だった。

（……こういうのって、一種の不意打ちだわ）

ユリアーナまでクラウスにつられるようにして、頬を染めて俯《うつむ》いてしまった。

翌朝、ユリアーナはクラウスを伴わないで、どこまでも広がるカボチャ畑の中にいた。

貴婦人のドレスのスカートのように、美しいひだがほぼ等間隔に入った橙《だいだい》色のカボチャは、ミルヒ村でもっともよく栽培されている品種だった。ユリアーナの手のひらよりも大きな葉が繁り、蔓《つる》が這《は》った畑のあちこちに、よく育ったカボチャがごろごろと転がっている。

畑の随所に、農場主にその家族、そして彼らのもとで働く人々が散らばって作業をしている。彼らはみな各々《おのおの》に農具や籠《かご》を手にして、カボチャの収穫に精を出していた。

秋晴れの空はどこまでも高く、澄んでいる。

心地良い風が、ユリアーナの淡い蜂蜜色の髪をふわふわとそよがせた。

(今日は絶好の収穫日和《びより》だわ)

ユリアーナは、うーんと伸びをした。

衣服にはまず機能性を求めるユリアーナは、装飾的で重たいドレスから解放されてほっとしていた。今朝から身につけているのは、地面に引きずるほど裾《すそ》の長い衣裳《いしょう》ではなく、日常着としてよく着用している膝下丈《ひざしたたけ》の黒無地のドレスだった。

スカートはパニエを使うと広がりすぎて邪魔になるので、柔らかなペチコートを重ね穿《ば》きすることで控えめに膨《ふく》らませていた。肩と襟《えり》にフリルをあしらった白いヨークには黒のリボン飾りを留《と》め、腰から下には前掛けをつけている。前掛けの側面はリボンで絞《しぼ》られ、裾のフリルにはは、しごリボンがあしらわれていた。

以前、なんの飾り気もない衣服を纏《まと》って村の視察に出かけようとしたとき、マルグリットに『質素倹約《けんやく》は良いことじゃが、ミルヒ村の顔たる領主の格好があまり貧相に過ぎては、村人の誇りと面目《めんぼく》を潰《つぶ》すことになるぞ』とたしなめられたことがあった。

彼女が言うことには確かに一理あったので、以来、ユリアーナは村の娘たちが着るものと同じ程度にはドレスにリボンやフリルを飾りつけるようにして、脚《あし》にはただの紐《ひも》ではなく、リボンで編み上げた革のブーツを履《は》くようになった。

豊かに実ったカボチャ畑を感慨《かんがい》深い気持ちで見渡していると、向こうから、農具を入れた籠をかついだ女性が近づいてきた。この近くにあるりんご農家の肝《きも》っ玉《たま》母さん、リンダだ。

ユリアーナの姿に気がつくと、リンダはふっくらとした顔に満面の笑みを浮かべた。

「あらっ、おはよう、領主様！　今年はカボチャものすごい豊作だよ！」

「ええ、本当に！　リンダおばさんも今日はカボチャの収穫のお手伝いにいらしたの？」

ユリアーナが訊《き》くと、リンダは民族衣装《ディアンドル》の胸を力強く叩《たた》いた。

「そりゃそうさ。これだけ豊作じゃ、人手はいくらあっても足りないって農場主のデニスが言ってたからね。腕っ節に自信があるあたしが手伝わなくて誰が手伝うんだと思って、収穫初日の今日からさっそく駆けつけてきたってわけ！　あとでうちの子供らも応援に来るってさ」

「あなたの長男坊のヴィリーはもう十二歳だっけ。男の子がいると頼もしくていいわね」

ユリアーナがしみじみと呟《つぶや》くと、リンダに肩をばしん！　と叩かれた。

「何言ってんだい、領主様！　あんたんとこにだって最近やってきたんだろ、未来の旦那候補だっていう若いのが！」

クラウスの存在はまだ公《おおやけ》にしていなかったが、ここの村人たちは耳が早かった。

またも彼を未来の旦那候補と言われたことに動揺しつつ、ユリアーナは言った。

「クラウスは力仕事には向いてそうにないわよ。女の子みたいに綺麗で細いんだもの」

「おや、歳《とし》はいくつなの」

「十六よ。わたしより一年も遅く生まれたお子様よ」

するとリンダは急にしかつめらしい顔をして、声を落とした。

「あんた、子供だなんて侮《あなど》っちゃいけないよ。十六、七ってったら、ちょうど男が子犬から狼に変わる時期じゃないか。いいかい、くれぐれも結婚前に襲われないように気をつけな！」

「お、襲われないわよ。あの子は……」

口をひらけば『純白の聖女様《別の女性》』の話ばっかりで、わたしのことなんて眼中にないもの。そう言ったら世話焼きのリンダがカレンデュラの森の城に殴《なぐ》り込みに来そうだと思ったので、ユリアーナは肩をすくめて別のことを口にした。

「あの子は歩く聖典みたいに潔癖症《けっぺきしょう》なんだから」

ふとリンダから目を逸《そ》らしたとき、ユリアーナの視界に、一抱《ひとかか》えもある大きなカボチャをひとりで持ち上げようとしているおばあちゃんの姿が飛び込んできた。ドイリーを編ませたら彼女の右に出るものはいないとさえ言われる、ミルヒ村が誇るレース編みの達人、エルマだ。

「なんだか危なっかしいわね。リンダおばさん、わたし、おばあちゃんを手伝ってくる」

ユリアーナはリンダに軽く片手を上げて別れを告げると、エルマのもとに駆け寄った。

「おばあちゃん、そんな巨大なカボチャを持ち上げたら腰を痛めるわよ。わたしが運ぶわ」

必要最低限の可愛さと機能性にこだわったユリアーナの日常着のドレスの袖《そで》は、肘《ひじ》の下からフリルになった七分袖で、いちいち腕まくりをする必要がない。ユリアーナがさっそくお化けカボチャに両手を伸ばすと、自作のショールを上品に肩に纏ったエルマがおろおろした。

「そんな、領主様に運ばせてしまうなんて恐れ多い……」

「気にしないで。今日はわたしも農場主のデニスから収穫の応援要請を受けてここにいるんだから。力仕事は頑丈なわたしに任《まか》せて、あなたは、あなたの編み物仲間のフローラおばあちゃんを手伝ってあげて。向こうの小屋で出荷用のカボチャの選別をしていたわよ」

ユリアーナが畑の隅に見える仮小屋を指さすと、エルマは顔をしわくちゃにして笑った。

「領主様がそこまでおっしゃるなら、お言葉に甘えようかねぇ……。そうだ、お礼に今度、あんたの白猫ちゃんに小さなショールを編んであげるよ」

「ありがとう。クラウディアはもふもふのくせに寒がりだから、きっと喜ぶわ」

小屋に向かって歩きはじめたエルマを、姿が見えなくなるまで見送ってから、ユリアーナはカボチャの下に手を入れた。持ち上げた途端、ユリアーナは「ぐっ」とうめいた。

見た目を裏切らず、お化けカボチャの重さは尋常《じんじょう》ではなかった。ユリアーナは巨大なカボチャに視界を塞《ふさ》がれたが、そのままよろよろと歩きだした。

「お、重いのは良いことよ。中身がスカスカしていない証拠だもの……っ」

自分自身を奮《ふる》い立たせるように独り言を呟いたら、思いがけず、背後から反応があった。

「スカスカしていないのは結構ですが、それはさすがに王女様のお手に余るのでは」

振り返る間もなく、手にしていたお化けカボチャが横から奪いとられた。

眉《まゆ》ひとつ動かさずに、両手でお化けカボチャをかかえ上げたのは純白の聖衣に清らかな身を包んだクラウスだった。痩身《そうしん》なので非力だとばかり思っていたが、案外、腕力があるらしい。

いやそれよりも、こんなところで会うはずがないと思っていた人物との遭遇に、ユリアーナは動揺を隠せなかった。

「あなた、クラウディアを猫質《ねこじち》にして、礼拝堂で朝のお祈りを捧《ささ》げていたはずでは……」

「もう済みました」

クラウスは、きっぱりと言った。

「礼拝のあと、お部屋にお姿がなかったので不審に思っておりましたところ、私の前に突如《とつじょ》として黒いうさぎの姿をした聖霊が現れ、王女様がこちらにいると教えてくださったのです」

「……聖霊ね……」

おそらくクラウスの前に現れてペラペラ喋《しゃべ》ったのは告げ口妖精の黒うさぎだと思うが、妖精や精霊というのは、神の教義においては魔性の存在だ。クラウスは神に敬虔《けいけん》な自分の前に魔性のものが現れるはずがないという信念から、黒うさぎを聖霊だと思い込んでしまったのかもしれない。彼の精神衛生上、そのままで良さそうだったので、ユリアーナは訂正しなかった。

「王女様。監視役の私に黙ってお城を抜け出してまで、いったい何をなさっているのですか」

「見ればわかるでしょう。村はカボチャの収穫期で大忙しだから、お手伝いをしているのよ」

「領主様が畑仕事を？　いえ、貴女《あなた》の行動の大半が王女のそれらしくないのは、すでにわかりきったことでしたね。……ところで、このカボチャはどちらに運べばよろしいのでしょうか」

「大きすぎて売り物にはならないと思うけれど、ひとまずあちらの、カボチャを選別する小屋まで運んでいただける？」

「かしこまりました」

カボチャを抱えたクラウスは素直に頷《うなず》くと、先導する彼女の後に黙って従った。

途中、少し離れた場所で、のろのろとカボチャを刈り取っている青年を見つけた。

農場主のデニスの三男坊で、ユリアーナよりもひとつ歳上のフランツだ。

村の聖歌隊に所属しており、いずれオルガン奏者になることを夢見る彼はいつもは歌や楽器の練習に明け暮れているのだが、収穫の繁忙期《はんぼうき》ということもあり、デニスに屋内から引っ張り出されてきたのだろう。

カボチャのひだを鍵盤にでも見立てているのか、時折ぼんやりとオルガンを弾《ひ》くようにカボチャに指を滑らせている彼に、ユリアーナは両手を拡声器のようにして声をかけた。

「フランツ！」

いかにも繊細な芸術家らしくどこか物憂《ものう》げなまなざしでカボチャを見つめていたフランツは、ユリアーナの声を聞くと、弾《はじ》かれたように顔を上げた。

「領主様……！」

「『マルス』の生育は順調？」

マルスというのは、ユリアーナが東の国生まれのカボチャとミルヒ村のカボチャ、二種類のカボチャをかけあわせて作った新種のカボチャだ。気温や土の質に左右されることなく、常に夜空に輝く火星《マルス》のように、一年中いつでも収穫できるカボチャ——それがマルスである。

貧血気味のフランツはふらりと立ち上がると、わざわざこちらまで歩いてきた。

「順調です……。領主様のお言葉に従い、あえて日陰で育てているのですが……本当に、何の肥料も与えないでいても、勝手にごろごろと実をつけます。しかもみんな、あっという間に大きくなるのです……」

「食べてみた？」

「はい……」

「お味はどうだった？」

「とてもおいしくなかったです……」

フランツは言いにくそうに告げた。

「ずっしりとして瑞々《みずみず》しく、身は詰まっていますが、甘さの欠片《かけら》もありませんでした……。よほどお腹が減っていなければ、食べたくないカボチャです……」

「そう……」

ユリアーナは肩を落とした。

「しぶとさは及第点でも、おいしくないのは問題ね。非常食として作ったカボチャとはいえ、おいしくなかったら心が元気にならないものね。さらに改良してみるから、またあなたの畑を少し貸してほしいってデニスにお伝えしておいて」

「はい、もちろん……。父は領主様のお役に立てることをとても喜んでいます……」

フランツは端整な蒼白《あおじろ》い顔を、淡く密やかに染めてユリアーナを見つめた。

それからユリアーナの真横に直立不動でたたずむクラウスを見て、わずかに顔を曇らせた。

「……あの、ところで、領主様にべったりと貼りついていらっしゃる、そのかたは……?」

「この子は改邪聖省《かいじやせいしょう》から来た、わたしの……、ええと、なんていったらいいかしら……」

「婚約者です」

クラウスがいきなりユリアーナとフランツの間に割り込んできて、言った。

途端、もともと血色の悪いフランツの顔がさらに蠟《ろう》のように白くなった。

「……そんな……僕の憧《あこが》れの領主様が、ご婚約……」

ふら……、と倒れかけたフランツをすんでのところで抱きとめたのは、ちょうど彼に何か用があったらしくそこにやってきていた、恰幅《かっぷく》のよい農場主デニスだった。ユリアーナは真っ青になったフランツと、呆《あき》れ返った様子で我が子の肩を支えるデニスを交互に見る。

「デニス、ちょうど良いところに来てくれたわ。フランツは貧血を起こしてしまったのかしら。よろしければ介抱《かいほう》しましょうか」

ユリアーナがフランツを案じて言うと、デニスは白い歯を見せて豪快に笑った。

「いやいや大丈夫だ、領主様はご婚約者殿と何も気にせずカボチャの収穫をしてくれ!」

「そう? わたし、救急箱も持って来ているから、何か困ったことがあったら声をかけてね」

「おう、ありがとよ、領主様!」

父子《おやこ》に手を振って十歩ばかり進んだところで、デニスがフランツを諭《さと》すように言うのが聞こえた。

「いいか、フランツ。男なら潔《いさぎよ》く諦《あきら》めろ。お優しく、驕《おご》らないいかただから俺たちにも気さくに接してくださるが、領主様はお前が惚《ほ》れていい相手じゃない。高貴な王女様なんだぞ！」

　ユリアーナが驚いて振り返ると、フランツがレースのついた手巾《しゅきん》で目元をぬぐっているところだった。デニスの声はクラウスの耳にも届いただろうが、当事者ではないせいか、クラウスは人形のように、わずかにも表情を動かすことはなかった。

「美しい青年でしたね。貴女もフランツ殿をお慕《した》いしていらっしゃったのですか」

　しばらくしてから突然訊かれ、ユリアーナはうっかりカボチャの蔓に躓《つまず》きそうになった。

「わたしは誰にも恋をしたことなんかないわ。いつも職務のことで頭がいっぱいなんだもの」

　クラウスが何か言いかけるように口をひらいた――そのときである。

「あ、領主様だ！」

「領主様ー！」

　高い声と同時に、畑で農作業を手伝っていた子供たちがばらばらと駆け寄ってきた。

　一様に民族衣装に身を包んだ男の子や女の子が手にしているのは、実《み》が少ないため食用にはならないが、収穫祭の折に飾りとして使われる、小さなおもちゃカボチャだった。

「領主様、カボチャランタン作ってー！」

「カボチャの皮をお化けの顔みたいになるようにくりぬいてー！」

　あれよあれよという間にユリアーナは四方を子供たちに包囲され、ドレスの裾や前掛けを引っ張られた。幼い子供たちに懐《なつ》かれてきらきらした目を向けられてしまうとユリアーナは本当に弱いのだが、ここは年長者らしく心を鬼にして、厳しい口調で言った。

「だーめ！　遊ぶのは今日のぶんの収穫作業が終わってからよ！　ほら、ヘレナ、クラーラ、テオ、マルセル！　さっさと自分たちの持ち場に戻る！」

「えー、ケチー！」

「あっ、じゃあ司祭様みたいな格好の兄ちゃん、作ってー！」

「そうだよ！　領主様を独り占めしてる罰として作ってよー！」

「そもそもカボチャランタンとはなんですか」

「えー、兄ちゃん、いい歳して知らないの？」

「ある国では、収穫祭の時期にカボチャランタンを魔除《まよ》けとして飾るんだって！」

「ちっちゃいときに、この村のお医者様だったアルバン先生が教えてくれたんだ！」

「一種の宗教行事ですか。後学のために、のちほど詳しくお話を聞かせてください」

「うん、いいよー！」

四人のうち三人がクラウスにまとわりついてくれたので、ユリアーナはほっとした。

いちばん内気で泣き虫な女の子、クラーラだけがユリアーナの前掛けをぎゅっと握り締めたままで、髪色と同じ、黒曜石《こくようせき》のような瞳《ひとみ》を潤《うる》ませてこちらを見上げていた。

「領主様、ちゃんとお手伝いしたら、クラーラと遊んでくれる？」

「ええ、もちろん。約束するわ」

ユリアーナは身を屈《かが》めてクラーラと目の高さを合わせると、微笑んで指切りをした。

子供たちから解放され、ユリアーナとクラウスはようやくカボチャの選別小屋に辿《たど》り着いた。

ユリアーナが彼に続いて小屋に入ろうとしたとき、背後からがっちりと肩を摑《つか》まれた。

「ユリィ様、見たわよ」

「ちょっとこちらにいらっしゃいな」

ユリアーナを拘束したのは同じ十七歳の少女で友人でもある、ゲルダとコルネリアだった。クラウスはこちらを一瞥《いちべつ》しただけで、ユリアーナを置いて小屋の奥に行ってしまった。

「な、何よ。わたしはいま忙しいのよ」

ユリアーナはじたばたしたが、ゲルダとコルネリアは話を聞かず、ユリアーナを小屋の裏手にある宿《やど》り木《ぎ》の下まで引きずっていった。

「さあユリィ様、包み隠さずお答えするのよ。今の美少年はいったい何者？」

「もしや彼が、リンダおばさまたちが噂《うわさ》していた、あなたの恋人という人？」

「こ、恋人だなんて、そんな甘い響きのものじゃ……」

ユリアーナは口ごもった。しかしクラウスは先程、フランツに自分たちの関係性を訊かれたとき、婚約者だときっぱりと答えていた。ユリアーナは逡巡《しゆんじゆん》してから、思い切って言った。

「あ、あの子は……あの子はわたしの婚約者よ。クラウス・フォン・メレンドルフ。ま、まだ本当に結婚するかどうかはわからないけれど……」

ユリアーナがぼそぼそと口にすると、後半を聞き流したゲルダとコルネリアが手に手を取り合って、「「きゃー！　我らが村の領主様にもついにカボチャ以外の恋人が！」」と叫んだ。

そこへ、カボチャの代わりに何故《なぜ》かふたつのりんごを持ったクラウスが草を踏み分け、幽霊のように姿を現した。彼はゲルダとコルネリアには見向きもせずにユリアーナに歩み寄ると、監視役らしくユリアーナの真後ろにぴったりと控えた。

「王女様、あまり私から離れられては困ります。しばしばお姿をくらまされるようであれば、私は貴女にまた足枷《あしかせ》をおつけしなければなりません」

ユリアーナはクラウスの口を慌《あわ》てて塞いだ。ユリアーナはクラウスが自分の監視役であることを領民に明かすつもりはなかった。監視役などと言ったら、心配されるのが目に見えているからだ。あくまでもただの婚約者であるはずのクラウスが『足枷をつける』などと言ったら、彼が危ない趣味の人だと勘違いされてしまう。

しかし足枷発言は、耳聡《みみざと》いゲルダとコルネリアにばっちりと聞かれたらしかった。

ゲルダとコルネリアは頰《ほお》をかすかに赤らめて、今度はひそひそと言葉を交わす。

「コルネリア、どうやらクラウス様はユリィ様を甘くおしおきなさるらしいわよ！」

「こんな綺麗なお顔をして、ユリアーナ様をどうなさるおつもりなのかしら……!?」

「「きゃー！」」

妄想《もうそう》を炸裂《さくれつ》させた少女たちはまた叫ぶと、「「お邪魔虫は退散します！」」と口を揃《そろ》えて、畑のほうにそそくさと戻っていってしまった。おそらく明日には村中に、『領主様が婚約者に愛されすぎて、甘やかに束縛《そくばく》されている』という、尾ひれのついた噂が広まることだろう。

「ところで、あなたが持っているそのりんご、どうしたの？」

「小屋で作業をしていた女性が、王女様と私に差し入れだと言って、くださいました」

ユリアーナはくすりと笑った。

「この村の人たちは、あなたのことを気に入ったみたいね」

「いいえ。りんごは王女様の人徳によってもたらされたものに他なりません。私は改邪聖省の人間ですから」

クラウスはそう言って、赤くつやつやと照るりんごをふたつともユリアーナに押しつけた。

「十年前に大飢饉《だいききん》が起こった際、改邪聖省の異端審問官は、辺境の森に住む賢女や、紅《あか》い髪に黄金《きん》の瞳を持った女性たちを、国を呪った魔女としてことごとく処刑しました。その四年後、疫病《えきびょう》が大流行した年には、感染という名の呪いが王都にまで及ぶのを防ぐために、被害が特に甚大《じんだい》であった村を、聖なる火によって、生きた人間ごと焼き払いました。

たった十年間のうちに、改邪聖省は地方において、大変な暴挙を二度も働いたのです。詳細な記録は、私が改邪聖省に入ったときにはすでに処分されていましたが、おそらくミルヒ村にも少なからず私の同朋《どうぼう》たちの手は及んだはずです。ですから、このあたりの地で私は自分が人々に受け入れられるなどとは思っておりません」

ユリアーナはふたつのりんごを片手に持つと、もう一方の手で、無意識的に自分の背中に手をあてた。今日は良い天気なのに、古傷が——火傷《やけど》の痕《あと》が、かすかにちくちくと痛んだ。

クラウスの言う通り、底なしの闇《やみ》のように暗い時代が、遠くない過去に確かにあった。

飢饉と疫病に誰もが苦しみ、怯《おび》えていた社会的混乱の中で、多くの罪なき人々が死んでいった。飢餓《きが》や疫病から生き延びることができても、その後、魔女や魔術師として断罪されて、殺された者も少なくなかった。

……でも。

「たとえ領民の中に改邪聖省に恨《うら》みを持つ人がいたとしても……彼らは、クラウス、あなたを過去の改邪聖省の人たちとは切り離して見ると思う。わたしの賢い領民たちは、あなたが改邪聖省の高官に昇りつめてから、不当な魔女狩りが一気に減ったことを知っているもの。少なくともわたしはあなたが特別異端審問官に就任してから、改邪聖省に対する心証が少し変わったわ。それまでは、神を信じる人ほど血まみれでおぞましいものはないと思っていたのに。……と言っても、無関心になっただけで、今も別に好きではないけれど」

「はっきりとおっしゃいますね」

「でもわたし、クラウスのことは好きよ。だからきっと、他のみんなも同じよ」

ユリアーナはりんごのひとつを無理やり彼の手のひらに載《の》せると、微笑んだ。

「大丈夫。もしも誰かがあなたに意地悪をしても、わたしが守ってあげるから」

クラウスは口をつぐんでしまったが、りんごを突き返してくることもなかった。

ユリアーナはそのことにほっとしつつ、宿り木の下に腰を下ろした。

「せっかくだから、りんごをいただいて休憩にしましょう」

「……それは構わないのですが」

クラウスは立ったまま、何か気がかりなことがあるように宿り木を見つめていた。宿り木は落葉樹に寄生する植物だ。惑星のように丸くなった葉の塊《かたまり》が、幹にいくつもついていた。

「宿り木が気になるの？　丸いのがいくつも浮かんでいるところが、空飛ぶカボチャみたいで可愛いわよね」

「私はそんなくだらない空想をしていたのではありません」

彼はペリドットの瞳でユリアーナを冷ややかに見下ろしてから、隣に座った。

「くだらないとは何よ」

「王女様はこんな話をご存じですか。未婚であっても、宿り木の下では、男性が女性に口づけをしても良いのだそうです」

「し、知らないわ、そんな話！」

りんごをとり落としかけたユリアーナに、彼は「降誕祭の日に限った話ではありますが」と言い添えた。

（な、なんだ。びっくりした。いつでも良いというわけではないのね……）

ユリアーナは動悸《どうき》を鎮《しず》めるように、胸を押さえた。

「ですから王女様、毎年、降誕祭の日はお気をつけてください。どこの馬の骨とも知れぬ男に唇《くちびる》を奪われたくなければ」

「……親切に、ご忠告をありがとう」

ユリアーナは大口をあけると、りんごをかじった。蜜がたっぷり入ったりんごは瑞々しく、頬張ると、甘みとほどよい酸味が爽《さわ》やかに口の中に広がった。

幸せな気分になるユリアーナの横で、クラウスも無言でりんごを丸かじりした。

ユリアーナは思いきり意外そうにクラウスを見つめてしまった。

「何か」

ユリアーナの視線に気がついたのか、クラウスが眉を寄せる。

「あなたでも、そんな豪快な食べ方をするのね。メレンドルフ家のお坊ちゃまなのに」

「そのお言葉はそっくりお返し致します、王女様」

クラウスはまたひとくちりんごをかじり、飲みこんでから、ぽつりと言った。

「私はもともと、王侯貴族の方々とは無縁の、貧しい農家の生まれでした。十歳のときに伝染病で家族を失い、その後、神のお導きによってメレンドルフ家の養子となったのです。ですから生まれながらにして高貴な家の者だったわけではありません」

初耳だった。それに、疑問をいだきもした。クラウスが十歳のときといえば、空蟬病や黒死病があちこちの村で蔓延した年。クラウスが話したように、そのとき改邪聖省は辺境の村々で魔女狩りをおこない、村を焼き、神の名のもとに暴虐《ぼうぎゃく》の限りを尽くした。彼もその酷《むご》い光景を見ていたはずだ。それなのに何故、自分も改邪聖省の役人になろうと思ったのか。

「あなたはいったい、何を機に、敬虔な信徒になったの」

ユリアーナは気になって、訊《たず》ねた。

「わたしは、神様にお祈りをして救われたことなんて、一度もなかった。本当につらいときにわたしを救ってくれたのは常に恩師のアルバンであり、姉のレティであり、温かなこの村の人たちだけだった。人を救うことは人にしかできないのだと、わたしは子供の頃に悟ったの」

「……私も、同じです。両親と妹を一度に伝染病で喪《うしな》ったときは、心から神を呪いました」

ですが、とクラウスは続けた。

「神には見放されても、純白の聖女様は、私をお見捨てにならなかった」

ユリアーナは黙ってりんごをかじった。先程まで幸せな気分になれるほどおいしかったのに、もう味を感じなかった。ユリアーナはいつからか、『純白の聖女様』という単語をクラウスの口から聞くたびに、きまって鉛《なまり》を飲んだように気持ちが沈んだ。

だけど、真剣に耳を傾けずにはいられなくなる。何故なら純白の聖女様の話をするときだけ、感情に乏《とぼ》しいクラウスの瞳や声が、かすかな熱を帯びるからだ。

「私は天涯孤独になってからまもなく、自分も同じ病に罹患《りかん》しました。あと一日で死ぬというその晩、私の前に、当時の私と同じくらいの年頃の少女が現れました。白い翼を持った少女は、私の唇に聖なる口づけを施《ほどこ》すと、月の光に溶けるようにして消えてしまいました。

のちにこのときの話を養父のメレンドルフ司教に打ち明けると、司教はおっしゃいました。死すべき運命にあった私の心臓が翌朝になっても動きをとめなかったのは、神様にお仕《つか》えする聖女様……純白の聖女様が起こされた、奇跡によるものだったのだろうと」

「……ふうん」

「ところで王女様、りんごの蜜が」

クラウスが何か言いかけたのを遮《さえぎ》って、ユリアーナはクラウスに訊いた。

「ねぇ、クラウス。その聖女様って、どんな少女だったの？　目の色とか、髪の色とか」

「何故そんなことをお訊きになるのですか」

「……だって、なんだか気になるんだもの」

「目や髪の色は憶えていません。それよりも王女様、りんごの……」

「りんごはいいから。じゃあ、翼があったことしか憶えていないの？」

クラウスは口をひらいた。しかしやたらとユリアーナのりんごを気にしている彼は、まるで見当違いのことを言った。

「王女様、先程からりんごの蜜が滴《したた》っているのです。そのまま動かないでください」

「蜜？」

と、首を傾《かし》げたときには、ユリアーナはりんごを持った手を彼に掴み上げられていた。

その直後、頭の中が真っ白になった。

クラウスがユリアーナの手首の裏に唇を寄せ、温かな舌を這わせたのだ。

手のひらから肘にかけて、珠《たま》が転がり落ちるように滴ったりんごの蜜を、クラウスが紅《あか》い舌先で丁寧《ていねい》に舐《な》めとっていく。湿った肌を滑《なめ》らかに行き来する、かすかにざらついたその感触に、ユリアーナの背にぞくりとしたものが走った。彼によって引かれた透明な水の軌跡《きせき》は、日の光を受けたユリアーナの白い肌を真珠のように輝かせた。

あまりにも尋常《じんじょう》でない状況にユリアーナの思考は完全に停止した。我に返ったのは、クラウスがユリアーナの腕の内側から顔を離し、強く掴まれていた手を解放されたときだった。

「な、なに？　なんなのよ、いったい！」

「零《こぼ》れた蜜をぬぐって差し上げたのです。王女様のお召し物が汚れてしまう前に。間に合って何よりでした」

クラウスは蜜に濡れた自分の唇を、手の甲でぞんざいにぬぐった。

薄く形の良い水紅色《とき》の唇からユリアーナは慌てて目を逸らし、まくしたてるように言った。

「あ、あなた、無自覚でこういうことをしているなら、正真正銘《しょうしんしょうめい》のお子様だわ！」

「無自覚？」

クラウスはきょとんとした。

ユリアーナは脱力した。もはや返す言葉もない。無自覚や天然といった域を彼は完全に超越していた。きっと、聖職者として清廉《せいれん》さと潔白さを極めすぎた結果、極端に浮世離れし、常識的感覚というものが斜め上の方向に飛んでいってしまったのだろう。

あまりといえばあまりの出来事に純白の聖女様の話を再開する気にもなれず、ユリアーナはしばらくのあいだ魂《たましい》が抜けたように、食べかけのりんごを見つめることしかできなかった。

◇◇◇

神託《しんたく》を受けました。

魔を引き寄せる月の光があたりすぎる離宮《りきゅう》は、レティーツィア様のお身体に障《さわ》ります。

つきましては、レティーツィア様のご静養先を、聖なる薔薇《ばら》と神のご加護に包まれました、拙宅《せったく》に移されますようご進言申し上げます。

神の名を持ち出したクラウスの進言は、彼に全幅の信頼を寄せる国王に、驚くほどあっさりと承認された。こうしてレティーツィアは身ひとつで、王都郊外にあるメレンドルフ家の別邸に移されることになったのである。

ユリアーナとクラウスが王宮の彼女のもとを訪ねてから、四日目のことであった。

それからさらに七日が経《た》った。

『原因不明の病』あるいは『呪詛《じゅそ》』によってこれまではしばしば発熱したり、酷《ひど》い咳《せき》に苦しんでいたレティーツィアは、徐々に快方に向かってきているという。

「当然よね。クラウスは、彼の祝別《しゅくべつ》を受けたもののほかは、お見舞いの品を含めいっさい姉様のもとに持ち込んではならないという厳格な決まりを作ったんだもの」

レティーツィアの食事の材料は産地から直送されたもののみ使い、薬はユリアーナが調合したものだけを飲ませている。だからレティーツィアの口に入るものについても、おかしなものが紛《まぎ》れ込む余地はなかった。

ユリアーナは私室の窓から眼下を見下ろした。当たり前のように猫質のクラウディアを抱いたクラウスが、朝の祈りを捧げるために礼拝堂のほうに歩いていく姿が見える。

彼の姿はやがて、白薔薇の咲き匂《にお》う小径《こみち》の向こうに見えなくなった。

「しかし、それで万事解決というわけでもあるまいに」

ユリアーナの背後で、隻眼《せきがん》の侍女《じじょ》のマルグリットが言った。

「ええ。姉様に殺意を持っている誰かはまだ明らかにされていない。だから姉様が王宮に戻ったら、また同じことが起こるかもしれない。……ううん、同じことで済むくらいならまだ良いけれど、これまで順調に進めてきた殺害計画を邪魔された犯人が思い切った行動に出て、ひと息に暗殺されるという可能性だって、なくはない」

ユリアーナは窓辺から離れると、寝台の端に腰かけた。

「わたしの最初の予想では、待っていれば犯人は勝手に動いて、みずからわたしの前に現れてくれると思っていたの。だってマルグリット、わたしは姉様の部屋から、毒性のある宝物だけをすっかり持ち去ったのよ？　それっていかにも怪《あや》しいじゃない。だから犯人はもっとわたしを警戒してくれてもいいはずなのに」

黒髪の美しいマルグリットは、ユリアーナの隣に座りながら、「うーむ」とうなった。

「犯人はユリアーナ様がそこまで賢い王女だとは思ってないのじゃなかろうか。なにしろユリアーナ様は、『花と宝石とお菓子をこよなく愛する落第王女《バカ》』で有名じゃからのぅ」

ユリアーナは両手で口元を覆《おお》った。

「ああ！　そうだった！」

なんてことだろう。クラウスにも本性を丸出しにしていたせいかすっかり失念していたが、そういえば自分は表向きにはそういう設定だったのだ。

「じゃあ犯人は、わたしが姉様に毒性のある口紅《くちべに》や首飾りをほしいとせがんだのは、それらが単純に綺麗で、気に入ったからだと考えているわけね」

「そういうことになるのではないか」

「だったら、待てど暮らせど犯人は動かないはずよ……」

ユリアーナは自分の失態を呪った。いったい自分は何をやっているのだろう。一刻も早く、犯人を白日《はくじつ》のもとに晒《さら》さなければならないというこのときに。国王はおそらく現在も、レティーツィアの突然の体調不良の原因を、ユリアーナの呪詛によるものだと疑っているだろう。となれば、真犯人が捕まるまではずっと自分が容疑者のままだ。このまま何も進展がなく時が経過すれば、レティーツィアが死なずとも、ユリアーナは呪殺未遂《みすい》容疑で国王に宗教裁判にかけられる畏《おそ》れがあった。しかし、今はともかくレティーツィアの身の安全を確保することが先決だ。彼女が全快して王宮に呼び戻されるまでに、手を打たなければならない。

（だって一番怪しいのは、レティ姉様のお見舞い品に毒物ばかり贈った継母《ままはは》なんだもの。このまま姉様を王宮に帰すことは、悪魔の巣窟《そうくつ》に放り込むのも同然だわ）

ユリアーナはうなだれて、親指とひとさし指で強く瞼《まぶた》を押さえた。それが彼女が考えごとをするときの癖《くせ》なのだ。数十秒間、押し黙って思考を巡らせる。

閃《ひらめ》いた。ユリアーナは閉じていた水宝玉《すいほうぎょく》の瞳をひらき、マルグリットを見つめた。

「あらたな作戦を思いついた」

「ほう。それはどのような？」

ユリアーナは横に座るマルグリットの手をとると、両手で包み込むようにして握った。

「お願いマルグリット、わたしを裏切って！」

「すまぬが、何を言うておるのかさっぱり意味がわからぬ」

「わたしを裏切ったふりをして、継母に取り入ってほしいのよ。あなたは王侯貴族からの依頼も請《う》け負う宝石鑑定士じゃない。王宮に伝手《つて》があったりしない？」

マルグリットは少し考えてから言った。

「まあ、ないこともない。実際に、現王妃様——というかそなたの継母から、ダイヤモンドの耳飾りの鑑定依頼を受けたことがある。今後も贔屓《ひいき》にしてくれると言っておった」

「素晴らしいじゃないの！　何か理由をつけて、継母にもう一度接触することはできない？」

「理由か……。うーむ、理由……宝石のメンテナンスを理由にしてお目通り願うくらいか？」

「それよ！　メンテナンス！」

ユリアーナは興奮気味に言った。

マルグリットが継母に会えさえすれば、理由などなんでもよかった。

「で。メンテナンスを理由にうまく王妃様とお約束を取り付けたとして。私に何をしろと？」

「『まことに恐縮ながら、王妃様の御為《おんため》を思い、あえてお耳に入れておきたい旨《むね》がございます』あなたは継母に、まずこう切り出すわけ」

「それから？」

「それから、こう言うの。

『実は先日、私がお仕えしているユリアーナ様より、宝石の鑑定をお受けしたのです。それがなんとも奇妙なご依頼でして、ユリアーナ様が私に鑑定せよとおっしゃってお預けになりましたのが、帆立《ほたて》の貝殻《かいがら》のような美しい容器に収まっておりました、紅に含まれた鉱物の粒子。私がこれは血露石《けつろいし》に相違ないと申し上げましたところ、ユリアーナ様は「ふうん」とのみお返事をなさいました。それからユリアーナ様はにっこりと微笑まれてこうおっしゃったのです……。「絵画や首飾りのみならず、やっぱり紅にも毒が入っていたのね」と』

「とどのつまり、ユリアーナ様は王妃様に、ご自分が王妃様に対して疑いの目を向けているということを知っていただきたいわけか」

ユリアーナは頷いた。

「そうよ。ご自分でお気づきにならないなら、こっちから教えてあげないと。マルグリットは継母の懐《ふところ》に潜《もぐ》り込むために、あくまでも継母の味方だという立ち位置を貫くのよ。そうね、『王妃様がレティーツィア様を害そうとなさるなど、ありえないことです。ユリアーナ様は何か悪いものにとり憑《つ》かれているのかもしれません。私はユリアーナ様の侍女として、あるじのために何をすべきでしょうか』

というようなことを涙ながらにご相談すれば、継母はあなたが自分側の人間になったと信じるのではないかしら。めったに感情を見せないあなたが、自分の前でだけ泣くんだから」

「涙ながらとおっしゃられましても、私には嘘泣《うそな》きなどという芸当はできぬぞ。まさか王妃様のもとでたまねぎを切ってみせるわけにもゆかぬだろうし……」

「目の下に塗ると涙が出てくる軟膏《なんこう》を貸してあげる。レティ姉様はこれで簡単に騙《だま》されたわ」

ユリアーナがほがらかに微笑むと、マルグリットは半眼になった。

「そなた……天使のように愛くるしい顔をしておいて、どれだけ腹黒なんじゃ」

「ふん。生まれたときから忌《い》み子《ご》扱いされていれば、多少は腹黒にもなるわよ」

ユリアーナは立ち上がり、寝室と扉続きになっている私室へと入った。うずたかく本が積まれた書き物机の抽斗《ひきだし》をあけると、中から黒檀《こくたん》の標本箱を取り出した。容易に開けられないよう、小さな鍵穴《かぎあな》がいくつもついている。ユリアーナはそのひとつひとつに鍵を差し込んでいった。七本目の鍵を差し込んでぐるりと回したところで、カチッという音がした。

ユリアーナは標本箱の蓋《ふた》をあけてから、厚手の絹の手袋を嵌《は》めた。この標本箱には、触れるだけで火傷をするような危険な鉱物や、毒になる鉱物ばかりが収まっている。研究のために蒐《しゅう》集《しゅう》しているものだが、この標本箱はめったにひらくことがない。甘美な葡萄《ぶどう》の露《つゆ》のように透き通った紫の石、無垢《むく》な乙女の肌のように白く滑らかな石、見る角度によって星十字《せいじゅうじ》が浮かびあがる漆黒《しっこく》の石……二十の枠にひとつずつ収まった鉱物はいずれも美しいが、すべて有毒だ。

ユリアーナは手袋を嵌めた手で、その中から透き通った赤の鉱物標本を取り出した。

「それは？　この私も見たことがない石のようじゃが」

あとからついてきて首を傾げたマルグリットに、ユリアーナは説明した。

「薄紅蛇紋石《うすべにじゃもんいし》。隣国バルヌス帝国のタブリーレン洞窟《どうくつ》でしか産出しない、貴重な石よ。十五年前に採掘が禁止されたから、現在はほぼ入手不可。わたしはこれをアルバンから受け継いだの。そのアルバンも、バルヌス帝国大学の教授から寄贈されたという」

「なるほど。有識者しか手にすることのできない石か。いったいどのようなものなのじゃ」

「薄紅蛇紋石には毒がある。この粉末が血中に入ると、きっちり三日間、高熱を出す。そして熱を出すと同時に皮膚《ひふ》の柔らかい部分に蛇紋が浮かびあがるという、とても奇妙で、特徴的な症状を引き起こすのよ。高熱は三日経てば勝手に引き、蛇紋も時間が経てば自然と消えるけど、一カ月程度は薄く痕が残るみたい」

「で。その恐ろしい石をどうするつもりじゃ？」

「もったいないけれど、ほんの一部を切って、耳飾りに加工するわ。マルグリットはそれを、メンテナンスに行った際に、継母の視界に入るようにしてほしいの。継母は昔から宝石類がお好きでね……めずらしくて美しい石には目がないのよ。だからきっと興味を示すはず。どんな石か訊かれたら、マルグリットはこう答える。

『これは隣国のさる高貴な方から処分してほしいとお預かり致しました名もなき鉱物でございます。ただし「名もなき」とは申しましても、血中に入れば通常一割、髪の色素の薄い者ならば九割の確率で命を落とす、恐ろしい石なのです。しかもその毒は絶対に検出されないと聞きます』──とね。石の名前と、蛇紋が出ることは言ってはだめよ。わたしの狙《ねら》い通り、もしも継母がこれを欲しいと言ったら、少しだけ迷うそぶりを見せてから売ってちょうだい。値段は適当に決めていい」

するとマルグリットは呆《あき》れたように言った。

「手持ちの毒を増やさせてどうする。レティーツィア様がなお危険にさらされるではないか」

「継母がこれを姉様に使用する可能性は低いわ。だって、黒髪のお姉様に使っても一割の可能性でしか死なない。だけど色素の薄いわたしに使えば、九割の確率でわたしは死ぬ。しかも、どんな証拠も残さずによ。魅力的な石じゃない？　……まあ実際は死なないけれどね。

でも死ぬということにしたら、継母はきっとこれをわたしに使うと思うの。だって継母は、わたしが継母の身辺を嗅《か》ぎまわっていることをあなたの告げ口によって知るんだもの。憂《うれ》いの種は早めに消さなければ、という焦燥感《しょうそうかん》が、継母を行動に駆り立てるのじゃないかしら」

ユリアーナは薄紅蛇紋石を標本箱に戻すと、パタンと蓋をした。

「薄紅蛇紋石の毒に侵《おか》されれば、肌にうっすらと蛇紋が浮かびあがる。他の毒では起こらないことよ。だから継母がわたしにこれを使ったかどうかが、ひと目でわかるでしょう。

この石は希少でもう流通していないから、わたしにそんな症状が現れれば、継母の殺意が明らかになる。もちろんそれだけではレティ姉様の件で継母を追及することはできないけれど、すくなくとも、わたしの中では継母が危険人物だということがはっきりする。継母には姉様を殺す動機がある。姉様が死ねば、継母の実子のグスタフが王太子になるのだからね。だけど継母がグスタフを王太子にしたがっているのかどうかはわからない。継母が実際に毒を使わない限りは、わたしも継母が本当に姉様を殺そうとしているのか、自信が持てないのよ。

だから継母の反応を見たいの。彼女が目的のためなら他人を殺せる人物か否《いな》かを知りたい。

前者ならば一割の確率でわたしが生還したとき、継母は自分の身をおびやかすわたしを、いよいよ本気で殺しにかかってくると思うの。わたしはそのときが来るのを待っている」

黙って聞いていたマルグリットが、落ち着き払った声で言った。

「私が普通の侍女であったなら、ユリアーナ様を必死に思いとどまらせようとしたぞ。無謀じゃ、危険じゃと申してな」

「でもマルグリットは普通の侍女じゃないから止めないでしょう？　だって、わたしがここで身を張らないほうが危険だってこと、聡明《そうめい》なあなたならわかってくれるものね」

「まあそうじゃな。このまま何もせず、ぼーっとしておれば、ユリアーナ様は十中八九、勝ち目のない宗教裁判にかけられることになる。裁判に負ければ拷問《ごうもん》によって、三日間の発熱とは比べものにならないほどの地獄の責め苦を味わうことになるからのう」

「水責めに火責め、それから身体中を針で刺されたり、爪を一枚一枚剝《は》がされたりね」

ユリアーナは何気ない口調で言ったが、冗談ではなかった。

すべて裁判官や異端審問官たちが過去に『魔女』に対して実際におこなってきたこと、そしてきっとこの王国ではこれからも続いていくことだった。飢饉や疫病が終息して久しいことに加えて、クラウスが特別異端審問官になったことで、目を覆いたくなるような拷問はほとんどおこなわれなくなった。だが、ただでさえ邪性とされる忌み子の自分が次期女王を呪殺しようと謀《はか》ったとなれば、その限りではないだろう。

「わたしは王族だから、拷問をおこなうのは特別異端審問官の役目になる。わたしはクラウスにそんなことをさせたくないの。あの子は……、クラウスは、誰かを傷つけるために聖職者になったわけではないんだもの。わたしはクラウスに、望まないことをさせたくない」

マルグリットはつかのま沈黙してから、ぽつりと呟いた。

「せいぜい、うっかり死なぬようにな」

「もちろん。約束するわ」

ユリアーナが小指を差しだすと、マルグリットも自分の小指を絡《から》めてきた。指きりが済むと、マルグリットは巣立ってゆく雛鳥《ひなどり》を見送るような、どこか寂《さび》しげな目をして言った。

「それにしても、ユリアーナ様はすっかりクラウス殿に惚《ほ》れてしまわれたのじゃなぁ。私は娘の成長を喜ばしくも切なく思う、複雑な父親の心境じゃ」

突拍子《とつぴようし》もない一言に、ユリアーナはむせた。

「な、何を言っているのよ、マルグリット！　わ、わたし、クラウスに恋なんかしてない！」

「なんじゃ、ご自分では気づいておられなかったのか。いつからそうだったかはもはやさだかではないが、ユリアーナ様はクラウス殿を見つめられるとき、いつも頬が上気して薔薇水晶の色に染まり、瞳は本物の水宝玉のようにきらきらと輝くのじゃぞ」

「それってつまり恋の脳内物質《アドレナリン》が分泌《ぶんぴつ》されることによって昂奮《こうふん》状態に陥《おちい》り頬を紅潮《こうちよう》させた上に、獲物《えもの》を前にした肉食動物よろしく目をギラギラさせているっていうこと？」

ユリアーナが真剣に問いながら詰め寄ると、彼女はいやそうに手を振った。

「これだから医師は。言葉選びに情緒の欠片もなくてうんざりするわ」

「で、でもだって、恋だなんて、そんな……っ、ありえない！」

合理的なほうである自分が、そんな不毛な気持ちをクラウスに対していだくわけがない。

「……だってクラウスは、純白の聖女様のことしか好きじゃないもの……」

クラウスが純白の聖女様に対していだく気持ちは、神に対する憧憬《しょうけい》とは別種のものだ。恋愛に関して潔癖どころか、拒絶反応すら示す彼は絶対に口にはしないけれど、彼が純白の聖女様をひとりの女性として愛していることは、彼の様子を見れば明らかだった。

クラウスは感情をほとんど表面に出さない。

けれどそんな彼でも、医師であるユリアーナの前では隠し通せない感情があるのだ。

人は――特に男性は、恋をすると、身体的にわかりやすい反応が出る。

たとえば、瞳。好きな人を見つめているときや、好きな人の話をするとき、体内物質《テストステロン》の作用によって、瞳孔《どうこう》がひらくようにできているのだ。

幼い頃に病身のクラウスの前に現れて、聖なる口づけをしてきたという純白の聖女様の話を彼がユリアーナに語って聞かせたとき、クラウスの瞳の中央で、濃い翠《みどり》の瞳孔は確かにひらいていたのだ。それに、熱を帯びたように潤んでもいた。

ユリアーナはそんな目で彼に見つめられたことなど、一度としてなかった。

……そう思ったら、鼻の奥がツンと痛くなった。それからすぐに、頬を温かな雫《しずく》が伝った。

滲《にじ》んだ視界の先で、マルグリットがじっとこちらを見ている。それでユリアーナははじめて自分が泣いていることに気がつき、慌てて手の甲でごしごしと目元をこすった。

「マルグリット、現実の恋って、虚構のように少しも甘美じゃないのね。塩辛《しおから》いだけだわ」

俯《うつむ》いていると、マルグリットがゆっくりと距離を詰めてくる気配を感じた。顔を上げたときにはもう、彼女に抱きすくめられていた。黒髪から、ローズマリーの匂いがふわりと香る。

「ユリアーナ様、人の心というものは不変ではない。動かせば、オパールのように赤にも青にも色を変えるものじゃ。泣くほど惚れてしまったなら、動かしてしまえば良いだけのこと。ユリアーナ様にはあり、純白の聖女様とやらにはない魅力もあろう。たとえば大人の色気。色仕掛けをするには胸がやや貧相じゃが、揉《も》める程度にはある。諦めるにはまだ早い」

「マルグリット、あなた、わたしを慰《なぐさ》めてくれているの？　それともけなしているの？」

密かに気にしている胸の話を持ち出されて、ユリアーナは頬を紅くした。けれどもマルグリットの励ましの言葉がなんだか可笑《おか》しくて、怒っているのに顔がほころんでしまう。笑いながらもまた涙が出てくる。でも今度のそれは、悲愴《ひそう》な涙ではなかった。ユリアーナは彼女のお蔭《かげ》で、はじめて自分自身の本当の気持ちと素直に向き合えたような思いがした。

本当は、クラウスが子供ではないことは、心の奥でとっくに認めていた。

それでもずっと彼を子供扱いしてきたのは、彼に恋をしてしまいそうになる自分に歯止めをかけたかったからだ。他に好きな女性がいる彼を好きになって、傷つくのが怖かった。

けれど、久しぶりに泣いてみたら、なんだか吹っ切れてしまった。

(わたし、クラウスが好き)

そんな自分の想いを、ユリアーナはようやく受け容《い》れることができた。

「鍾乳石《しょうにゅうせき》は一夜にして成らず。諦められないならば、長期戦になるのを覚悟で落とせ」

真剣な口調のマルグリットに、ユリアーナはプッと吹き出した。

「これだから宝石鑑定士は。なんでも鉱物に喩《たと》えるのね」

「ユリアーナ様と同じ、単なる職業病じゃ」

むっとした口調に反して、彼女の青金石《せいきんせき》の瞳は柔らかく細められていた。

ふたりは顔を見合わせると、くすくすと笑いあった。


『にゃあ』

普通の猫らしくユリアーナの足首にまとわりついてきたクラウディアを、ユリアーナはひょいと抱き上げて、膝の上に載せた。燭台《しょくだい》の灯《あか》りは夜の寝室を薄暮《はくぼ》のようにほの明るく照らしていた。夜になると曇る日が続いていたが、今夜の空は快晴だった。瑠璃《るり》色の空には銀木犀《ぎんもくせい》の花が散ったように、無数の星がまたたいている。けれども雲のない、こんな夜に限って月は柳の葉よりも細い逆三日月で、月光はひとすじも差さなかった。

鏡台の前に座ったユリアーナは、クラウディアを膝に載せたまま蜂蜜の結晶色の髪を梳《す》いていた。就寝前なので、身に纏っているのは羽根のように軽く、肌触りのよい寝衣《しんい》だ。胸から胴にかけてサテンリボンと薔薇型のボタンを配置し、ふわりとひろがるスカートの裾フリルには雪の結晶をつらねたように繊細なトーションレースがあしらわれている。

衣服には着脱のしやすさと機能性を第一に求めるユリアーナは、就寝時にコルセットをつける習慣はなかったが、クラウスが城にやってきてから、状況は変わった。

クラウディアから『寝るときもコルセットをつけろ』と口やかましく言われたのである。その理由というのが実に馬鹿馬鹿しいもので、『あまりに軽装だとクラウスが妙な気を起こして襲いかかってくるかもしれない』とのことだった。

『子犬は人を襲わない』とユリアーナが反論すると、クラウディアは、魔物の話でもするかのように声を低めて言ったのだった。

――あんたが子犬と思い込んで飼っているのは、実は狼の子供かもしれないんだぞ――と。

ユリアーナは呆れた。クラウスは自分を見ても瞳孔がひらかない。これは体内物質《テストステロン》が分泌されていない証拠なので、すなわち彼がこの自分に対して欲情する可能性は極めて低い、というのがユリアーナの持論だったが、心配性の精霊の理解は、結局得られなかった。

以来、寝衣の下にもコルセットをつけるようになった。ただしボーンが入っていない柔らかなコルセットなので、意外と圧迫感がなく、睡眠は常に快適であった。

「マルグリット殿は、今夜はご不在なのですか」

ユリアーナが一日中コルセットをつけていなければならなくなった元凶が、鏡越しに訊ねてきた。ユリアーナの淡い黄金の髪は、椿油《つばきあぶら》を染《し》み込ませたブラシで梳くほどに白銀の艶《つや》を帯びてゆく。いつもはこの長い髪をマルグリットに梳いてもらうのだが、彼女の不在時には自分で手入れするのが常だった。面倒くさいが、年頃の娘の身だしなみなので、しかたがない。

「マルグリットなら、仕事のために今朝から王都に行っているわ。あの子、王都に行くときはいつもちゃっかりお買い物まで楽しんでくるから、あと二、三日は帰ってこないかも」

マルグリットは『善は急げじゃ』と言って、ユリアーナが彼女に協力を要請した昨日のうちに、みずから薄紅蛇紋石を加工した。丸くカットし、研磨してビーズ状にした薄紅蛇紋石の下に雫形の紫水晶をつなぎ、耳元で控えめに揺れる美しい耳飾りを彼女はてきぱきと完成させた。

それからすぐに、彼女は商売道具を携《たずさ》えてカレンデュラの森の城を発《た》った。

計画についてはクラウスには内密に進めることにした。

自分ですら無謀だと思っているくらいだから、彼に反対されるのは目に見えていたのだ。

そして今日の宵のほどろ。

クラウスが猫質のクラウディアを連れて沐浴《もくよく》しに行っているあいだ、ユリアーナは執務室で地方自治に関する論文に目を通していた。真っ黒なコーヒーを飲んでひと息つこうとしたとき、机の下からいきなり黒くて長い耳がにょっきりと生えてきた。

『告げ口しちゃお～！　マルグリットは～、王妃様に～、金貨一枚でうまいこと耳飾りを売りつけました～！』

「まあ、本当？　驚いた。そんなに簡単にいくなんて思わなかった」

『「王都に商談に来たついでに、先日鑑定させていただいた王妃様の白銀の首飾りが気になって、メンテナンスにうかがいました。白銀は手入れが難しい鉱物ですから」とか言って王宮に潜り込んでました～！』

「ご報告をありがとう、わたしの可愛い黒うさぎさん！」

首尾は上々のようだ。機嫌を良くしたユリアーナは黒うさぎの耳を摑んで本体を机の下から引きずりだしてから、優しく腕に抱き直し、狭い額に口づけをした。

それから、薄紙に包んでリボンをかけておいた約束の品を渡す。

バター香るふわふわの生地《きじ》の中に、ラズベリージャムがたっぷりと入っているイースト菓子、ブフテルンだ。

告げ口妖精の黒うさぎはブフテルンを受けとると、

『まいどあり～！』

と言って、ぱちん！　と消えた。黒うさぎは、見返りに菓子を与えれば使い勝手の良い伝達係になってくれるので、ユリアーナは相変わらず重宝していた。

「マルグリットに何かご用でもあったの？」

ユリアーナは髪を梳く手をとめて、鏡に映るクラウスに訊いた。

「ございません。ただ、いつもはマルグリット殿が私宛てに届いた郵便物を渡しに来てくださるのですが、今夜は違うかただったので」

クラウスは、一通の手紙を手にしていた。

「それは改邪聖省から？」

「いいえ。国王陛下《へいか》からです」

「ふうん。なんて？」

「陛下は先日、メレンドルフ家の別邸を訪ねられて、レティーツィア様とお会いになったそうです」

「まさか継母も一緒だったのじゃないでしょうね」

ユリアーナはブラシを鏡台の上に置くと、彼のほうに身体を向けた。

クラウスはいつものごとく人形のように、まばたきもせずに答えた。

「いいえ。私の信頼の置ける聖騎士が立ち会っていますが、おひとりでいらっしゃったとのことでした。お見舞いの品としてお持ちになられたお花は、陛下には申し訳ないのですが、念のためレティーツィア様のお目にかけた後に、処分致しました」

「そう……ありがとう。思慮深いあなたと、その聖騎士のかたに感謝するわ」

一見、美しく見える花でも、毒を含んでいる可能性は十二分にあるからだ。国王はユリアーナの亡き母——カタリーナと同じ黒髪を持つレティーツィアを溺愛《できあい》しているので、国王が自分の意思で彼女の見舞い品に毒物を持ち込むことは考えられない。しかし王妃が用意した毒物を、なんの疑いもなくレティーツィアのもとに持参するというのは、ありえることだった。

「しかしお手紙の本題は、陛下がレティーツィア様にお会いになられたことではないのです」

クラウスは封筒の中から二つに折り畳《たた》まれたカードを取り出した。

臙脂《えんじ》色の台紙に、黄金で薔薇の模様が箔押《はくお》ししてある。

「陛下はレティーツィア様が目に見えてお元気になられた様子をご覧になって、大変お喜びになったようです。可能ならば、ひと月後には彼女をお城に呼び戻したいと、私にご相談くださいました。危険人物がまだ野放しにされているため、返事は保留にしています」

「あなたの判断は正しいわ、クラウス」

それで、と、ユリアーナは彼の手元にあるカードを見た。

「それは何？」

「レティーツィア様が王宮に戻られる日も遠くないということで、前祝いとして、二週間後に王宮で仮面舞踏会が催されるそうです。百名程度の高貴な方々が招かれるらしく、王女様と私も招待されています」

クラウスはともかく、自分も招待されていることをユリアーナは不審に思ったが、先日の例があったので、その謎はすぐに自分の中で解けた。ユリアーナはクラウスに常に監視されていなければならない立場だから、一日も彼と離れていてはいけないのだ。

「ご招待をお受けするの？」

「私はどちらでも構いません。ただ、王女様が舞踏会にゆかれたいのであれば、私も監視役として貴女について参りますし、貴女がご招待をお断りされるのであれば、私はここで、貴女のお傍におります」

「クラウスは行きたい？」

「行きたいとも行きたくないとも思いません。ですから、王女様のご判断に委《ゆだ》ねます」

ユリアーナはペリドットの瞳をじっと見つめた。本当は舞踏会に行きたいのではないだろうか。しかし、彼の瞳にはやはりどんな感情も浮かんでいなかった。王宮の行事など心底どうでも良いと思っている風ですらあった。

「じゃあわたしは行きたくない。久しぶりに忌み子が公《おおやけ》の場に登場するのだもの。好奇の視線に晒されるに決まっている。想像しただけでも不愉快極まりないわ」

「わかりました。では、適当な理由をつけて不参加の意向をお伝え致します」

クラウスはこちらに背を向けると、自分の書き物机に向かった。

ユリアーナは鏡台の前に座り直すと、再びブラシを手にとる。

すると膝の上に載せていたクラウディアが、小声で囁《ささや》いてきた。

『……不愉快ねぇ。僕としては、王宮に潜入する絶好の機会だと思うんだけどなぁ』

ユリアーナはハッとなった。最近ずっとクラウスの猫質にされているクラウディアには、継母の身辺を探っていることを話したつもりはない。しかしクラウスとユリアーナがふたりのときは自由の身になる彼は、そのときに告げ口妖精の黒うさぎあたりから情報を聞いたのだろう。

――そうだ。王宮に潜入すれば、怪しい継母にも接近できる。

「クラウス、待って！」

ユリアーナはクラウディアを両腕で抱きしめて立ち上がると、彼のもとに足早に近づいていった。まさに返事を書こうとしていたところだったのか、白い羽根ペンの先をインク壺《つぼ》に浸《ひた》していたクラウスは、怪訝《けげん》そうな顔でユリアーナを見上げた。

「どうかなさいましたか」

「わたし、やっぱり行く！」

「どういったご心境の変化でしょうか」

クラウスは羽根ペンを置いた。彼が不審に思うのも無理はない。ユリアーナはクラウディアのふわふわした長い毛に顔をうずめると、視線を泳がせた。

「だって、……こんな機会は、めったにないことだもの」

基本的に王宮への出入りが禁止されているユリアーナが、継母の傍まで行ける機会は。

無謀な計画のことを知らないクラウスは、ユリアーナの気持ちを、こんな風に解釈した。

「そういうことですか。王女様は人生の大半を王宮で過ごされましたからね。恋しく思われるのも無理はありません」

ユリアーナは王宮に対しては、姉のレティーツィアを除いてはなんの思い入れもない。

しかしせっかく彼が誤解してくれたので、そういうことにしようと思った。

「あなたもわたしも仮面をつけていれば、誰もわたしたちの正体には気づかないものね」

「それはどうでしょうか。春の陽光を溶かしたように美しい、淡い黄金《きん》の髪を持つ女性は私が知る限りでは王女様しかいらっしゃいませんから、気づかれないとも言いきれません」

クラウスは真顔で述べた。『美しい』とあまりにもさらりと言われたので、ユリアーナは少し間を置いてから紅くなった。

恥ずかしくて、ユリアーナは髪と同じ、蜂蜜の結晶色の長い睫毛《まつげ》を伏せてしまう。

ユリアーナは自分のこの髪の色があまり好きではなかった。金髪というには華やかさに欠ける、色の淡すぎるこの髪は、月光を浴びると老女の髪のように真っ白に見えてしまうのだ。

月の光が差さない夜が続いているからクラウスはまだそれを知らないだろうけれど、月光のもとでユリアーナの髪を見れば、美しいなどという言葉はとても出てこなくなるだろう。

「でも、参加するわ。ただ……」

ユリアーナはいったん言葉を切ってから、申し訳ない気持ちでクラウスを見つめた。

「クラウスには退屈な思いをさせてしまうかもしれないわね。だって結局、舞踏会の会場でもわたしの監視をしていなくちゃいけないということでしょう。それとも、少しくらいならわたしから目を離して、ほかの女性と踊っても良いのかしら？」

「それはわかりかねますが、踊りません。私はずっと王女様のお傍におります」

ユリアーナが気の毒そうに訊ねると、クラウスは明らかに不機嫌になった。

「あ……もしかして、踊れないの？」

「ばかにしないでください。私はメレンドルフ家で一通りのステップを習いました」

「ふうん」

「踊れないのは王女様のほうでは？」

「お、踊れるわよ！」

……たぶん。

ミルヒ村の領主に就任してからというもの、村の収穫祭や謝肉祭の折に、アコーディオンで奏《かな》でられる軽快な楽曲に合わせて、大勢で飛んだり跳ねたり手を叩きあったりするような民族舞踊しか踊った記憶がない。

ユリアーナの態度から本当は自信がないことを読みとったのか、クラウスが意地悪そうに、わずかに口角を上げた。

「そうですか。それでは当日は、楽しみにお手並み拝見させていただきます」

ユリアーナの心臓が大きく跳ねた。

「クラウス、そ、それってもしかして、わたしと踊ってくれるということ……?」

「はい。貴女は私の監視対象ですから、私の監視のもと壁の花になるか、そうでなければ延々と私だけを相手に踊っていただくことになります」

ユリアーナはクラウスと踊るという状況を、頭の中で冷静に思いえがいてみた。

澄んだペリドットの瞳に一心に見つめられ、腰に優しく手を添えられて……。

だんだんと鼓動が速くなってきた。

「王女様。心なしかお顔が紅《あか》……」

「見ないで!」

ユリアーナはとっさにクラウディアで顔を隠した。

動悸がはじまり、頰が紅潮しだしたということは、自分の脳から恋の脳内物質《アドレナリン》が分泌されているということだ。医師でもないクラウスはそんなことを知らないかもしれないが、恥ずかしすぎるので、ユリアーナは自分の脳内で起きている現象をひた隠した。

継母の手に薄紅蛇紋石が渡ったというのに、日は不気味なほど穏やかに過ぎていった。

そしてとうとう、仮面舞踏会の夜を迎えた。

マルグリットは夜会用のドレスを城のどこかから引っ張り出してきて、出立《しゅったつ》前にはユリアーナを頭のてっぺんからつま先まで飾りつけた。装飾的な菫《すみれ》色のドレスである。肘下までの長さの袖と、細腰の線を強調したボディスには、濃紫《こむらさき》のループリボンや浅紫《あさむらさき》のレース、ドレスと共布の花片《はなびら》をかさねたようなフリルが飾られており、オーガンジーの生地をたっぷりと使ったパニエを仕込んだスカートは、綺麗な鳥籠形に膨らんでいた。ゆるくピンで留めて結いあげた蜂蜜色の髪には、菫の花の造花と真珠が散らされている。デコルテに輝くのはヴァイオレットサファイアをあしらった首飾りだ。

清楚《せいそ》な花のようなドレスを纏っていても、ユリアーナの表情は浮かなかった。

姉のことが気がかりでならないのだ。あとひと月もしないうちに、レティーツィアが王宮に呼び戻されてしまう。それまでに継母にせよほかの人物にせよ、レティーツィアを害する者の罪を、確実に暴かなければならない。

日は落ちて、ユリアーナとクラウスを乗せた改邪聖省の馬車は、王都の中心部へと差しかかっていた。ユリアーナが考えごとをしながら膝の上に載せたクラウディアを撫《な》でていると、正面の席に座ったクラウスが呟いた。

「……クラウディア様は、王宮に入れるのでしょうか」

クラウスがクラウディアを『様』づけで呼ぶのは、どうやらクラウディアのことも黒うさぎと同様、聖霊だと思っているかららしい。聖霊でも精霊でも彼の好きなようにとらえればよいと思っているユリアーナは、いまだに彼の間違いを正していなかった。だいたい、聖霊だと思いつつクラウディアを猫質にしているのだから、クラウスも大した玉である。

ユリアーナはクラウディアのふわふわの背に手を置いたまま、顔を上げた。

無機質なペリドットの瞳にクラウディアを映す彼も、今夜ばかりは聖衣ではなく、舞踏会に相応《ふさわ》しい盛装に身を包んでいた。ブラウスの高襟にはレースの胸飾《ジャボ》りが留められており、その上に葡萄色のウエストコートと濃藍《こいあい》のブリーチズ、黄金《きん》のブロケードで縁《ふち》どりがされた暗い青のベルベットのコートを纏っている。

(童話の中の王子様みたい)

思わず見とれてしまいそうになって、すぐさま彼から視線を逸らす。

先刻からこの繰り返しだった。自身が王女であるユリアーナは現実世界の王子というものに対しては無関心だったが、童話に登場するような王子様には、それなりに憧れていた。

しかし今夜に限らず、ユリアーナはクラウスへの恋心を自覚してしまってからというもの、彼の顔がまともに見られなくなっていた。ユリアーナの監視役であるクラウスは、ユリアーナの寝室に勝手に設置した長椅子の上で毎晩眠っているが、それもうやめてほしかった。

恋をするまでは非常識なクラウスに腹を立てながらもしっかり熟睡していた自分だが、この十数日間、同じ寝室に彼がいるというだけで心臓がドキドキして、目が冴えてしまうのだ。

「王女様、緊張なさっているのですか」

クラウスの声で、ユリアーナは彼に質問されていたことを思い出した。

「あ、ああ、クラウディアのことね。すんなりと王宮に入れてもらえるかどうかはわからないけれど、継母が昔、お城で猫を飼っていたから大丈夫じゃないかしら……。それにこの子一匹くらい紛《まぎ》れ込んでいても、招待客は気にも留めないと思うわ」

ユリアーナは膝の上に載せていたクラウディアを、今度は胸にぎゅっと抱きしめた。

「……舞踏会にまで連れてきてしまうなんて、王女様は本当にクラウディア様を溺愛なさっているのですね」

クラウスが呆れたような口調で言った。

溺愛というほどでもない。ただ、クラウディアは連れてきたほうが良いと思った。

今朝の未明、クラウスがまだ眠っている頃にユリアーナはふわふわした猫の前脚に頬をつつかれて目を覚ました。どうしたの、クラウディア……と、近くで眠るクラウスを起こさないように小声で囁くと、クラウディアも声を潜《ひそ》めて言った。

『精霊の勘ってやつ？　今夜の舞踏会、なーんか厭《いや》なことが起きそうな予感がするんだよな』

厭な予感と言われたら、気になってしまう。ユリアーナはそれでクラウディアも一緒に連れてきたのだ。霧《きり》のように消えたり現れたりできる精霊がいれば、多少は心強い。

それに精霊の勘でなくとも、ユリアーナ自身が今夜、自分の身に何かが降りかかってもおかしくないと考えていた。継母が薄紅蛇紋石を手に入れてから今日で二週間が経つというのに、いまだになんの動きもないことが、逆に胸をざわつかせた。

仮に継母が薄紅蛇紋石をすでにユリアーナ以外の誰かに使用していたとしたら、それはきっとユリアーナの耳にも入るはずだ。薄紅蛇紋石の毒を含むと、三日間の高熱を出した上、蛇紋が肌に浮かびあがるという空恐ろしい症状を引き起こすのだから。

薄紅蛇紋石の存在はほとんど知られていない。

たとえ毒に侵されても、軽度の風邪のように、放っておけば三日で治って後遺症も残らないために、産出国であるバルヌス帝国でも研究が盛んではないのだ。

シュトロイゼル王国においてはアルバンのように世界中を旅してきた者は例外として、医師の間でも薄紅蛇紋石の毒性はおろか、その鉱物名すら知られていないと思われる。

六年前まで不治の病とされていた空蟬病《ツィカーデ》の特効薬をアルバンが開発してからは、黒死病《ペスト》こそが国民の最も恐るべき死の病となった。だから医師たちが今こぞって研究を進めているのは、黒死病だけだ。

だからあるとき突然高熱に苦しみ、聖典で不吉とされる蛇の鱗《うろこ》のような模様が皮膚に浮かび上がれば、この国の人はまずそれを病気ではなく、呪いだと判断するだろう。そして教会か、改邪聖省に助けを求めるはずだ。だが、全国の教会を束ねる改邪聖省の中でも特に高い地位にあるクラウスに、最近はおかしな風土病や奇病が流行《はや》っていないかとそれとなく訊ねてみても、呪いのような疾患をかかえた患者が現れたという報告は聞いていない、とのことだった。

（継母はきっと今夜、わたしに毒を盛る）

ユリアーナが招待客に紛れられる仮面舞踏会を利用して継母の身辺を探ろうと考えたように、

継母もまた人が大勢集まる今夜の祝宴を好機ととらえていてもおかしくはない。なにしろユリアーナは普段は辺境の村の城で暮らしていて、顔を合わせる機会もないのだから。

（継母が耳飾りの薄紅蛇紋石をいちどにすべて使うことを想定して、人間ひとり害せない量しか耳飾りにしていない。だから今夜、たとえばもしもわたしに差し出された葡萄酒に同量の薄紅蛇紋石が溶かされていたとしても、わたしは死なないし、放っておけば三日で熱が引き、ひと月経てば蛇紋も綺麗に消える。だから毒を飲むのは怖くない。

気になるのは、継母がどのような手段で毒をわたしの身体の中に入れるのか。口紅や絵画、首飾りに毒を仕込んで姉様に渡したような継母が、果たして葡萄酒に溶かしてわたしに毒を飲ませるといった、安直な方法をとるのか……）

馬車が徐々に速度を落とし、やがて緩《ゆる》やかに停止した。

ユリアーナは帳《とばり》を開けて、外を見た。辺りは暗く、薄青の闇に、薔薇の茂みが影絵のように黒く浮かび上がるのが見えるばかりだが、王宮の閉鎖《へいさ》された西門の前だとわかった。

国王はユリアーナが人目につくことを良しとしない。だから今夜もユリアーナのために特別に西門が開放されたのだ。廃墟の柵《さく》のように錆《さ》びついた匂いがする西門付近には、門衛の姿もなかった。もっとも、見上げるほど高い西門は堅牢《けんろう》で、最上部には有刺鉄線《ゆうしてっせん》が張り巡らされているのだから、西門から城の敷地内に侵入しようと考える者はいないだろう。

クラウスはあらかじめ、国王から鍵を預けられている。

先に馬車を降りたクラウスが、ユリアーナの側の扉を外からあけて手を差し出してきた。

「王女様。お手をどうぞ」

ユリアーナはレースの手袋を嵌めた手を、白絹の手袋に包まれたクラウスの手にそっとかさねた。くるぶしに大ぶりのサテンリボンが飾られた靴の、細くて高い踵《かかと》で長いドレスの裾を踏まないように注意しながら、ユリアーナはゆっくりと馬車を降りる。そのあとからクラウディアがトコトコとついてきた。

ユリアーナがクラウスの手を借りて石畳《いしだたみ》に降り立つと、彼が夜空を見上げて言った。

「……思ったよりも暗いですね」

ユリアーナも上空を仰ぐ。今夜は満月のはずだが、ちょうど月に叢雲《むらくも》がかかっているせいで、紫紺《しこん》の空には銀粉を刷《は》いたような、数多《あまた》の糠星《ぬかぼし》が煌《きら》めくばかりであった。

多くの招待客を迎え入れる正門は今頃、日輪《にちりん》が落ちてきたような明るさに包まれているのだろうが、西門の前にはカンテラの明かりひとつない。物の影だけがかろうじて判別できる。

クラウスはユリアーナの手を握って西門に歩みを進めると、錠に鍵を差した。鍵を回すと、ガチャン、と重厚な金属音が響いた。クラウスは門を押した。夜の静寂《しじま》に悲鳴にも似た軋《きし》みをあげながら、入り口が開放される。

「お足許《あしもと》にお気をつけください。草に足をとられないように」

「ええ……」

ユリアーナが生返事をした直後だった。

クラウスがハッと息を呑《の》んだ。

　どうしたの、と問う間もなく、ユリアーナはいきなりクラウスに乱暴に手を引き寄せられ、芝生の上にうつ伏せに押し倒された。ユリアーナは体勢を崩すその直前に、背中を何かがかすめていったのを感じた。芝生の上に這いつくばってから、遅れて痛みが訪れた。ナイフで切り裂かれたようなじくじくとした疼きを、背中の皮膚に感じた。

　矢を射《い》かけられたのだ、とユリアーナは理解した。クラウスが咄嗟《とっさ》に庇《かば》ってくれなければ、臓腑《ぞうふ》を貫かれて、今頃死んでいたかもしれない。

　傍らにクラウスが跪《ひざまず》いた。

「王女様！　王女様、お怪我は……!?」

「……怪我は、ある」

「え……!?」

　ユリアーナはクラウスがここまで狼狽《ろうばい》するとは思わず、痛みをこらえて言った。

「大丈夫。痛いし、怪我の程度はわからないけれど、浅いと思う。今は、……それより――」

　ユリアーナは上体を起こそうとしたが、その弾みで傷がひらき、刺すような痛みに襲われた。もう身を起こすことは諦めて、ユリアーナは横たわったまま、暗闇の中で光るふたつのアイスブルーの瞳を見つめた。

「クラウディア、矢を放った者の気配を追って、襲ってきて。あとで身元を割りたいから、手の甲でも顔でもいい、外から見える部分を死なない程度に引っ掻いて、痕を残して……」

　クラウディアはユリアーナをつかのま見つめてから、夜の闇に溶けていった。

ユリアーナは息を吐き出した。クラウディアを見送ったら、傷口から血がどろりと溢れ出し、ドレスの背中を生温かく濡らしてゆく不快な感触に気がついた。

鉄錆《てつさび》の匂いを感じとったのか、クラウスがユリアーナの背をドレスの上から注意深く探ってきた。血に濡れたあたりに触れたその瞬間、彼の指先がぴくりと跳ねた。

「大丈夫ではありませんね、王女様」

早くも落ち着きを取り戻していたクラウスは、静かに口にした。

「クラウスは、どこも傷ついていない……?」

ユリアーナは訊いた。傷の痛みと、内臓をかき回されているかのような気分の悪さによって、呼吸が乱れはじめていた。身体は熱いのに、凍《こご》えるように寒い。発熱しているのだ。

ユリアーナは首を動かして、傍らのクラウスを見上げた。月は隠れていても、彼の肌の白さと輝くように明るい薄翠《うすみどり》の瞳だけは、闇の中でもよく見えた。

「私のことより――」

「毒矢なのよ、クラウス」

言いさした《さえぎ》クラウスを遮って、ユリアーナは言った。

おそらく矢じりに、粉末状にして水で練った薄紅蛇紋石が塗りつけられていた。経口摂取《けいこうせっしゅ》によって毒を血中に入れるにはもっと多くの量が必要だが、皮膚に傷をつけて、直接血中に入れてしまえば、かすめただけでも毒に侵される。

「あなたもあたっていたなら、毒が回る前に馬車に戻って引き返さないと、共倒れになる」

ユリアーナは自分の目が届く範囲を見渡した。すると草の間に隠れて、ユリアーナを傷つけたものと思われる矢が一本、転がっていた。

「……見つけた。あれよ。危ないから、早く回収しなきゃ……」

ユリアーナは地面に手をついて身を起こそうとしたが、やはり激痛に阻《はば》まれて、力なく草に顔をうずめた。いつのまにかほどけてしまっていた髪が、頰にはらりと散った。

「王女様、動かないでください。あれはのちほど私が責任をもって回収致します」

「……ごめんなさい。クラウス」

ユリアーナがうわごとのように呟くと、冷然とした声が降ってきた。

「喋るのもいけません。徒《いたずら》に体力を消耗されたくないのであれば、従ってください」

クラウスが首すじに触れてきたとき、ユリアーナはぞくりとするようなその冷たさに、彼がいつのまにか、身につけていた絹の手袋を抜きとっていたことを知った。

「何、を……するの？」

「喋らないでくださいと申し上げたばかりなのに。……応急処置です」

クラウスはユリアーナのドレスのうなじの付近に触れると、何の躊躇《ちゅうちょ》もない手つきで菫色の絹地を引き裂いた。固いコルセットに覆われていない肩甲骨《けんこうこつ》のあたりを冷たい外気がさらっていったとき、熱に思考を奪われていたユリアーナは、夢から醒めたように彼に抵抗した。

「いや……っ！　処置なんて必要ない、余計なことしないで！」

どうせ三日で抜ける毒なのだ。なによりも、ドレスの下には美しい彼には絶対に見られたくない、おぞましい火傷の痕跡があった。聖典において邪性の生き物とされる、蛇がのたくったような痕だ。聖職者であれば、否が応でも嫌悪感を覚えるだろう。ユリアーナはクラウスから拒絶されることを恐れて彼から逃れようとしたが、細い首の後ろを容赦なく摑まれると、あえなく頭を柔らかな野草の上に押しつけられた。

「おとなしくしていてください。そうでなければ、私は貴女を傷つけてしまうかもしれません」

発熱のために潤んだ水宝玉の瞳に、クラウスは護身用と思われる短剣を映させた。白銀《ぎん》の鞘《さや》には聖なるものの象徴である、薔薇と星十字の模様が精緻《せいち》な彫刻で施されていた。

ぼんやりとそれを見つめるユリアーナの前で、クラウスは短剣をこれ見よがしに抜いた。よく磨かれた白刃《はくじん》は星明かりを受けて、まるでそれ自体が発光しているかのように、幻日《げんじつ》にも似た真っ白な光を帯びた。

ユリアーナを見下ろすクラウスの瞳はただ冷たく、色のついた玻璃《ガラス》玉のようだった。

「……クラウス……」

夜露に濡れた野の花の群生が蒸散《じょうさん》して、ユリアーナの身体を搦《から》め捕《と》るように甘く香った。

怖いとは思わなかった。以前クラウスに純潔を疑われ、異端審問にかけられたときのような不快感もなかった。ただ、宝石のように澄んで綺麗な彼の瞳に、自分の醜悪《しゅうあく》な背中を晒したくなかったのだ。……本当に、彼のことが好きだから。

けれどそんな思いも虚《むな》しく、クラウスは短剣の切っ先で慎重にユリアーナのコルセットの紐を断ち切ってゆく。コルセットが緩められるにつれて、締め付けられていた胸の膨らみは解放されてゆくのに、ユリアーナの胸の奥は苦しくなる一方だった。

「……クラウス、見ないで。わたし、……背中に傷が……、醜《みにく》い古傷があるの……」

ユリアーナは身を震わせて、懇願《こんがん》するように言った。

それでもクラウスの手がとまることはなかった。

「月明かりのないこの闇の中では、貴女の肌の白さがただ朧《おぼろ》げに浮かび上がるだけです」

ぷつん、という音を立てて、編み上げられたコルセットの紐の、最後の一段が切られた。

これでもう、ユリアーナの上体を隠してくれるものはなくなった。ドロワーズの上にかさねた、睡蓮《すいれん》の花を伏せたような形のパニエに、原型を失った菫色のドレスがかろうじてまとわりついてくるだけだ。

ユリアーナの耳の奥で、血がどくどくと脈打っている。

呼吸をくるわせながら自分の脈動にただ耳を傾けていたユリアーナは、背後で金属がかすかに触れ合う音を聞いた。彼が剣を鞘に収めたのだとわかった。

どこからか甘い薔薇の芳香が漂ってきて、ユリアーナは水宝玉の瞳だけ動かしてその方向を見た。暗闇の中では漆黒にしか見えない葉が生い茂る生垣で、白薔薇の花が螢火《ほたるび》のように幽《かそけ》く光り、咲いていた。雪がおのずと夜を照らすように、闇の中でも白だけは輝くのだ。

汚れのない白だけは。

クラウスは、ユリアーナの肌の白さがただ朧げに闇に浮かび上がるだけだと言った。

本当なのだろうか。本当は火傷の痕も、彼の美しい双眸《そうぼう》には映っているのではないだろうか。

ユリアーナはふいに真上から、蔑《さげす》むような、憐《あわ》れむような視線を降り注がれているような妄念《もうねん》にとり憑《つ》かれた。不安は奔流《ほんりゅう》となってユリアーナを呑み込み、桜桃《おうとう》の唇を震わせた。

「クラウス……？」

振り返るよりも早く、ユリアーナはびくんと身体を跳ねさせた。熱をもってずきずきと痛む矢傷の上に、冷たく湿ったものを押しあてられたのだ。それが彼の唇であることは考えるまでもなくわかった。周りの皮膚が鬱血《うっけつ》しそうなほど、きつく血液を吸い上げられていることも。

「あ、……っ」

ユリアーナは身をよじったが、暴れることは赦《ゆる》さないとでもいうように、背後から手首を摑まれて、野の花の咲き乱れる地面に縫いとめられた。

「痛みますか、王女様」

強引な行動とは裏腹に、いたわりが籠《こ》められた言葉に、ユリアーナは弱々しく首を振った。

「……でも、だめなの。毒を口で吸い出そうとするのはだめ……。その処置は……」

「正しくないことは承知しています。ですが、貴女の苦痛を少しでも取り除いて差し上げたいのです。王女様、貴女の身体は今、異常に熱いです。……ほら、わかりますか。私の手をひどく冷たくお感じになるでしょう」

淡い蜂蜜色の髪をかき分けて、子猫にそうするように首すじを撫でてきた指先の冷たさに、ユリアーナは小さく咽喉《のど》を震わせた。

沈黙は拒否とみなされなかったのか、再び背中に吸いつかれる。

鮮血を啜《すす》り上げられる心許《こころもと》ない感触と厭でも耳につく水音に、ユリアーナは瞳に涙を滲ませた。もう聞き入れてもらえないことはわかっていながら、ユリアーナは細い声を絞《しぼ》り出した。

「やめて、お願い……わたしは死なないから、何もしないで。あなたにまで……毒が……」

——胸が苦しい。身体がひどく熱い。……熱くて、濃霧《のうむ》が立ち籠めたように頭の中が真っ白になり、ユリアーナは最後まで言い終えることなく、意識を闇に手放した。

気を失ったユリアーナを見下ろすと、クラウスはかすかに吐息した。

固いコルセットが盾《たて》となったのか、ユリアーナが負った矢傷は深いものではなかった。

彼女の血を吸っては吐き出すという行為を続けているうちに、出血量が少なくなってきた。

毒は可能な限り吸い出したが、彼女を夜間診療所に運んで、傷口を消毒する必要があった。

ユリアーナを傷つけた矢は、白く咲き匂う、玉簾《たますだれ》の花の植え込みの間に落ちている。クラウスはそれを回収しに立ち上がろうとして、ふと、生垣に咲く紅い薔薇を目にとめた。

月は、依然《いぜん》として雲に抱かれていた。星明かりの朧々《おぼろおぼろ》とした暗がりの中では白い薔薇しか見えなかったはずだが、色彩が判別できるほどには、闇に目が慣れてきたのだと知った。

クラウスは矢を回収すると、再びユリアーナの傍らに跪いた。

ユリアーナは野の花が覆う地面に頰をつけ、横顔を見せて眠っていた。

天上の泉を思わせる、水宝玉の瞳は白鷺貝《さぎがい》よりも薄い瞼に覆われており、水晶を触れ合わせたように澄んだ声が紡《つむ》ぎ出される淡い薔薇色の唇は閉じられていた。露を置いた花のごとく、蒼褪《あおざ》めた額には珠の汗が滲み、頬はうっすらと桜色に上気している。

クラウスは無意識のようにユリアーナの顔に手を伸ばしていた。蜂蜜の結晶色の長い睫毛が影を落とす、雪白の肌に触れる。頬はしっとりと汗ばんでいて、咲き初《そ》めたばかりの白薔薇に触れているような心地がした。

監視対象であるこの王女への愛《いと》おしさに気がついてしまったのは、いつだったろうか。もうよく憶えていない。考えないようにしてきたからだ。

幼い頃、初めて愛した純白の聖女に、生涯、身も心も捧げることを星十字にかけて誓った。この身も心もひとつきりしかない。それを純白の聖女に捧げたのだから、もうほかの誰にも捧げられるものはなかった。いちど立てた誓いを破ることは考えられなかった。王命による、ユリアーナとの政略結婚を受け入れたのは、形だけのものだと割り切ったからだ。

(私は純白の聖女様のものだ)

ユリアーナに惹《ひ》かれてはいけないとわかっている。

頭では理解しているのに、心にきざした想いは日に日に膨らんでいく。今も。

クラウスは自我を失ったように、ユリアーナの柔らかく、小さな唇を指でなぞった。

この紅い唇に口づけたら、どんなに甘美な味がするのだろうか……。

この白い肌の、もっと奥深くに触れたら、どんなに心地良いだろうか……。

自分の裡《うち》に熱が溜まっていく。それを自覚したとき、クラウスは、にわかに慄然《ぞっ》とした。

（堕《お》ちていく）

クラウスは匂い立つようなユリアーナの肌から素早く手を離すと、ウエストコートの内側からエステレラを引きずり出した。白銀の星十字に触れて深呼吸をして、気を鎮《しず》める。

それからベルベットのコートを脱ぐと、ユリアーナの裸の上半身に掛けようとした。

ユリアーナの背中を見下ろしたその瞬間、クラウスは動きを止めた。

長い蜂蜜色の髪になかば覆われた裸身の背中一面に、焼けた有刺鉄線でも押しあてられたかのような薄紅色の火傷の痕があった。神聖な紅い薔薇の蔦《つた》に縛《いまし》められたようにも見えるその肌は、胸が締め付けられるほど痛々しく、同時に、ため息が零《こぼ》れるほど美しかった。

「これ……は……」

信じられない光景に、クラウスはわが目を疑った。

これと全く同じ火傷の痕を持つ幼い少女を、六年前にも見た。

頭がひどく混乱する。

ばらばらになっていた過去と現在が、二枚貝のようにかさなり、つながろうとしている。

――ねぇクラウス、空蟬病《ツイカーデ》という病を知っている？

混迷する脳に、いつか聞いたユリアーナの言葉が蘇った。

空蟬病……それは六年前に自分が侵され、死の淵《ふち》に立たされた病であり、そして純白の聖女の奇跡によって退《しりぞ》けられた病でもあった。

同時に、ユリアーナが師のアルバンを手伝って、多くの罹患者――とりわけ、当時の彼女と同年代の子供——に特効薬を処方して回った病でも。

それをユリアーナの口から聞いたとき、何かの予兆のように、それまで覚束《おぼつか》なかった純白の聖女の姿が、自分の中ではっきりと像を結んだような感覚がした。

だが、あまりにも自分にとって都合の良いその可能性を、クラウスはすぐに打ち消した。

目の前で眠る美貌の少女が、純白の聖女であるはずがない。

何故なら両者には決定的な違いがある。

単純なことだ。純白の聖女の背には生えていた純白の翼を、ユリアーナは持っていない。

しかし……。

(この世にふたつとない、神秘的な火傷の痕の一致は、どうやって説明をつければ……)

鼓動がおさまらないうちに、絹糸のように細い光が天《そら》から差した。

叢雲がゆるやかに風に流れてゆき、皓々《こうこう》と照る白銀《ぎん》色の満月が姿を現したのだ。

そのとき、信じられないことが起きた。

蒼白い月光が、二叉に分かれてユリアーナの背を覆っていたごく淡い蜂蜜色の髪を、白雲母《きらら》の輝きを帯びた純白に染め変えていったのだ。

そのさまはまるで、紅い蔦薔薇模様の火傷の痕がある背中から、目がくらむほどに眩《まぶ》しくて神々《こうごう》しい、純白の翼が生えているかのようだった。

「……王女様」

これは自分の願望が見せる幻なのではないかと思った。

ユリアーナに対していだいてしまった恋情を無理やり封じ、抑制し続けてきたせいで、自分はおかしくなったのだろうか。

これが妄想ではなく紛れもない現実であることを確かめるように、クラウスは震える指先でそっと、翼に――ユリアーナの柔らかな髪に触れた。

天は風が強いのか、清《さや》かな満月は、あらたに迫った叢雲に侵食されつつあった。

月明かりが徐々に翳ってゆく。

それにともない、純白の翼と見えた白銀の髪は、もとの淡い蜂蜜の結晶色に戻っていった。

思えば、幼い純白の聖女と初めて逢《あ》ったのも、こんな月の明るい晩のことだった。

「貴女が……純白の聖女様だったのですね」

閉ざしていた感情が、湧き水のように溢《こ》れて、止まらなくなる。

クラウスは顔を伏せると、焦がれ続けてきた少女の髪に指をうずめ、世にも美しい薔薇色の火傷の痕に、愛の誓いを立てるように口づけを施した。

Kapitel IV

暗く深い海に沈んでゆくような眠りの中で、ユリアーナはよく知った少女と少年がぼそぼそと交わす声を聞いていた。

「傷口は消毒し、包帯は清潔なものに取り替えた。あとはそなたに任《まか》せたぞ、クラウス殿」

「はい。マルグリット殿」

「私は引き続き、矢じりに塗りつけられた鉱物を鑑定してくる。ふん、まあこれの正体など、調べるまでもなくわかりきっておるが」

マルグリットの足音が遠ざかってゆき、やがてパタン、と扉が閉まる音がした。

部屋に残ったクラウスが近づいてくる。衣擦《きぬず》れの音がしたあと、額《ひたい》に冷たい手が触れた。

「お可哀想《かわいそう》に。こんなに苦しまれて」

囁《ささや》くような声に、ユリアーナは瞼《まぶた》を持ち上げた。

傘をひらいたような形の天蓋《てんがい》から、薄雲のように透けた帳《とばり》が下りている。辺りは薄暗かったが、窓から差し込むわずかな月明かりと燭台《しょくだい》の光で、ここがカレンデュラの森の城の、自分の寝室であることを思い出した。

そうして自分は今、寝台に横たわっている。毒矢を受けて気を失ったあと、王都の夜間診療所で手当てを受けてから、この城に帰ってきたらしい。

『らしい』というのは、その間の記憶が自分にはなく、王宮からこの城に至るまでの経緯《けいい》を、たったの今しがた、マルグリットから聞いたからだ。彼女の手によって包帯を替えられながら夢現《ゆめうつつ》の心地で聞くうちに、自分はまた眠ってしまったようだった。

額に触れていた手が離れていく。ユリアーナはその手を名残惜《なごりお》しむように視線で追った。その先にはクラウスがいて、玻璃《はり》のゴブレットを手にしていた。

「……クラウス……」

「薬草を煎《せん》じたものをお持ち致しました」

クラウスは淡々と口にすると、寝台の脇《わき》に置かれた白い猫脚《ねこあし》椅子に座った。

その頬《ほお》はいつもよりも蒼褪《あおざ》めて見える。月光の加減のせいだけではないだろう。

ユリアーナは自分が倒れてからどれくらいの時が過ぎたのか正確にはわからなかったが、月の位置で、今が深夜だということは理解できた。クラウスはユリアーナのために奔走《ほんそう》し、薬草を煎じ、きっとひどく疲れている。

「ごめんなさい、クラウス」

ユリアーナは憔悴《しょうすい》した彼の顔を見た途端、瞳《ひとみ》に涙が膨《ふく》れ上がるのを感じた。

水の膜の向こうに彼の姿をとらえながら、ユリアーナは言葉を継いだ。

「……わたし、あんなやりかたで毒を体内に入れられるなんて、想定もしていなかったの。

……浅慮だった。一歩間違えれば、クラウスも今頃、毒に侵されていた。……あなたまで危険に晒《さら》してしまって、本当にごめんなさい……」

涙が瞳からこめかみへと横滑りに零《こぼ》れ落ちて、枕に小さな染《し》みを作った。

クラウスはそれをただ見つめている。

「王女様、貴女《あなた》が私に謝罪することは何もありません。……さあ、薬をお飲みください。毒が抜けるまで熱は下がらないかもしれませんが、関節の痛みや悪寒《おかん》はいくらか和《やわ》らぐでしょう」

ユリアーナは慌《あわ》てて寝台に手をついて、上体を起こした。クラウスを早くやすませてあげなければならないのに、引き留《と》めてしまってどうするのだろう。

身を起こすと背中に熱い疼《うず》きが走ったが、歯を食いしばってそれに耐えると、クラウスの手からゴブレットを受けとった。

痛みに手が震えるせいで、ゴブレットの中で煎じ薬が大きく揺れる。

「ありがとう。クラウス、あなたももう眠って」

「王女様が薬を飲まれるのを見届けたら、そうさせていただきます」

早く彼に休息をとらせてやりたいユリアーナは、それを聞いて焦《あせ》った。ゴブレットを両手で支えるようにして持ち上げると、口元に運んだ。

玻璃の飲み口を唇《くちびる》にあてて、零さないように、慎重に傾ける。

しかしユリアーナの意思《しい》を無視して震え続ける指のせいで、ゴブレットの中身は跳ねて零れた。水滴がユリアーナの寝衣の胸元を濡らし、ユリアーナは蒼白《そうはく》になる。

傍《かたわ》らで見守るクラウスの視線が刺すように感じられ、ユリアーナは掠《かす》れた声で口にした。

「ご、ごめんなさい。ちゃんと、気をつけて飲むから……」

零れたのがたったの数滴で済んだのは幸いだった。それでもユリアーナは失態続きの自分に泣きそうになっていた。

怖くて、クラウスの顔を見られない。

緊張がさらにユリアーナの震えに拍車《はくしゃ》をかけた。

ついに見かねたのか、彼がユリアーナの手からゴブレットを取り上げた。

それから空《あ》いたほうの手で、彼女の頤《おとがい》を摑《つか》んで顔を上げさせる。

ユリアーナは彼の意図がわからず、薄翠《うすみどり》の瞳を見つめた。

日の下で見るときとは違う、暗い影を帯びた目にユリアーナを映して、クラウスは言った。

「飲ませて差し上げます。六年前、幼かった貴女が、私にしてくださったように」

ユリアーナは目を見ひらいた。

「何を……言っているの……？」

クラウスは答えなかった。

煎じ薬の半量を口に含むと、ユリアーナの頤をとらえたまま、ユリアーナの唇に自分のそれを押しあてた。

ユリアーナは何が起きたのかわからなかった。

理解が追いつかないうちに、わずかにひらいた口に、ひどく苦くて生ぬるい液体が流し込まれた。ユリアーナはそれをなんとか飲み込んだものの、その直後に激しく咳《せ》きこんだ。咳《せき》が苦しくて呼吸もままならずにいると、クラウスに強い力で抱き寄せられた。体勢を崩して思わず彼の腕にしがみつくと、患部を避けるようにして、優しく背中をさすられた。

「飲みにくい薬ですが、古くから修道院に伝わるものです。貴女にとって毒にはなりません」

耳元で囁かれる。全身が熱く火照《ほて》ったユリアーナは、彼の胸元で頷《うなず》くので精一杯だった。

次第に呼吸が落ち着いてくると、ユリアーナはクラウスから身を引いた。

熱で頭が朦朧《もうろう》とする。寝台に倒れ込みそうになったとき、それを阻止《そし》するようにクラウスがユリアーナの肩を抱きとめた。

「まだ終わっていませんよ、王女様」

クラウスはユリアーナの後頭部に手を添えると、ゴブレットを自分の唇につけて傾けた。

一度目と違い、彼にどうされるのかわかっていたユリアーナは、逃げ出したいような気持ちに駆られた。薬液を口移しで飲ませることはクラウスにとっては単なる医療行為で、それ以上でもそれ以下でもないことはわかっている。ユリアーナだって、服薬の困難な重篤《じゅうとく》な患者には、アルバンの手伝いをしていた幼い頃から、あたりまえのようにしてきたことだ。

けれどクラウスは医師ではない。

神学校で、修道院の医術において優秀な成績を収めていたとしても、彼は聖職者だ。聖職に従事しない者にとってさえ唇をかさねるという行為は特別な意味を持つのだから、彼はその上にさらに神聖な価値を置いているはずだった。

（クラウスに、こんなことをさせてはいけない）

唇が触れ合う寸前で、ユリアーナは顔を背《そむ》けようとした。だが後頭部を押さえ込まれているせいで、それはかなわなかった。

「……あ、……」

乞《こ》われるままに口をひらくと、小さな口内はたちまち、流れ込んできた薬液で満たされた。ひと息に飲みくだすことができず、口角から溢れた雫《しずく》はユリアーナの上気した頬《ほお》を伝い下りて、汗ばんだ首すじで珠《たま》を結んだ。後頭部を押さえつけていた手が離れていく。

ユリアーナはどっと力が抜け落ちて、熱に潤《うる》んだ水宝玉《すいほうぎょく》の瞳でクラウスを見つめた。

「クラウス、もういい……？」

呼吸を乱しながら懸命に訊《たず》ねた直後、ユリアーナはまた後頭部を掴まれた。

「……まだです。王女様は薬を零されたのですから」

吐息が触れるほど近くにある、人形のように整った彼のおもてをユリアーナは愕然《がくぜん》として見つめた。

確かに数滴、薬は零してしまったが、ゴブレットにはもう薬は残っていないはずだった。

クラウスはいったいどうしようというのか。

それともただ詰《なじ》っているだけなのか。

混乱のあまり声も出せずにいると、ユリアーナの肩口に、クラウスが顔をうずめた。

自分のものとは違うさらさらとした髪の感触に、ユリアーナの鼓動は速くなった。

「……王女様……」

熱っぽく掠れた彼の声を聞いて間もなく、ユリアーナは首すじに、薔薇《ばら》の花片《はなびら》が触れるような冷たい感触を覚えた。それが何かを確かめる必要はなかった。無垢《むく》でありながら、すでに彼の唇の感触を憶えてしまっていたユリアーナは、たちまち恐慌状態に陥《おちい》った。

「クラウス、何をするの……！」

ユリアーナはクラウスの腕から逃れようとしたが、もがくほど蜘蛛《くも》の糸に搦《から》め捕《と》られていく蝶のように、ユリアーナは解放されるどころか、さらにきつく抱きすくめられただけだった。

雪白の肌に零れた薬液を、唇で吸いとられる。そのままゆっくりと頬へ、月明かりに煌《きら》めく水の痕《あと》をたどるように、彼の舌が這《は》い上がってくる。

胸をかき乱す耐えがたいその感覚に、ユリアーナはぎゅっと目を閉じた。

抗《あらが》うのをやめると、頭の後ろと腰に添えられていた手が離れ、代わりに白百合《しらゆり》の花でも包み込むように、両手でそっと顔を挟まれた。

薄い瞼の向こうで、月の光がふっと翳《かげ》る。

唇を合わせられる。

触れるだけでは済まないであろうことをユリアーナは予期していた。それでは単なる口づけになってしまうからだ。

（クラウスは、……あくまでもわたしに薬を飲ませようとしているだけ）

何の感情もなく、事務的に、淡々と。

だから、舌先で唇を割られ、歯列をなぞられると、ユリアーナは震えながらもかすかに口をひらいた。熱く濡れたものがさらに歯列をこじあけて、口内に侵入してくる。

舌の上を探られて、ユリアーナは身体を強張《こわば》らせた。ただ薬を投与されているだけなのに、まるでゆっくりと時間をかけて甘い糖蜜を含まされているかのように、鼓動が高鳴った。

恋情も愛情もない、彼にとっては単なる医療行為にすぎない。

そうわかっているのに、まるで本当に口づけをされているかのような錯覚に陥り、胸を悦《よろこ》びに震わせる自分をユリアーナはひどく浅ましい存在だと思った。唇をかさねられて幸福に酔い痴《し》れているのは自分だけだ。純白の聖女様を愛しているクラウスは、一刻も早くこんなことをやめたいはずだった。……それなのに、この三度目の投薬には、終わりが見えなかった。

口蓋《こうがい》をなぞられ、真珠のようになめらかな歯列の裏に、執拗《しつよう》に舌先を滑らされる。

ユリアーナは彼の行為をぼんやりと甘受するうちに、気がついた。

(わたしが、飲まないから……)

クラウスはそもそも、ユリアーナが零した分の薬を飲ませるために唇をかさねてきたのだ。それならばユリアーナが飲み下さない限り、終わらなくて当然だった。もう何かもわからない温かな液体が泉のように口内に溢《あふ》れ、零れそうになっている。ユリアーナは唇を塞《ふさ》がれながら、何も考えずにそれを飲み下した。これで彼も望まない行為から解放されると思った。

案の定、クラウスはユリアーナが嚥下《えんか》するのを確かめると、ゆるやかに唇を離した。

長いあいだ呼吸を塞がれていたユリアーナは、力なくクラウスの腕の中に倒れ込んだ。

しかしすぐに、クラウスにもたれかかるのではなく、寝台に身を沈めるべきだということに思い至った。ユリアーナはすみやかに彼から身を離そうとしたが、発熱しているせいで動作は緩慢《かんまん》にしかならなかった。そうしているうちに、彼の指がまた後ろ髪に絡《から》みついてくる。腰を抱き寄せられて、ユリアーナは髪を優しく撫《な》でられた。

……まるで、恋人を愛《いと》おしむかのように。

（愛おしむ……？）

ユリアーナは自分の愚かな思考をすぐに打ち消した。

純白の聖女様に身も心も捧《ささ》げた彼は、きっとこの先、けっして誰も愛することはないのに。

ユリアーナはたまらずにクラウスの肩を押しやった。

「……そうやって、わたしに、優しく触れるのはやめて」

「何故ですか」

「だって、あなたは純白の聖女様を……」

胸を押さえ、乱れた呼吸を整えながら、ユリアーナは彼の顔を見た。清らかな祈りの言葉を紡《つむ》ぐための水紅色《とき》の唇が、濡れて妖《あや》しい艶《つや》を帯びている。ユリアーナは聖域を侵してしまったような、あるいは禁忌《きんき》に触れてしまったような、猛烈な罪悪感に胸を押し潰《つぶ》されそうになって、水宝玉の瞳に涙を溜《た》めた。慌てて瞳を閉じてももう遅く、頬に涙が零れ落ちた。

「王女様」

濡れた瞼に唇で触れられる。ユリアーナは驚いて瞳をあけた。そんなところにまで薬を零した憶えはない。戸惑《とまど》っているうちに、今度は唇に彼のそれをかさねられた。ユリアーナの涙を吸ったその唇の味は、かすかな塩気をはらんでいた。

「……っ」

ユリアーナは顔を背けようとした。しかしクラウスはそれを許さず、一度唇を離すと、角度を変えて再び口づけをした。それはもはや口移しによる投薬ではなく、口づけとしか言いようがないものだった。羽根で触れるような、優しくいたわるような口づけだった。

クラウスはユリアーナを解放すると、肩に手を添え、彼女を慎重に寝台に横たえた。

肩まですっぽりと覆うように毛布を掛け直されながら、ユリアーナの頭は混迷していた。

「クラウス、どうして……」

あなたは、純白の聖女様のものなのに。

わたしが汚してはいけない人なのに。

……どうして、わたしに口づけをしたの。

ユリアーナはクラウスの真意を知りたかった。

けれど、それはかなわなかった。

煎じ薬に眠たくなる薬草が含まれていたのか、突如《とつじょ》として抗い難い眠気に襲われた。

ユリアーナはそのまま、泥のような眠りについた。

瞼を閉じたあと、額に口づけられたのは、夢だったのか、現実だったのか……。

クラウスは薔薇の小径《こみち》を走り抜けると、礼拝堂の扉を勢いよくあけた。

真夜中の礼拝堂は暗く、ステンドグラスから蒼白い月光が斜めに差し込むだけだった。

彼は祭壇の正面に立つと、呼吸が整わないまま、くずおれるように膝《ひざ》をついた。

聖衣の胸元に掛けていたエステレラを外し、震える両手で星十字《せいじゅうじ》を包み込む。

(私は大罪を犯した。無垢で純粋な王女様を犯してしまった……)

祈るように組みあわせた両手を、クラウスは額に強く押しあてた。

瞼を下ろせば眼裏《まなうら》に、苦しげに眉《まゆ》をひそめる美しいユリアーナの顔が鮮明に浮かんだ。

彼女にそんな表情をさせるほど淫《みだ》らに責め苛《さいな》んだのは、ほかでもなくこの自分だった。

毒に侵されたユリアーナが発熱し、衰弱し、満足に抵抗もできないのを良いことに、彼女の清らかな唇を奪った。百歩譲って二度目の口づけまではまだ投薬という正当な理由があった。

手元の怪《あや》しいユリアーナに今夜中に確実に薬を飲ませるには、あの方法が最善だったのだ。

だが三度目、四度目は違った。もはやどんな自己弁護もできなかった。

まだ誰にも暴かれたことのない新雪の肌を上気させ、神秘的な薄水青の瞳を潤ませるユリアーナを見ているうちに、身体の芯《しん》が燃えるように熱くなった。淫魔《いんま》にとり憑《つ》かれた者のように劣情に支配され、ほしいままに彼女の肌を舐《ねぶ》り、唇を貪《むさぼ》り、水晶の涙を零させたのだ。

——慄然《ぞっ》とした。

(私の情欲はいずれ恐ろしい濁流《だくりゅう》となる。いつか神聖不可侵の王女様を呑《の》み込んでしまう)

クラウスは恐怖に慄《おのの》きながら、手の甲に腱《けん》が白く浮き出るほど固く星十字を握り締めた。


小鳥の囀《さえず》りを聞いて、寝台に横たわっていたユリアーナは目を覚ました。

あたりは早朝の乳白色の光に包まれている。

「お気がつかれたか。どうじゃ。薄紅蛇紋石《うすべにじゃもんいし》の毒に侵された感想は」

突然、無遠慮な質問を投げかけられて、ユリアーナは枕につけていた頭を横に向けた。

ゴブレットを載せた盆を手にした、お仕着せ姿のマルグリットが微笑を浮かべてそこに立っていた。ユリアーナは訊《き》いた。

「やっぱり、薄紅蛇紋石だった？」

「鑑定の結果、間違いない。何より、ほれ、うっすらとじゃが、蛇紋が浮き上がっておる」

マルグリットはサイドテーブルに盆を置くと、ユリアーナの手首を掴み上げた。

見れば確かに薄く、帯のようになった薄紅色の鱗《うろこ》の痣《あざ》が肌に浮かび上がっていた。

「姉様に毒入りのお見舞い品を贈り、周囲を嗅《か》ぎまわっていたわたしには矢を射かけてきた。これで継母《ままはは》への疑惑がますます深まったわね。次は現行犯で摘発されるのを目標にする」

ユリアーナはむくりと身を起こした。するとマルグリットが驚いたようにまばたきをした。

「たっぷり丸二日眠っておったとはいえ、思った以上にお元気になられたな」

「丸二日!?　わたし、そんなに眠っていたの？」

「うむ。深い眠りにある状態と、半覚醒状態を繰り返しておられたわ」

「思ったほど苦しまなかった。クラウスの応急処置と、煎じ薬が良かったのだと思う」

ユリアーナはぼんやりと呟《つぶや》くと、寝台の帳を透かして、窓の向こうの晴れ渡った空を見た。

王宮の西門で襲撃された夜、クラウスに毒を吸い出されたことも、口移しで薬を投与されたことも、まるで夢の中の出来事であったかのように記憶が曖昧《あいまい》だった。

あまりに日常とかけ離れすぎていたために、現実ではなかったのではないかとさえ思う。

「マルグリット、わたし、湯浴《ゆあ》みをしたい。汗で身体中がべたべたして不快なの」

「それは別に構わぬが、まずはクラウス殿が煎じた、強烈に苦いお薬を飲んでからじゃ」

マルグリットはそう言って、ユリアーナにゴブレットを渡してきた。

「クラウスはどこにいるの？」

ユリアーナがゴブレットを受けとりながら訊くと、彼女は眉を下げた。

「それがのう……」


湯浴みを済ませ、前掛けつきの簡素なドレスに身を包んだユリアーナは庭園に出た。

秋咲きの白薔薇の咲き乱れる小径を抜けて、礼拝堂の前に至ると、深呼吸をする。

それからゆっくりと礼拝堂の扉をひらくと、祭壇の前に聖衣を纏《まと》ったクラウスがいた。

入り口に背を向けて、花崗《みかげ》の床に膝《ひざ》をつき、エステレラを手に一心に祈りを捧《ささ》げている。

その傍らでは、ふわふわの白い毛に包まれた猫質《ねこじち》のクラウディアが退屈そうにあくびをしていた。扉がひらく音に反応したのか、クラウスがこちらを振り返った。

透き通ったペリドットの瞳が、わずかな動揺の色を滲《にじ》ませて見ひらかれる。

「王女様……」

「マルグリットから聞いたわ。あなた、三日前からここで寝泊まりしているんですってね」

茫然《ぼうぜん》とした様子のクラウスに、ユリアーナはその場に立ったまま言った。

「いったい何を考えているの。晩秋のこんな時期に礼拝堂で眠ったりしたら、風邪《かぜ》をひくわ。別にわたしの寝室で眠らなくても結構だけれど、あなたには、先代城主の部屋をあげたのに。どうしてあなた専用の寝台があるのにわざわざこんな寒いところで眠るのよ」

煎じ薬を作ってくれたお礼を先に言うべきだったのだが、順番を間違えた。しかしお小言は一度はじめたらもう止まらなくなってしまい、ユリアーナは口うるさく言いながら、彼のほうにつかつかと歩み寄っていった。

するとクラウスは慌てて立ち上がり、そして――叫んだ。

「私に近づかないでください、王女様！」

めずらしく大声を出した彼に驚き、ユリアーナはぴたりとその場で立ち止まった。

「ど、どうしたの？　クラウス」

困惑《こんわく》しながら訊くと、彼はユリアーナから視線を背けた。

「……私は、……汚れているのです。淫魔に……とてつもなく悪いものにとり憑かれました」

ユリアーナには彼が何を言っているのかさっぱりわからなかった。解説を求めてクラウディアを見ると、クラウディアはあくびまじりに口にした。

『悪夢か何かを見て、いまだに夢と現実の区別がついてないんじゃないの。なんかもうこいつ色々と思春期をこじらせちゃっててめんどくさいから、あとはよろしく、王女』

クラウディアは何の解決にもならないようなことを言い置くと、ユリアーナの横をすり抜けて礼拝堂を出ていってしまった。ユリアーナはクラウスに視線を戻した。

「悪夢を見たの？　クラウス……あなた、きっと疲れているんだわ。あ、そういえば、煎じ薬を作ってくれてありがとう。とてもよく効いたみたい。わたし、すっかり良くなったのよ」

「それは……何よりです」

ユリアーナはクラウスに一歩、二歩と近づいたが、近づいたぶんだけ彼は後ずさる。

「どうして逃げるの？」

「申し上げたでしょう。私は汚れているのです」

「あなたのどこが汚れているの。外見は天使のように綺麗だし、中身は歩く聖典じゃない」

「……私は、……聖典などではありません！」

クラウスは声を荒らげると、突然駆け出した。神聖な空間である礼拝堂で走るなんて、いつもの彼らしからぬことだった。礼拝堂のちょうど中央に立ち尽くしたユリアーナを避けるようにして、ステンドグラスの光が差し込む壁に向かって走り、列になった長椅子の横で曲がる。どうやら、礼拝堂の端の通路から出口に向かおうとしているようだった。

様子のおかしいクラウスをひとりにしてしまうのは心配だ。ユリアーナはブーツの踵《かかと》で床を蹴ると、彼を追いかけた。しかしクラウスは子犬のようにすばしっこく、なかなか距離が縮まらない。このままでは取り逃がしてしまうと思ったユリアーナは、頭を使った。

陽光を受けて様々な色の光を放つステンドグラスの前で躓《つまず》いたふりをして、その場にうずくまった。すると気がついたクラウスが、罠《わな》にかけられたとも知らずにユリアーナのもとに駆け戻ってきた。

「王女様……！　お怪我《けが》は……っ」

「足をくじいてしまったかも」

「足を……、大変です。立てますか」

目の前に差し出された白い手を、ユリアーナはしっかりと確保した。

そうしてからクラウスを見上げ、にこりと微笑んだ。

「クラウス、つかまえた」

ユリアーナがクラウスの手を握ったまま危なげなく立ち上がると、彼は呆気《あっけ》にとられたように口にした。

「……嘘《うそ》をついたのですか。特別異端審問官の私に」

「体力勝負には向かないから、悪知恵を働かせただけよ」

ユリアーナは少しも悪びれずに、「ふふ」と笑った。

クラウスはユリアーナの手を振りほどくと、複雑そうな表情で彼女を見つめた。

さすがに怒ったのだろうかと身をすくめていると、突然、ふわりと抱きしめられた。

「……クラウス？」

頬を染めたユリアーナの洗い髪に、クラウスは鼻先をうずめた。

「少しだけ、こうさせていてください。……今日は、卑猥《ひわい》なことは何もしませんから」

『今日は』と言うが、ユリアーナは過去にクラウスに卑猥なことをされた憶えはなかった。

異端審問や応急処置のためにドレスを脱がされたり、投薬のために唇をかさねられたが、あれは卑猥な行為ではない。ひょっとしてクラウスは本当に、彼が見たという悪夢と現実の区別がついていないのだろうか。彼がどんな夢を見たのかを訊くのはためらわれたが、クラウディアは、クラウスが思春期をこじらせてしまったのだと言っていた。

もしかしたら、あの晩の執拗《しつよう》な薬の投与も、思春期特有の不安定な心理が彼にそうさせたのかもしれない。そういえば先程、クラウスは『淫魔にとり憑かれた』とも口走っていた。ユリアーナには少年の心理はわからないが、きっと色々と難しい年頃なのだろう。

（でも、こんな風に抱きしめてくるということは、わたし、少しは自惚《うぬぼ》れてもいいのかしら。

……クラウスは純白の聖女様の次くらいに、わたしのことが好きだって）

ユリアーナが恐る恐る自分の手もクラウスの背に回すと、彼の身体がぴくりと反応した。

やはり過ぎた真似だっただろうかとユリアーナは慌てて手を離そうとしたが、それよりも先に、クラウスにいっそう強く抱きしめられた。彼に気づかれてしまわないか心配になるほど、心臓がドキドキと音を立てて脈打った。ずっとこの時間が続けばいいのに……とユリアーナは願ったが、夢が朝の訪れとともに終わりを告げるように、その時間は長くは続かなかった。

クラウスはやがて、ユリアーナの肩を抱き、そっと身体を離した。

かすかに瞼を朱に染めたクラウスは、ぽつりと口にした。

「……不思議です。王女様を抱きしめていると、鼓動は速くなるのに、とてもほっとします」

「え……？」

思いがけないことを言われてユリアーナが訊き返すと、クラウスは黙りこんでしまった。

（こちらを動揺させておいて、あとは黙秘するなんて……）

ユリアーナは勇気を出すと、彼の袖《そで》を引き、思いきって素直な気持ちを口にした。

「わ、わたし……わたしも、あなたに触れられていると、ドキドキするのに、幸せになるの」

「何故《なぜ》」

「え……、な、何故って……」

まさかそんな返しが来るとは思わず、ユリアーナは言い淀《よど》んだ。

急に訊かれて「あなたが好きだから」などという返事が、すらすらと出てくるわけがない。

ユリアーナは逃げることにして、露骨に話題を転じた。

「そ、それよりも、朝のお祈りがもう済んだなら、わたしが温室で育てているカボチャを見に来ない？　温室なら暖かいし、可愛いカボチャたちを眺めていれば、クラウスも少しは楽しい気持ちになると思うの！」

ユリアーナはクラウスの手を摑むと、ぐいぐいと引っ張って温室に連れていった。

そして告げ口妖精の黒うさぎが『告げ口しちゃお、告げ口しちゃお。今日の朝食は〜、ピクルスとカボチャのスープ、ひまわりの種入りのパン〜、レバーペーストと山羊乳《やぎちち》のチーズ〜、りんごヨーグルトで〜す！』と、暗に朝食の準備が整ったことを告げに来てくれるまで、ユリアーナは温室で延々とカボチャの種類についてクラウスに解説した。農家の生まれだというクラウスは、時折質問をまじえながら、カボチャ講義に真面目《まじめ》に耳を傾けていたのだった。


その夜、クラウスはユリアーナが眠りについたのを見届けると、燭台《しょくだい》の明かりがぼんやりと灯《とも》る廊下に出た。

『また礼拝堂で寝るのか』

どこからともなく現れて、足にまとわりついてきた聖霊クラウディアに、クラウスは首を振った。

「いいえ。王女様に叱《しか》られてしまいましたので、今夜は貴方《あなた》を猫質にして、先代城主のお部屋の寝台でやすませていただくことに致しました」

『監視役なのに、王女の寝室で眠るのはやめたわけ』

どこか面白がるような口調で訊かれ、クラウスは表情を暗くした。

「……もう無理です。王女様を愛してしまったのに、彼女の近くで眠れるはずがありません」

『ふーん。純白の聖女様が王女だってことに気づいてから、随分と人間らしくなったな』

聖霊クラウディアの言葉に、クラウスは自虐的《じぎやく》な笑みを浮かべて返した。

「人間ではありません。もはや淫魔です」

『……あんた、思い詰めると結構重症化するタイプなんだな』

クラウスは鍵《かぎ》を開けて、先代城主の部屋に入った。聖霊クラウディアもついてくる。

「……気になっていたことがあります」

クラウスは肩を覆っていた外衣《ケープ》を脱ぐと、クラウディアを抱いて寝台の縁《へり》に座った。

『王女様は何故、背中にあのような火傷《やけど》を？』

「王女は七つのときに、犠牲の子羊にされたんだよ』

「……どういうことですか」

『十年前。あんたはまだ六つだったけど、大飢饉《だいききん》があっただろ。冷害で麦が育たなかった上に、ジャガイモの病気が蔓延《まんえん》して大凶作。王都みたいに穀物庫に充分な蓄《たくわ》えがなかった辺境の村々では、多くの者が命を落とした』

「憶えています。私が家族とともに暮らしていた村では、餓死者《がしや》を埋葬《まいそう》する土地がなくなって、土をかぶせた遺体の上にまた遺体をかさねて埋葬していました。長雨が続いたあとは、遺体が土の中から露出して、村のあちらこちらに骨や肉が散乱するというありさまでした。

私には、たぐいまれなる桜色の髪に黄金《きん》の瞳を持つ、十も歳上の美しい従姉《いとこ》がおりましたが、彼女は王都からやってきた異端審問官たちに魔女として捕らわれて、ほどなくして王都で焼き殺されたそうです。従姉に限らず大飢饉の年は、森の賢女や古い時代の神を信仰する者、ほかにも様々な理由で多くの無辜《むこ》の人々が国に仇《あだ》なす魔女や魔術師として断罪されました。

私の家にも異端審問官が訪ねてきたことがありました。ひとつ下の妹が怖がって泣くので、なだめるので大変だった記憶があります。ひどい年でしたね」

あのとき難を逃れた家族も、その四年後の疫病《えきびょう》で、みな死んでしまったが。

クラウスは自分でも恐ろしいほど冷静に過去を振り返ってから、クラウディアを見つめた。

「十年前の大飢饉が、王女様に何か関係あるのですか。王都にはあまり被害が及ばなかったと聞いていますが」

『だからだよ。辺境の村の人々ばかりが酷《ひど》い目に遭《あ》って、王都で暮らす王侯貴族たちはまるで対岸の火事のように、穀物庫に有り余っていた食糧を貪《むさぼ》りながらのらりくらりと暮らしていた。それが辺境で暮らす民衆の怒りに火をつけたんだ。

栄養失調のせいで死んで生まれた赤ん坊の父親、魔女狩りで殺された女の恋人や家族、そうした人々は嘆《なげ》き、怒り、やがて同じやるせなさを抱《かか》えた者たちと共謀《きょうぼう》し、暴徒と化した。各々《おのおの》が武器を手にとり、あるとき王宮を襲撃した。ひとりひとりの力は弱くても、集団になると人は強くなるんだ。いたるところで血しぶきが飛び、火の手が上がり、王宮はまるで戦場のようになった。屈強な騎士たちの返り血を浴びながら、暴徒はついに城の扉を破って国王のもとに乗り込んだ。何故、自分たちばかりが悲惨な仕打ちを受けなければならないのかと訴える民衆に、国王は言った。「王族も同じように罰すれば気が済むのか」と。思ってもみない言葉に民衆は戸惑《とまど》い、だけど、結局は頷いたんだ』

クラウスの背を冷たい汗が伝った。とてつもなく厭《いや》な予感がした。

「……まさか」

『そのまさかさ。国王は忌《い》み子《ご》の王女……ユリアーナを、彼女が隔離されていた塔から引きずり出してくると、民衆の前で裸にして、焼けた有刺鉄線《ゆうしてっせん》を背中に押しあてたんだ。そうやって国王は暴徒を恐怖で制圧することに成功した。王女の心身に一生消えない火傷の痕を残すだけで済んだんだから、国王にとっては最小限の被害に抑えられて良かったってところかな』

クラウスは言葉もなかった。遠くなりそうな意識をどうにか繋《つな》ぎとめて、口をひらく。

「そんな重大な事件を、私は何故、知らずに生きてきたのですか。神学校でも、改邪聖省《かいじゃせいしょう》でも、そんな話を耳にしたことは一度としてありませんでした。ただ……」

ただ、時折……。

「……神学校の先生や、改邪聖省の年長者など、私の周りの大人たちが、何かの隠語のように『焼けた棘《いばら》の件』と話すのがずっと気になっていました。同年代の者に『焼けた棘の件』とは何かと訊ねても彼らは本当に知らない様子でしたし、実際に大人たちに訊ねても、彼らは口を濁《にご》すだけでした。やがて誰も『焼けた棘の件』の話をしなくなり、私の念頭からもその言葉は薄れてゆきました。……けれど、今わかりました。それはきっと十年前に、王女様が無慈悲な暴力を受けた一件のことだったのですね」

『多分ね。王宮の内部で起きた事件だから、緘口令《かんこうれい》でも敷かれていたんだろう。当然、神学校の授業でもそんなのを教わるわけがない』

「王女様……」

クラウスは唇を震わせた。そんなおぞましい、恐ろしい、悲惨な目に遭わされながら、ユリアーナはどうして明るく清らかで、けなげで心優しい少女に成長したのだろう。それが彼女の主治医にして師だったという医師アルバンから受けた愛情のためであるなら、クラウスは天国にいる彼に、心から感謝したかった。

……もしもアルバンの存在がなければ、ユリアーナの心は死ぬか、病《や》んでいただろう。

『おい、あんた。泣いてんのか』

クラウディアに指摘されて、クラウスははじめて自分の瞳から、はらはらと涙が零れていることを知った。クラウスは驚いた。飢餓に苦しみ、疫病で家族を亡くし、自分も死にかけて、悲運の連鎖《れんさ》のような人生を送ってきたわりには、物心ついてから泣いた記憶がなかったのに。

ユリアーナが受けた痛みを思うと、胸が苦しくなって、涙がとめどなく溢れてくる。

クラウスは親指の腹で目元を拭《ぬぐ》うと、赤い目をしてクラウディアに訊ねた。

「王女様と結婚したら、その晩のうちに、王女様を優しく抱いて差し上げても良いですか」

『結婚したら、別に好きにしたらいいんじゃないの』

「初めての夜に限らず、その後も毎晩、王女様を優しく抱いて差し上げても構いませんか」

『あーもーはいはい。毎朝でも毎晩でも優しく抱いて差し上げたらいいよ』

「……はい。ですが、そもそも王女様は、少しでも私を好いてくださっているのでしょうか」

『王女に訊けっつーの！』

質問攻めにしたせいで、聖霊クラウディアにとうとう呆《あき》れられてしまったらしい。自分の腕をすり抜けると、彼は月の光に溶けるようにして消えてしまった。

ユリアーナに宛てて姉レティーツィアからの封書が届いたのは、それから一週間後のことだった。封筒は、薔薇の紋章が押された緋《あか》い封蠟《ふうろう》で閉じられていた。その中に入っていたのは、清浄を表す白の厚紙の端に、百合の花の型抜きが施《ほどこ》された美しいカードだった。

カードには仮面舞踏会の夜に襲撃を受けたユリアーナに対する見舞いの言葉と、「大切な妹ユリアーナと自分の快気のお祝いに、身内だけで催《もよお》されるお茶会に、ユリアーナを招待したい」という文言が書き記されていた。ユリアーナを襲撃した者については、まだ『不明』らしく、《一日も早く、卑劣《ひれつ》な男性が捕まることをお祈りしているわ》と書き添えられていた。

「開催日は今日からかぞえて十日後ですね。ご招待をお受けするのですか。王女様」

カレンデュラの森の城の、小さな噴水の前に腰かけてカードを読み返していたユリアーナに、正面に立ったクラウスが訊いた。

「あたりまえじゃない。このカードの差出人は、どうせ姉様の名を騙《かた》った継母《まはは》でしょう。毒矢を放った犯人は『不明』のはずなのに、よほど切羽《せっぱ》詰まっていらっしゃったのかしら、男性だなんて書いてしまって。まあいいわ。やっと継母と直接対決できるときが来たんだもの」

ユリアーナはカードを畳《たた》んで封筒に戻すと、クラウスを見上げた。

「クラウス、また、わたしと一緒に王宮に行ってくれる?」

「はい」

クラウスは端的に答えてから、ユリアーナの瞳をじっと見つめた。

「王女様、また私に隠れて進めていらっしゃることはないでしょうね」

「な、ないわ。……薄紅蛇紋石のことなら、あなたに内緒にしていてごめんなさい」

「許しません。今度、貴女がみずからご自分の身を危険にさらすような真似をなさったら、私は冗談ではなく本当に貴女に手枷《てかせ》と足枷、それに腰縄をおつけして城に幽閉《ゆうへい》致します」

厳しい言葉に、ユリアーナは小さくなった。

ユリアーナが望む最も美しい結末は、姉レティーツィアを殺害しようとしている疑惑のある継母が、殺害計画を妨害《ぼうがい》しようとしてくるユリアーナをみずからの手で殺そうとし、その現場を聖騎士たちにおさえられるというものだった。そのためには、継母を焦《あせ》らせて冷静な判断力を奪い、『ユリアーナを一刻も早く殺さなければならない』という方向に意識を向けさせる必要があった。だからユリアーナは、継母と直接対峙《たいじ》できるお茶会のような機会を待ち望んでいたのだ。こういった展開になることを期待して、わざと継母の手に薄紅蛇紋石を握らせた。

マルグリットとふたりだけで共謀しておこなったこの一件は、いまや完全にクラウスの知るところとなっていた。告げ口妖精の黒うさぎにあっさりと告げ口されたせいだ。彼はそれを把握してからというもの、猫質をとる頻度《ひんど》を減らし、初期のようにべったりとユリアーナに貼りつくようになった。だから今も、庭園を散策中のユリアーナについてきている。

ただ、不思議なことに、クラウスは寝室だけは別にするようになった。多分、未婚の乙女の傍で眠るということが、いかに不躾《ぶしつけ》であるかをようやく理解したのだろう。

「もうあなたの手をわずらわせたり、心配をかけるような真似はしないわ」

「神にかけて誓いますか」

クラウスは訊いた直後に、「王女様は無神論者でしたね」と思い出したように言った。

「ええ。だから、クラウスにかけて誓うわ」

ユリアーナは微笑んで、クラウスに小指を差し出した。

「約束ですよ」

クラウスは真剣な表情を崩すことなく、ユリアーナの小指に自分のそれを絡《から》めた。


指定された場所は、王宮の隅に打ち捨てられたような、暗く、ひとけのない離宮《りきゅう》だった。

レティーツィアがメレンドルフ家の別邸に移る前に静養していた離宮の、ちょうど裏側に位置していた。庭園の緑が美しく見渡せるという理由で、主催者はこの場所を選んだという。

（庭園の緑ね……）

バルコニーに設置された小さなテーブルの前に着くと、ユリアーナは辺りを見回した。

真昼だというのに、鬱蒼《うっそう》と繁った常緑樹の葉が辺りをどんよりと暗くしている。

ローブ・ア・ポロネーズの形をした真紅《しんく》のバッスルドレスを身に纏い、淡い蜂蜜色の髪には、共布で仕立てた紅薔薇《べにばら》とリボンのヘッドドレスをつけたユリアーナを眺めて、お茶会の主催者――継母は、「なんて可愛らしい。まるでお人形さんのようだわ」と称賛《しようさん》した。

ユリアーナは青黒い森から、テーブルの向かいに座る継母に視線を戻した。

継母は赤い唇に優しげな微笑を浮かべてユリアーナを見つめていた。ユリアーナの母と同じように、十代で王の子を出産した継母は、女盛りの水際立《みずぎわだ》った美人だった。

胸元の大きくあいた濃緑《こみどり》のハンギング・スリーブのガウンにオーバースカート、金糸《きんし》で全面に蔓性《つるせい》植物の刺繍《ししゆう》があしらわれた、豪華なブロケード地のアンダースカートを穿《は》いている。

黄金の台座に収まったエメラルドの額飾りに黒いベルベットのヴェールは、彼女のオリーブアッシュの巻き髪によく似合っていた。

「残念ながら、レティーツィアはまだ本調子ではなかったみたい。今朝から微熱があるので、お茶会に参加できなくなってしまったという一報が、わたくしのもとに届けられたの。ふたりきりのお茶会になってしまうけれど、構わないかしら？」

かすかに首を傾《かし》げ、申し訳なさそうにこちらの表情をうかがってくる彼女に、ユリアーナはにこりと微笑んでみせた。

「ええ、もちろんですわ。お継母《かあ》様。生まれてすぐに実母をうしなったわたしは、お継母様を本当の母のようにお慕《した》い申し上げてきたのですから。姉様がいらっしゃらなくても、お継母様とふたりきりでお話しできる、このような機会に恵まれましたことを嬉《うれ》しく思います」

ユリアーナの監視役としてついてきたクラウスとは、ここに来る前に、王宮の控えの間《ま》で別れた。クラウスに代わってユリアーナを廃園へと案内したのは、王宮の下働きだという猫背の男で、名をゲラルトといった。ゲラルトは殴《なぐ》り合いの喧嘩《けんか》でもしたあとのように、頬を包帯でぐるぐる巻きにしていた。ゲラルトはユリアーナを継母のもとに引き渡すと、蹌踉《そうろう》とした足取りでその場から去っていった。

　丸テーブルにはポットと陶製のボウル、そして宝石のような菓子がたっぷりと盛りつけられた皿が置いてあるが、給仕する侍女《じじょ》はいない。だから、本当にふたりだけのお茶会だった。

「ありがとう、ユリアーナ。やっぱり女の子は、いくつになっても母に懐《なつ》いてくれるからいいわね。……グスタフときたら、小さな頃はわたくしに可愛らしく懐いてきたというのに、今では他人行儀だもの。薄情なのだから」

　ユリアーナはそれを聞くと、心外そうに言った。

「まあ、本当に？　先日、婚約者のクラウスとこの城を訪ねたとき、六年ぶりに兄様とお会いしました。とても精悍《せいかん》で立派な青年に成長されていて驚きました。兄様は相変わらずお優しくて、忌み子のわたしにも気さくにお声をかけてくださいましたの。わたし、血の繋がりも忘れて、思わず頬が熱くなってしまいました。……あ、兄様には秘密になさってくださいね？」

「さあ、どうしようかしら。『可愛いユリアーナは将来を約束したクラウスという人がありながら、兄のあなたに恋をしてしまったいけない王女なのよ』と告げ口してしまおうかしら」

「もう、やめてください、お継母様ったら！」

　本当にやめてほしかったので、ユリアーナは思わず真顔で怒ってしまった。それから口を押さえ、「ごめんなさい」と小声で言う。継母はユリアーナが照れているだけだと勘違いしたのか、さして気にした様子はなかった。やはりグスタフの実の母親だからか、ユリアーナがグスタフを心底嫌悪しているなどとは、夢にも思わないらしい。

「……クラウスは、あなたにひどいことをしたりしていない？」

ふいに声を潜《ひそ》めて、継母が訊ねてきた。

クラウスは特別異端審問官で、ユリアーナは忌み子の王女。表向きは婚約者だが、同時に、クラウスが監視し、ユリアーナが監視されるという歪《いびつ》な関係で結ばれている。レティーツィアはそれを知らされていない様子だったが、王妃でもある継母はさすがに把握していた。

こんな質問もあろうかと、ユリアーナはあらかじめ薄荷《はっか》の軟膏《なんこう》を塗りつけておいた指で、さりげなく目の下のあたりをなぞった。するとほどなくして、瞳からぽろりと涙が出てくる。

「ユリアーナ、どうしたの。……ああ、やっぱりひどいことをされているのね。改邪聖省の人間は邪《よこしま》なる者には加減をしないから。ああ、どうか気を悪くしないで、わたくしの可愛いユリアーナ。あなたが邪だと言っているのではないのよ。……ねえ、良かったら話してみない？これでも王妃ですもの。国王陛下に働きかけて、あなたの力になれると思うわ」

ユリアーナは、優しい言葉に簡単にほだされた小娘のように、継母に吐露《とろ》した。

「クラウスは、わたしに冷たい拘束具をつけたり、わざと苦いお薬を飲ませて、折檻《せっかん》してくるのです。わたし、彼と結婚したらいったいどうなってしまうのか……もう不安で……」

クラウスを悪《あ》しざまに言ったのは、王族とほぼ対等の身分である彼とユリアーナは結託《けったく》していないという安心感を継母に与え、油断させるためだった。

「泣かないで、ユリアーナ」

継母は静かに席を立つと、テーブルを迂回《うかい》してユリアーナのもとに歩み寄ってきた。そして俯《うつむ》いて涙を散らすユリアーナの細い身体をそっと抱きしめた。

継母の豊満な胸から甘ったるい花の香りがして、ユリアーナは思わず息をとめた。

これは胡蝶睡蓮《こちょうすいれん》という水生植物の花弁から抽出した香油の匂《にお》いだ。ほのかに漂うのを嗅《か》ぐ分には障《さわ》りないが、一度に肺いっぱいに吸いこんだら酩酊《めいてい》状態になるという作用がある。

(厭だわ、この人……。かなり有毒植物にお詳しいみたい)

ずっと息をとめているわけにもいかないので、ユリアーナは、一芝居打つことにした。

「は、い……」

ユリアーナは消え入りそうな声で返事をすると、継母の胸にぐったりともたれかかった。

すると継母はユリアーナの肩を抱いてそっと身体を離し、椅子に深く座り直させた。

「……可哀想なユリアーナ」

継母は歌うように言いながら、ポットから陶製のボウルに香草茶を注いだ。

「気持ちが安らぐお茶よ。カモミールとセントジョーンズワート、それに今朝摘《つ》んだばかりの薔薇の花片《はなびら》、三種類の香草をブレンドしてあるの」

嘘をつけ、とユリアーナは思った。正しくは四種類のはずだ。強い芳香で他の薬草の香りをかき消してしまう薔薇の香《か》にまぎれて、猛毒を持つ蔓性植物、ゲルセミウム・センピルヴィレンスの匂いがする。薬草にも毒草にも精通しているユリアーナにそれを隠しきれるはずがない。継母もそれを警戒したからこそ、最初に胡蝶睡蓮でユリアーナの意識を混濁《こんだく》させようとしたのだろう。ユリアーナは継母が見ていない隙《すき》に、ドレスの内に隠し持っていた超小玉カボチャを、そっと腋《わき》の下に挟んだ。

お茶の準備が整うと、継母はユリアーナにボウルを渡してきた。

「さあユリアーナ、飲んで。……まだ熱いから、ゆっくりと……ね」

ユリアーナはぼんやりとした様子で継母からボウルを受けとった。

そして継母に言われるがまま飲み口に唇をつけ、ボウルを傾けた。

唾《つば》を飲み込み、ボウルの中身を飲んだふりをしたあとで、ユリアーナはわざとボウルをとり落とした。ガシャン、と陶器が割れる音とともに、中身が石の床に飛び散る。

「……あ、……っく……！」

ユリアーナは胸を押さえ、苦悶《くもん》の声を上げた。本当に苦しんでいるように見せなければならないので、思いきって椅子から転げ落ちてみた。慣れないことをしたせいか、床に倒れ込む前に、思いきり机の角に頭をぶつけた。額から生温かな血が流れ出し、横向きに倒れたユリアーナのこめかみをつっと伝った。たいした傷ではないが、地味に痛い。しかしユリアーナは痛くもない胸を押さえ続けた。額に怪我を負ったことに気づかないほど、胸の苦しみに身悶《みもだ》えている様子の彼女を見下ろして、継母は勝利を確信したようだった。傍で身を屈めた継母を、目をあけて見てみると、毒々しいほど鮮やかな色の唇を笑みの形に歪《ゆが》めていた。

「……やはり……姉様を殺そうとしたのは……お継母様だったのね……！」

「そうよ、ユリアーナ」

継母はユリアーナの頬を優しく撫でた。

「わたくしの最愛の息子にして、あなたが恋い慕うグスタフを玉座《ぎょくざ》につけてあげるためには、レティーツィアに死んでもらうしかなかったのよ。……ユリアーナ、賢くて、愚かな子。下手《へた》にわたくしの周辺を嗅ぎまわったりしなければ、あなたは第一王女呪殺の罪で処刑されるまで、もう少しばかり長生きできたのにね」

「は……、あぁ……お継母様……」

「苦しい？　悔しい？　ああ、可哀想なユリアーナ……。せっかく頑張ったのに、こんな風に死んでしまうなんて。……でも大丈夫よ、ユリアーナ。あなたは穢《けが》らわしい忌み子だけれど、とても素直で優しい子だから、きっと天国でレティーツィアと一緒になれるわ……」

ユリアーナは死を覚悟した信徒がそうするように、胸の前で、両手の指を組み合わせた。

「……神様……」

そこまで言い終えてから上腕部に力を入れて、超小玉のカボチャを思いきり腋で締めた。

ユリアーナはできるだけ長く息をとめる。継母がユリアーナの手首をとり、脈を確かめた。

カボチャで腋の下の血管が圧迫されている状態なので、ユリアーナの脈は一時的にとまっていた。この小細工は長くはもたないし、頸動脈《けいどうみゃく》までとめることはできない。

賭けだった。ユリアーナは緊張しながら継母の次の行動を待った。幸いにして、手首の脈が再び打ちはじめる前に、継母は手を離してくれた。『ユリアーナの死体』を急いで隠さなければならないので、継母も焦《あせ》っていたのだろう。

「……あっけないものね。小賢《こざか》しくても、所詮《しょせん》はただの世間知らずの娘。こんなにもあっさり死んでくれるとは思わなかったわ」

継母は笑みを含んだ声で呟くと、どこへともなく呼びかけた。

「ゲラルト、この娘の死体を森にでも捨てておいで。あとは狼が処理してくれるでしょう」

継母が言い放った、その直後だった。

「オリーヴィア妃殿下《ひでんか》！　第一王女殿下ならびに第二王女殿下暗殺未遂《みすい》の現行犯で貴女を拘束致します！」

よく通る青年の声が、暗い廃園に響き渡った。ユリアーナは薄目をあけて状況を確認する。

バルコニーと玻璃《ガラス》の扉を一枚隔《へだ》てて続いた部屋の奥や、廃園の樹木の蔭《かげ》、近くの東屋《あずまや》から、剣を佩《は》いた騎士たちが一斉に姿を現し、駆け出してきた。肩に黄金《きん》のタッセルがついた肩章《けんしょう》と黄金の飾緒《しょくちょ》を吊るした純白の騎士服は、改邪聖省直属の聖騎士たちのものだ。

彼らを指揮する権限は、改邪聖省の頂点に立つ特別異端審問官のクラウスにある。

ユリアーナはこの十日のあいだにクラウスと綿密に練った作戦がうまくいったことを知り、心から安堵《あんど》した。

「な……っ、お前たち、何をするの！」

「先に申し上げました通りです。恐れながら、我々にご同行願います、妃殿下」

聖騎士団長だろうか。ユリアーナと歳はそう変わらなそうなのに、胸に誰よりも多くの勲章をつけた黒髪の美しい青年が、継母の両手首に黄金の枷を嵌《は》めた。

「ゲラルト！　ゲラルトはどこ！」

継母が金切り声を上げると、ユリアーナのよく知った少年の声が響いた。

「ゲラルトとは、下働きの、この男のことですか」

無表情のクラウスに引きずられてきたのは、ユリアーナをここまで案内してきてくれた猫背の男だった。先程までと違うのは、腰縄をつけられていたことと、顔の包帯がすっかり外されていたことだった。頬には痛々しい猫の引っかき傷がこれでもかというほどついていた。

クラウスは死んだふりをするユリアーナをちらりと一瞥《いちべつ》してから、聖騎士たちに周囲を固められた王妃に視線を向けた。

「王女ユリアーナ様に毒矢を放つよう、この男に命令なさったのは、王妃様ですね」

「クラウス、わ、わたくしは、何も……！」

「この男はすべて自白しましたよ。死後の審判で、地獄に落とされることを恐れて」

継母が目を見ひらいてゲラルトを見ると、猫背の男はボロボロと大粒の涙を零した。

「お、王妃様、申し訳ありません、ど、どうかお許しください。ど、毒矢を放ったあと、せ、聖霊が。真っ白なお猫様が俺のところにおいでになって、この通り、顔を引っ掻いて天罰を下されたのです。せ、聖霊様はおっしゃいました。猫なのに口を利《き》いたのです！『特別異端審問官にすべて懺悔《ざんげ》して免罪符《めんざいふ》を手に入れろ。そうすればあんたは死後の審判で地獄行きを免《まぬが》れる。だけど免罪符がなければ、あんたは死後、地獄行き確定だ』——と……」

泣いて声にならなくなってしまったゲラルトに代わり、クラウスが説明した。

「この哀《あわ》れな男はほかにも、レティーツィア様のお部屋にお届けするための毒物を調達するなど、王妃様による《ふたごの王女殿下殺害計画》に深く関与していたことを告白しました。……素晴らしい信仰心だと思われませんか。王妃様からいただいていた多額の報酬よりも、ただの特別異端審問官に過ぎない私が発行したこんな紙きれ一枚……失礼、免罪符のために、罪を告白し、足を洗ったのですから」

クラウスは内ポケットの中から、羊皮紙《ようひし》でできた長方形のカードを取り出した。カードには星十字花紋が押され、その周囲にクラウスの筆跡で文章が書きつけられている。

〝あらゆる聖人の委託《いたく》と慈悲において、汝《なんじ》のあらゆる罪業を赦免《しやめん》し、刑罰を免除する〟

「クラウス、おまえ……ゲラルトの信仰心につけ込み、買収したのね！　……この悪魔！」

「私は、迷える子羊を救っただけです。免罪符の発行と引き換えに、いかなる報酬も要求していません。ただ、懺悔なくしては免罪符が効力を発揮することはないと伝えただけです」

歯噛みする継母に、クラウスはあくまでも淡々と告げた。

「ふたごの王女はどちらも亡くなっていないので死刑は免れるでしょうが、ご子息の王子殿下とともに修道院送りになるのは避けられないでしょう。……悔い改めてください、王妃様」

クラウスは近くにいた聖騎士のひとりに、ゲラルトの腰縄に繋いだ縄を引き渡した。それを見て心得たように、聖騎士団長が継母に声をかけた。

「さあ、参りましょう。妃殿下」

聖騎士たちにとり押さえられた継母は、自分の無実を切々と訴え、かと思えば呪いの言葉を吐き散らかしながら聖騎士たちとともに去っていった。泣いて目を赤くしたゲラルトは、クラウスに向かって黙って一礼すると、聖騎士のひとりに促《うなが》され、彼らのあとに続いた。

「クラウス様。妃殿下の処遇につきまして、のちほどまた詳しくお話をうかがえればと」

「では、大聖堂の鐘が午後四時を知らせる頃に、改邪聖省の私の執務室まで来てください」

「かしこまりました」

聖騎士団長はクラウスに向かって敬礼すると、額から血を流して倒れるユリアーナに気遣《きづか》わしげなまなざしを向け、その場をあとにした。

「王女様、いつまで死んでいらっしゃるのですか。もう復活されても大丈夫です」

ユリアーナは傍らに屈みこんだクラウスに、軽く肩を揺すられた。

「迫真の演技でしたが、いくらなんでも……これはやりすぎでは」

むくりと上体を起こしたユリアーナの額を、彼は清潔な手巾《しゅきん》で丁寧《ていねい》にぬぐった。傷は浅く、血はすでにとまっていたが、額からこめかみにかけて血の痕がこびりついていたのだ。

「……これは狙《ねら》ってやったのではなく、うっかりぶつけたのよ」

「そうですか。王女様は、ときどき間抜けでいらっしゃるのですね」

間抜け呼ばわりされてユリアーナがむくれていると、膝の上に白くふわふわしたものが飛び載ってきた。クラウディアだ。聖騎士団がいるあいだ、どこかに身を潜めていたらしいクラウディアを抱き上げると、ユリアーナはその額や耳に口づけをした。

「おまえはとても賢い子だわ。わたしみたいなのは例外として、人は誰しも心のどこかで神という超自然的な存在を畏《おそ》れている。ゲラルトの顔に引っ掻き傷を作ってくれただけではなく、聖霊のふりをして『地獄に落ちるぞ』と脅迫《きょうはく》するという機転まで利かせてくれたなんて！」

『別に。僕がしたのはそれだけだし。顔に猫の引っ掻き傷があるゲラルトを見つけ、免罪符を発行したのはクラウスだ。クラウスのことも褒《ほ》めてやりなよ。ほら、拗《す》ねてる拗ねてる』

クラウディアに指摘され、ユリアーナはクラウスの顔を見た。どう見ても無表情だったが、そう言われてみると、若干《じゃっかん》拗ねているように見えなくもなかった。

「クラウス、ありがとう。聖騎士の皆さんまで手配してくれて……。わたしひとりの力では、あんなにたくさんの人を動かして、継母を告発してもらうことなんてできなかったもの」

ユリアーナは本心からお礼を述べたのだが、クラウスは不満そうだった。

「それだけですか」

「あ、ええと、胡散《うさん》くさ……じゃなくて霊験《れいげん》あらたかな免罪符も発行してくれてありがとう」

「そうではなく」

彼はユリアーナの瞳をじっと見つめた。

「クラウディア様の額には口づけをなさったのに、何故、私にはしてくださらないのですか」

「み、未婚の男女は、降誕祭の夜の宿り木《やどぎ》の下でなければ、口づけをしてはいけないと教えてくれたのはあなたじゃない」

「唇以外なら良いのです」

「……そうなの？」

「はい」

クラウスは真顔だった。ユリアーナは彼の感情がよくわからないながらも、彼に身を寄せると、雪のように白い額に口づけた。

「……これでいいのかしら」

「はい。今はこれで充分です」

クラウスは満足げに言ってから、ユリアーナの身体をそっと抱き寄せた。

たちまち紅《あか》くなったユリアーナの耳もとで、クラウスは囁いた。

「よく頑張りましたね。王女様」

その声は静かだったが、どこまでも慈愛に満ちていて、ユリアーナは瞳を滲ませた。

彼に抱きしめられて、褒めてもらえて嬉しいのに、胸は痛いほどに締めつけられる。

（わたし、……どうしようもなくクラウスが好きなんだわ）

クラウスの一番は純白の聖女様なのに。……自分は一生、彼の一番にはなれないのに。

（それでも……）

許される限り、彼の傍にいたい。

胸の内でそう願ったら、淡い切なさとともに、透明の涙が頰を転がり落ちた。

継母の一件について、クラウスは聖騎士団と王国議会に対し、これまでの経緯を仔細《しさい》に説明する場を緊急に設《もう》けた。会議は今夜中には終わらないだろうからと、ユリアーナは改邪聖省の馬車でひとりカレンデュラの森の城へと帰された。

そして彼の予告通り、クラウスが城に戻ってきたのは一夜明けてからのことだった。

ユリアーナが温室で品種改良中のカボチャたちに水をやっていると、玻璃《ガラス》の扉が開いた。

やはり会議は長時間に及んだようで、疲労の色を滲ませて温室に入ってきたクラウスに、ユリアーナは如雨露《じょうろ》を手にしたまま駆け寄った。

「お帰りなさい、クラウス。疲れたでしょう。……あ、前髪が跳ねている……」

馬車の中で少し眠ったのか、麦わら色の前髪の一部があらぬ方向に跳ねていた。直してやらなければとユリアーナがせっせとクラウスの前髪を撫でていると、彼は口をひらいた。

「疲れましたが、王女様のお顔を見たら元気になりました」

ユリアーナははたと手をとめると、心配そうにクラウスの顔を覗きこんだ。

クラウスはだいぶ疲れているのかもしれない。妙に甘い気がする。……いや、よくよく考えてみると、少し前から彼の自分に対する態度はかなり軟化していたようにも思われる。

抱きしめられたり、額への口づけを求められたり……。

クラウスの顔色を観察していたのに、だんだんと自分の顔色のほうが紅く変化してくるのを感じて、ユリアーナは咄嗟《とっさ》に真面目な話を切り出した。

「継母は今どうしているの？」

「国教会が管理する塔牢獄に軟禁されています」

「ふうん。今後、継母の件はどのように進展していくの？」

「そのことなのですが……」

彼はかすかに嘆息《たんそく》した。

「昨夜の調査だけで、王妃様のお部屋から、香水瓶に入れられた毒薬のほか、呪術書や呪具の類《たぐい》まで発見されたようなのです。単に『ふたごの王女毒殺未遂』であったなら改邪聖省の管轄《かんかつ》ではないのですが、『呪殺未遂』の容疑までかかると、話はまったく変わってきます」

「宗教裁判に発展するかもしれないのね」

「……王妃様は王族ですから、呪殺未遂のほうにつきましては、特別異端審問官の私が今後の調査と、裁判を取り仕切ることになりました」

クラウスの表情が次第に暗くなってゆく。

「明日から、私はすくなくとも二カ月ほど、改邪聖省に詰めて対応することになります。今日は、王女様にそれをお伝えするためにここに帰ってきました」

一緒にいるのが当たり前になっていたクラウスと、二カ月も離れて暮らす――。

そのことはユリアーナの胸に寂しい風を吹かせたが、それを口にするわけにはいかなかった。

特別異端審問官のクラウスには改邪聖省で、領主の自分にはここで、それぞれしなければならないつとめがあるのだから。

「そう……。少し寂しくなるけれど、身体を壊さないようにして……頑張って大役を果たしてきてね、クラウス」

ユリアーナが微笑みかけると、クラウスは沈黙した。しばらくして、彼は言った。

「王女様、離れたくありません」

「え？」

「貴女が好きです。本当は、片時《かたとき》も離れたくありません」

目を見ひらいたユリアーナを、クラウスはいきなり抱きしめてきた。

硬直したユリアーナの手から、如雨露が滑り落ちる。

「す、好きって、どういう意味？」

なんとか声を絞《しぼ》り出した彼女に、クラウスははっきりとした声で答えた。

「愛しているという意味です」

「その『愛』というのは、神の愛《アガペー》？　人の愛《エロース》？」

「人の愛です。私は神ではありませんから」

「ま、待って。待って、落ち着いて」

「はい」

「あなたは、純白の聖女様のことしか好きではないのよね」

「おっしゃる通りです」

「わたしは、純白の聖女様じゃ――」

ないのよ、と噛んで含めるように告げようとしたとき、

「王女様。私は六年前に、空蝉病《ツィカーデ》に罹患《りかん》しました」

クラウスは、唐突にそんな話をはじめた。自由すぎるにもほどがある、とユリアーナは呆れながらも、深刻な病名を出されたので、真剣に話を聞く姿勢になった。

「ああ、空蝉病……。あなたも罹患者だったのね。当時はまだアルバンが特効薬を開発したばかりで、患者のもとに充分に行きわたらずに、多くの人が命を落としてしまった。わたしもアルバンを手伝って四十名程度の重症患者――特に幼児から十歳前後の子供のもとを回り、投薬をおこなったけれど、あのときの子供たちはみんな、元気に暮らしているかしら……」

「すくなくとも私は元気に暮らしています」

「良かったわね、クラウス。これからも国家やわたしのために、長生きしてね」

「王女様、まだお気づきにならないのですか」

「え？」

ユリアーナがまばたきをすると、クラウスは深いため息をついた。

「憶えていらっしゃらないのも無理はないことです。貴女の患者は大勢いたのですから。王女様、貴女が救った四十名程度の子供のうちのひとりが私だったのだと申し上げたら、貴女は驚かれますか」

ユリアーナは、クラウスを見つめることしかできなかった。

……過去に逢《あ》っていた……？

彼の言う通り、あの頃は村の内外を奔走し、めまぐるしく患者の処置に追われる日々だったので、ユリアーナはひとりひとりの子供の顔など、いちいち憶えていなかったのだ。

クラウスの抱擁《ほうよう》がにわかにきつくなり、ユリアーナの心臓が音を立てる。

――まさか、という思いと、そんなはずはない、という思いが胸の中で交錯《こうさく》する。

「王女様」

混乱するユリアーナに、彼は答えを与えた。

「私に聖なる口づけを施し、死の淵《ふち》から引き上げてくださった純白の聖女様は、貴女だったのです。私は貴女が毒矢を受けたあの晩、裸身の貴女の背を見て、そのことに気がつきました」

話の流れからなかば予想していたとはいえ、彼の言葉はユリアーナの思考を停止させた。

しかしユリアーナはすぐに冷静になり、彼に訊いた。

「で、でも……そんなのおかしいじゃない。だって、わたしのどこに羽が生えているのよ」

「私が翼だと思っていたのは、月光を浴びて純白の光を帯びた、この御髪《おぐし》だったのです」

少しだけクラウスの抱擁がゆるめられた。心臓が壊れそうなほど強く打っていたユリアーナはほっとしたが、息つく間もなく彼の白魚《しらうお》のような指に髪をひと房《ふさ》とられ、唇を寄せられた。

いっそう顔が熱くなるのを感じながら、ユリアーナはしどろもどろに口にした。

「……確かに、わたしの髪は色素が薄すぎて、月明かりの下では白く見えるけど。でも……」

口ごもるユリアーナを遮《さえぎ》るようにして、クラウスはなおも続けた。

「何よりも純白の聖女様が貴女であったことを証拠づけるのは、……ここです」

クラウスの手がゆっくりと、背中をなぞるように這い下りてくる。ユリアーナはその感覚の妖《あや》しさに息を詰めた。

「純白の聖女様の背中にも、紅い蔦薔薇《つたばら》の模様がありました」

「蔦薔薇？　この火傷の痕はどう見ても蛇でしょう。あなた、目が悪いんじゃないの」

彼は静かに首を振った。

「どう見ても紅い蔦薔薇です。王女様、私は今から、とんでもないことを懺悔します」

「とんでもないこと？」

「私は貴女が毒矢に倒れたあの晩、貴女の背に咲いた薔薇の美しさに胸が熱くなり、衝動的に貴女の背に口づけをしてしまったのです。一度のみならず、二度も、三度も、四度も」

「う、嘘……」

「本当です。しかし途中で正気に返ったため他には何もしていません。乳房も見ていません」

「あ、あ、あたりまえだわ！」

「もっとも、王女様を勘違いで異端審問にかけてしまったときは、隅々まで乳房を見ました」

「ばか！　信じられない！　あなたってどうして言わなくていいことをわざわざ言うのよ！」

ユリアーナは恥ずかしいやら腹立たしいやらで頭に血が昇り、クラウスの胸を本気でボカボカと叩《たた》いた。

「痛いです、王女様」

さして痛くもなさそうな声で、しかも表情もなくクラウスが言う。

ユリアーナはなんだかどっと疲れてしまい、殴るのをやめると、力なく彼の肩にもたれかかった。零れた一滴のインクが滲むように、胸に小さく広がった不安を口にしてみる。

「ずっと憧《あこが》れ続けていた純白の聖女様が実はわたしだったと知って、失望しなかったの？」

「しません」

即答だった。

「そればかりか、ほっとしました。私は純白の聖女様に生涯尽くし、身も心も捧げることを胸に固く誓っておきながら、ここで暮らすうちに貴女を深く愛してゆく自分を自覚し、嫌悪し、罪悪感に苛まれていたのですから。けれど、王女様と純白の聖女様は同一人物でした。それを知ってから、私は心置きなく王女様を愛することができるようになったのです」

「心置きなく？」

「はい。こんな風に」

クラウスはユリアーナの腰を引き寄せると、蜂蜜の結晶色の髪に指を絡めた。

その温《ぬく》もりと触れてくる手の優しさに、ユリアーナの胸に熱いものがせり上がってくる。

そうしてとうとう、ユリアーナはぽろぽろと泣きだしてしまった。

「……嬉しい。クラウスは、ずっと、わたしに無関心なのだとばかり思っていた……」

ユリアーナのふわふわした髪の感触を楽しむように指で弄《もてあそ》びながら、クラウスは抑揚《よくよう》のない声で訊いた。

「嬉しい、ということは、王女様も私を好きでいてくださったのだと自惚《うぬぼ》れても差し支えないのでしょうか」

「……好きじゃないわ」

ユリアーナはそう言って、彼の背に自分の手を回した。

「大好きなの、クラウス」

少し変わっているところはあるけれど、素直で、心根がまっすぐで、可愛いクラウスのことがとても愛おしかった。自分の監視役が、政略結婚の相手がクラウスで、本当に良かった。

父である国王のことは嫌いだったが、自分にクラウスを与えてくれたという一点において、ユリアーナは心から父に感謝した。

ふいに、クラウスがユリアーナの頬に触れてきた。

視線を上げたユリアーナは、その途端、ハッとした。

（クラウス……瞳孔《どうこう》がひらいている）

ということは彼の体内では今、体内物質《テストステロン》が大量に分泌《ぶんぴつ》されているということだ。

恋の脳内物質《アドレナリン》と同じで、体内物質《テストステロン》は愛する女性を前にしたときに分泌される。

論理の上でも愛されているのだということを実感し、ユリアーナの胸はうち震えた。

「王女様、ひとつだけ、私のわがままを聞いていただいてもよろしいでしょうか」

幸せに浸《ひた》っていたユリアーナは、夢心地で頷いた。

「私の誕生日は、救世主がお生まれになった日と同じなのです。つまりおよそ二カ月後に、私は現行法で結婚が認められる十七歳になります」

降誕祭の日に生まれるあたりは、実に彼らしいと思った。

ユリアーナはその五日後が誕生日なので、五日間だけ、彼と同い年になるらしい。

「王女様、どうか降誕祭の夜に、私と結婚式を挙げていただけませんか。それまでには必ず、王都ですべき仕事を終えて帰って参りますから」

「わかったわ。わたしも、もともとあなたが十七歳になったらすぐに結婚するのだと思っていたし、降誕祭の夜に式を挙げましょう。わたし、急いで婚礼衣装を仕立ててもらうわ」

それからユリアーナは大事なことに気がついた。

「クラウスには降誕祭の贈り物と、お誕生日の贈り物をふたつ差し上げないといけないのね。ねぇ、何が欲しい？　あなたが欲しいものは何でもあげるから、ふたつ言ってみて」

「王女様の精神と肉体をください」

ユリアーナは眦《まなじり》をつり上げた。

「もう！　わたしは真面目に訊いているのだから、あなたも真面目に答えて！」

「私は真面目です」

クラウスはにこりともせずに言った。思えば、彼が冗談を言うのをこれまでに聞いたためしがなかった。本気なのかと思ったら、ユリアーナは耳まで紅くなった。

けれど『欲しいものは何でもあげる』と宣言してしまった手前、だめだとは言えない。

「……わかったわ。差し上げるわ」

「ありがとうございます。王女様」

「結婚したら、あなたはそのどちらも自然と手にするのに。あなたって、欲がないのね……」

「……そうでもありません。王女様は、降誕祭の贈り物は何がよろしいですか」

「クラウスのすべてが欲しいわ」

「はい。差し上げます。私の髪の一本、血の一滴も、すべてあまさず王女様のものです」

「じょ、冗談だってば。わたしは贈り物なんていらない。でも、その代わり……あなたが王都にいるあいだ、十日にいちどでいいから、わたしに手紙を書いてほしいの。一行でもいいわ。空間的には離れてしまっても、あなたと繋がっているのだという実感が欲しいの……」

　瞳に宿ってしまっているだろう寂しさを押し隠すように、ユリアーナは睫毛《まつげ》を伏せた。

「欲がないのは貴女のほうです。王女様」

　クラウスは困惑した様子で言った。

「貴女が望んでくださるなら、手紙などいくらでも書きます。朝の礼拝では、貴女にお祈りを捧げます」

「お祈りって……わたしは神様でもなんでもないわよ」

「良いのです。私はこれまでずっと、神以上に純白の聖女様を崇拝してきたのですから」

「あなた……それ、改邪聖省では言わないほうがいいからね」

「はい」

彼はわかっているのかいないのか、生返事をすると、ユリアーナの髪に顔をうずめた。

「王女様の髪は綿菓子のようにふわふわしていて、甘くて……ずっと触っていたくなります」

……子供のようなことを言う。触れられてばかりいるのも癪《しゃく》だったので、ユリアーナはお返しとばかりに、彼のさらさらした髪を思う存分撫でた。

——実はこのとき、温室内で育ち過ぎたお化けカボチャの蔭に白猫と黒うさぎの姿があったのだが、誰も入り込む隙《すき》のない甘い世界を築き上げてしまったふたりに、さすがの精霊たちも辟易《へきえき》し、ただ黙ってそこからふたりのやりとりを見守るしかなかったのであった。

◇◇◇

ユリアーナは、私室の窓からぼんやりと外を眺めていた。

空は一面白銀《ぎん》色で、今にも雪が降り出しそうだ。今夜は白の降誕祭になるかもしれない。

ユリアーナは雪よりも白い婚礼衣装に身を包んでいた。スカート部分がふんわりと広がって、丸いシルエットになるのが愛らしい、舞踏会風婚礼衣装《ボールガウンドレス》である。

背中で編み上げる白のリボンで細く引き絞ったウエストのラインには、純白の糸で蔦薔薇の刺繍が施されているが、ボディスに他の装飾はない。胸元にあしらわれている大きなリボンを強調するためだった。蒼白い蜻蛉《かげろう》の翅《はね》のように透ける繊細なレースを何層にもしたリボンには、白玻璃《しろはり》のビーズと真珠がいくつもちりばめられている。

マルグリットいわく、胸元に大きなリボンをあしらったドレスは、胸を実際よりも嵩増《かさま》しして見せてくれるらしい。余計なお世話だと反論つつも、ユリアーナは結局、ドレスのデザイン画を選ぶ段階で嵩増しデザインを選んでしまった。

細腰の下は、真っ白なシフォンフリルをかさねて装飾菓子《ザーネトルテ》のように膨らませたふわふわのスカート。膨らませた袖はユリアーナが手塩にかけて育てている、まん丸のカボチャのイメージで仕立ててもらった。白いリボンと一緒に編み込んだ淡い蜂蜜色の髪には白薔薇のコサージュを留め、やや蒼みがかった月光色の、透き通ったヴェールを長く垂らしている。

白絹のミュールには細く高い踵《かかと》がついていたが、結婚式の今日ばかりは、ドレスの裾を踏んで転ぶなどという失態をするわけにはいかない。

ユリアーナは気を引き締めるように、淡い薔薇色の紅で染められた唇を引き結んだ。

やがて窓の外では淡雪《あわゆき》がはらはらと舞いはじめた。すっかり葉を散らしてしまった森の木々の枝先をかすめながら、緋《あか》や黄金《きん》の落ち葉に覆われた地に静かに降り積もってゆく。

外の景色が粉砂糖をまぶしたように白く染まりはじめた頃、ユリアーナは二部屋隣にある先代城主の部屋の扉が開き、そして閉まる音を聞いた。クラウスに与えた部屋だ。

（あ……！　きっとクラウスが帰ってきたんだわ）

ユリアーナはともすれば足に絡まりそうになるドレスの裾に気を配りながら、私室を出た。

この二カ月間、クラウスは《王妃による王女殺害未遂》の件で本当に改邪聖省に缶詰めとなってしまい、カレンデュラの森の城に帰ってこなかった。約束通り、彼からまめに送られてきた手紙によると、宗教裁判に異端審問と、実に様々な処理に追われていたそうだ。

ユリアーナは、このままでは結婚式に間に合わないのではないかと気が気ではなかったが、七日前、継母と、彼女の罪を知りながら見て見ぬふりをしていた王子グスタフがそれぞれ女子修道院と男子修道院に移送されたという。グスタフにはあらたに姦淫《かんいん》の容疑がかけられているそうだが、クラウスは自分の担当ではないのでよくは知らないと文中で言っていた。

それからの一週間も、クラウスは細かな手続きのために改邪聖省に泊まりこんで仕事をしていたが、継母の件は一応は終息したらしい。今日、結婚式の直前にはカレンデュラの森の城に戻ってこられそうだと、一昨日、彼から最後に届いた手紙には書き記されていた。

二カ月ぶりの再会に胸を弾《はず》ませながら、ユリアーナは廊下に飛び出した。夫婦の寝室の前を通り過ぎると、ユリアーナは叩扉《こうひ》もなしに城主の部屋の扉をあけて室内に足を踏み入れた。

「クラウス、おかえりなさい。わたし、あなたがなかなか帰ってこないから、不安――」

部屋の奥にある、寝室に通じる扉をあけた瞬間、ユリアーナは思わず言葉を切った。

こちらに背を向けた長身の青年が、雪にまみれた漆黒《しっこく》の外套《がいとう》を脱ぎ捨てるところだった。

（え、誰？　お客様!?）

叩扉もせず、それも見知らぬ男性が着替えている最中に部屋に足を踏み入れてしまうなんて、礼儀知らずも良いところだった。ユリアーナは自分がしでかしてしまった行動に血の気が引き、青年が振り返る前に慌てて踵《きびす》を返した。

「し、失礼致しました。わたし、お部屋を間違えてしまいました……！」

ユリアーナが逃げようとすると、追ってきた青年に後ろから肩を摑まれた。そうしてくるりと身体を反転させられて、彼のほうを向かされる。やはりクラウスではなさそうだった。自分と背格好がほぼ同じで、目の高さがだいたい同じ位置にあるはずのクラウスと向かいあったときと違い、目が合わない。この青年はおそらく自分よりも頭ひとつ分は背が高い、とユリアーナは見当をつけた。ブラウスの襟《えり》がくつろげられて、はだけた胸の下は薄くしなやかな筋肉で覆われているようだった。恐る恐る、わずかに視線を動かしてみれば、広い肩の線も均整《きんせい》がとれていて芸術品のように美しい。美しいのだが、明らかに少年のそれではない。

「勝手に入ってしまってごめんなさい。わたし、クラウス――あの、クラウスという、わたしの婚約者が帰ってきたのだと勘違いしてしまったんです……」

ユリアーナは知らない男性につかまえられている状況がだんだんと怖くなってきて、肩を摑む青年の手を振り払おうとした。すると、頭上から声が降ってくる。

「私はクラウスです、王女様」

声はクラウスと似ているような気がしないでもなかったが、同名の別人なのだろう。

ユリアーナは気まずさから、彼の顔をまともに見られないまま口にした。

「わ、わたしが申し上げているのは、子犬みたいに小さくて可愛い特別異端審問官、クラウス・フォン・メレンドルフのことです」

「ですから、私がクラウス・フォン・メレンドルフです。お顔を上げて、落ち着いて私の顔をよくご覧になってみてください」

冷えきった両手に頬を挟まれて、ユリアーナは顔を上げさせられた。

するとそこには、この世にその持ち主はふたりとしていないであろう、澄みきって濁りのないペリドットの双眸《そうぼう》があった。

雪解《ゆきげ》の水に濡れそぼち、ぽたり、ぽたりと水晶のような雫《しずく》が滴《したた》り落ちる髪は、麦わら色。

頬の線は二カ月前に見たときよりも少しだけ大人びて、美少女から美人に変化したという点を除けば、目の前に立つ青年はまぎれもなくユリアーナのよく知るクラウスだった。

「……本当にクラウスなの……？」

「はい」

「いったい何があったの……こんなに大きくなってしまって」

「二カ月の間に成長期が訪れただけです。子犬は成犬になりました」

衝撃のあまり倒れそうになったユリアーナの背を、クラウスの手がしっかりと抱きとめた。

そのことでユリアーナは二重の衝撃を受けた。今までは、ユリアーナに巻き込まれて一緒に倒れそうになるくらい華奢《きゃしゃ》だったのに、ブラウスの上から触っただけでもわかるくらい、腕が固く、たくましくなっている。

「貧血を起こされたのでしょうか。少しここで休まれたほうがよろしいかと思われます」

「ええ、ありがとう……。え、……きゃああ！」

ユリアーナは悲鳴を上げた。身体が急に宙に浮かんだからだ。

膝の裏と背中に手を添えられて、ユリアーナはクラウスに軽々と抱き上げられていた。

暴れると落ちそうで怖いので、高所恐怖症のユリアーナは下手に抵抗せずに、クラウスの首にぎゅっとしがみついた。クラウスはユリアーナを緞帳《どんちょう》のような帳《とばり》が下りた寝台まで運んでゆくと、壊れやすい陶製人形を置くように慎重に寝台の縁《へり》に座らせた。横に腰かけたクラウスが、ユリアーナを怪訝《けげん》そうな顔つきで見つめた。

「王女様は縮まれましたか」

「縮むわけないでしょう！」

「そうやってすぐに頬を紅くして、王女様は相変わらずお可愛らしいですね」

筋《すじ》ばった手で頬を撫でられた途端、ユリアーナは条件反射のように寝台の端に避難した。自分の知る白魚の指の質感ではない、慣れない感触に身体が勝手に逃げてしまったのだ。

クラウスはひどく傷ついたような顔をしてユリアーナを見た。

「王女様。成犬はお嫌いですか」

ユリアーナはふるふると首を振った。大小問わず、クラウスが愛しいことに変わりはない。

「それでは、子犬と同じくらいお好きですか」

ユリアーナはこくこくと頷いた。

「ごめんなさい。わたし、あの……あなたの変化に驚いてしまって。だけど、冷静になるわ。あなたは平均的な十六歳男子に比べると小柄だったけれど、この二カ月のうちに、カボチャのようにすさまじい勢いで細胞分裂を起こして大きくなった……それだけのことなのよね」

「はい」

ユリアーナはこくりと咽喉《のど》を鳴らすと、クラウスの瞳を見上げた。

「……クラウス、少しだけ、あなたに触れてみてもいい？」

「お好きになさってください。私は王女様のものですから」

ユリアーナは離れたぶんだけ彼と距離を詰めると、寝台に置かれた彼の手に自分の手のひらをかさねた。外から帰ってきたばかりの彼の手はまだ冷たかった。

先程は硬い手の感触に驚いてしまったが、落ち着いて見れば、彼の指がオルガン奏者のそれのように長く、美しいことに変わりはない。まぎれもなくクラウスの手なのだと実感したら愛おしさがこみ上げてきて、ユリアーナはその手をとると、みずから自分の頬に触れさせた。

安心感を得て、ほっとため息が零れる。青年になった彼に対する恐れは、もう払拭《ふっしょく》された。

「クラウスの手、冷たくて、とても気持ちがいいわ」

「お顔が火照《ほて》っていらっしゃるからそうお感じになるのでしょう」

「え!?」

「熱くて、真っ赤です。小さくて可愛らしいお耳も、陶器のように滑らかな首すじも……」

クラウスはユリアーナの耳たぶに口づけ、それから首すじに唇を押しあててきた。

ユリアーナは慌てふためいた。

「だ、だめよ、クラウス」

「痕はつけません。式で貴女に恥をかかせてしまうような真似は、けっして致しません」

「そ、そういう問題じゃなくて！　いえ、そういう問題もあるけれど――」

ユリアーナはクラウスの肩をぐいと向こうに押しやった。

「……ドキドキして、心臓が壊れてしまいそうになるから、やめてほしいと言っているの」

ユリアーナが泣きそうな声で懇願《こんがん》すると、彼は「わかりました」と聞き分けのよい返事をして、それきりおとなしくなった。ユリアーナは深く安堵した。

「それから、早くクローゼットにある新郎の衣裳を着てね。式はまもなくはじまるんだから」

「はい」

応《こた》えるやいなや、クラウスはその場でおもむろにブラウスのボタンを外しはじめた。

「あ、あなたには、淑女に対する配慮というものがないの!?」

ユリアーナは真っ赤になって抗議した。

宗教画に描かれている裸の天使の見すぎか何かで、クラウスの感覚はおかしくなっているのかもしれない。ユリアーナは勢いよく立ち上がると、肩を怒らせて寝室の扉へと向かった。

「王女様。まもなく夫となる私に対し、貴女はいったい何を恥じらっていらっしゃるのですか」

扉の取っ手に手をかけたとき、背後で、クラウスがぼそりと呟くのが聞こえた。

「……どうせ貴女も、今夜、私の前に、その無垢な身体のすべてをさらけ出すことになるのに」

ユリアーナはぎょっとして振り返った。

鼓膜の奥に、いつか聞いたクラウディアの一言が蘇《よみがえ》った。

——あんたが子犬と思い込んで飼っているのは、実は狼の子供かもしれないんだぞ。

……狼……。

紅くなったり蒼くなったりと忙しいユリアーナに、クラウスは表情も変えずに言った。

「王女様。貴女は降誕祭と誕生日の贈り物として、私にその清らかな精神と美しい肉体をくださるとおっしゃいましたよね。私はこの二カ月間、そのお約束を一日たりとも忘れたことはありませんでした。ですからもちろん貴女にも、……忘れたとは言わせません」

最後のあたりで、彼の声が急に低くなった。絶句したユリアーナに、クラウスは続けた。

「それともうひとつ、私は大切なことを申し上げ忘れていました」

「……な、な、何？　今度は何？」

恐ろしくて思いきり身がまえたユリアーナを、クラウスは信仰心の籠《こ》もった瞳で見つめた。

「とても綺麗です、王女様。真っ白で、貴女の清らかなお心が内から滲み出たようなお美しさです……。宗教画に描かれたいかなる天使も聖女も、貴女の神々《こうごう》しさには到底及びません」

真面目な口調で紡《つむ》がれた手放しの称賛に、ユリアーナの頬はたちまち朱に染まった。

「……ばか」

ユリアーナは戸惑《とまど》い気味に零すと、純白のヴェールをふわりと翻《ひるがえ》して部屋を退出した。

◇◇◇

瞼の向こうに柔らかな光を感じ、ユリアーナは夫婦の寝台の上で目を覚ました。

まず視界に入ってきたのは、昨夜、神の前で愛の誓いを立てた、歳下の夫の寝顔だった。

を立てていた。

ユリアーナに腕枕をし、もう一方の手でしっかりと腰を抱きしめたまま、彼は安らかな寝息
クラウスは少し見ないうちに背が大きくなっていたが、瞳を閉じて眠る彼の顔は、礼拝堂で熱心にエステレラの祈りを捧げていた十六歳のときのクラウスと同じで、天使のようだった。

自分の寝室にあるものとは肌触りの異なる毛布が、一糸纏《いっしまと》わぬ肌に直接まとわりついてくる感触に、ユリアーナはひとりで紅くなってしまった。

昨夜の出来事は、まるですべてが甘い夢のようだった。

けれど身体を包み込む心地良い倦怠感《けんたいかん》と、下腹部に残るかすかな疼《うず》きで、あれが夢ではなくまぎれもない現実であったことを思い知らされる。月が大きく傾く頃まで、おののくほど強い快楽を全身に与えられ、涙が零れるほどの痛みを刻み込まれた。

熱に浮かされたように彼の名を呼び、ひと雫の涙が眦《まなじり》からこめかみにかけて伝うのを感じたのを最後に、記憶が飛んでいた。

おそらく気を失って、それきり眠ってしまったのだと思う。

ユリアーナは意識がなくなる直前に、自分がクラウスに口づけをしたいと思っていたことを思い出した。

（……よく眠っているみたいだし、とうぶん起きないわよね）

ユリアーナは少し頭を浮かせると、眠るクラウスの唇に、自分のそれをかさねた。

顔を離したとき、ユリアーナは顔から火が出そうなほど熱くなった。

いつのまに目を覚ましたのか、クラウスの目があいている。

「……あ、あの、ごめんなさい。起こすつもりでは……」

「王女様」

恥ずかしくて彼に背を向けようとすると、その行動を読まれたように片手で背中を押さえ込まれた。たった数刻前まで月明かりが差していた薄暗いこの場所で、執拗なほど口づけられ、愛撫《あいぶ》されていた背中を、今度は玻璃《ガラス》細工でも扱うかのように優しく抱きしめられる。

「王女様の口づけで目覚める日が来るなんて……幸せすぎて、もう死んでもいいくらいです」

大げさなんだから、とユリアーナは困ったように眉を下げる。クラウスはそんなユリアーナの顔を見つめると、「ですが」と続けた。

「……死ぬならば、罪を贖《あがな》ってからにしなければ……」

贖罪《しょくざい》……。不穏な言葉に、ユリアーナは困惑した。

「罪？　あなた、何をしたの？」

「愛しい貴女に拷問のような痛みを与えた罪です。できるだけ貴女が苦しまれないよう細心の注意を払ったつもりだったのに……結局、涙を零させてしまいました」

頬やこめかみにすじを引いた涙の痕に唇で触れられて、ユリアーナは身を竦《すく》めた。

「貴女を構成する、大切な血も……」

背中に添えられていた彼の手が肌を滑りおりた。下腹部を撫でられて、造形の美しい指先で腿《もも》の内側にそっと触れられると、ユリアーナは敏感に反応した。月の光のもとで自分から理性を奪い去った、甘く痺《しび》れるような感覚が鮮明に蘇り、咄嗟《とっさ》に彼の手を押しとどめる。

「も、もういいから……！　あ、あれは、……あれも聖典に記されている、神が女性に与えた、産みの苦しみというものの一環なのよ……。だってあの痛みをなくしては、子供を授かることもないでしょう……。聖典というか……そもそも生物学的に……」

聖典の話を持ち出されて納得したのか、クラウスは止まった。ユリアーナはほっとした。

子供の頃に、聖典を教える家庭教師の話を真面目に聞いておいて正解だった。

ふと気がつくと、ペリドットの瞳がこちらをじっと見ていた。ユリアーナと目が合うと、彼は無表情で口にした。

「今夜はもっと、優しく抱いて差し上げます」

突然の意思表示に、ユリアーナは真っ赤になった。

「こ、今夜……も、する、の？」

「……いけませんか。王女様」

いけなくはなかったが、「良い」と言うのははしたないような気がして、ユリアーナは返答に詰まった。懸命に答えを探しているうちに、クラウスが顔に頬をすり寄せてきた。何の予告もなしに耳殻《じかく》を甘噛みされたとき、ユリアーナの身体は勝手にびくんと跳ねた。

「だめ……、そ、そこは、噛まないで……」

白い肌を色づかせ、小さくうち震えるユリアーナの耳元で、クラウスが冷静な声で囁いた。

「王女様はここが弱くていらっしゃるのですね。昨夜もそうでした。よく憶えておきます」

耳の傍で、くすり、と彼が笑う気配がした。

ユリアーナは、昨夜から歳下の彼に翻弄《ほんろう》されっぱなしなのが急に悔しくなってきた。

だから深呼吸をしてから、いかにも年長者らしい厳しい口調で、クラウスに言った。

「そうだわ。あなた、聖職者でしょう。礼拝堂に朝のお祈りを捧げに行かなくていいの？」

「……朝のお祈り……。……行きます。ですが、その前に、王女様にお祈り致します」

「わたしに？」

ユリアーナは、クラウスに手をとられた。そのまま彼の唇に手を引き寄せられて、その甲に恭《うやうや》しく口づけられる。ユリアーナがぱちぱちとまばたきをしていると、クラウスは、雪よりも白い頬をかすかに染めてこちらを見つめてきた。

「……私だけの聖なる王女様。貴女に、私のすべてを捧げます。……愛しています」

頬にひとすじかかった、蜂蜜の結晶色の髪が払いのけられる。

クラウスは体勢をずらすと、ユリアーナの顔の横に手をついた。

ユリアーナは彼の意を汲《く》み、桜貝のように淡く色づいた、薄い瞼を静かに下ろした。

淡雪の雪片《せっぺん》が降りかかるように、優しく唇をかさねられる。

聖なる夜に結ばれたふたりを、白く清浄な冬の陽光が、祝福するように包み込んだ。

《参考文献》

『名もなき中世人の日常　娯楽と刑罰のはざまで』エルンスト・シューベルト（八坂書房）
『カトリシスムとは何か』イヴ・ブリュレ（白水社）
『中世キリスト教の歴史』出村彰（日本キリスト教団出版局）
『キリスト教の歴史　世界篇』樋口雅一（いのちのことば社）
『絵で見るロザリオの祈り』ドン・ボスコ社（ドン・ボスコ社）
『ジャガイモの歴史』アンドルー・F・スミス（原書房）
『図説　宗教改革』森田安一（河出書房新社）

あとがき

このたびは『王女が秘される童話《メルヒエン》　南瓜の王女の研究録』をお手にとっていただきまして誠にありがとうございます。

本作は、前作『魔女が死なない童話《メルヒエン》　林檎の魔女の診療簿《カルテ》』と同一世界観、別主人公のお話です。時代は前作から下るのではなく、だいたい二百年ほど遡《さかのぼ》っているため、物語上は前作との関連性はほぼありません。

ですから、前作をご存じなくても、この一冊、単巻でお読みいただけます。

しかしながら、作者と致しましては是非《ぜひ》、『魔女が死なない童話』と読み比べていただけましたら幸いでございます。宵《よい》マチ先生のイラストが本当に眼福《がんぷく》ですので、是非是非……！

まさか続編を出せるとは思っていなかったのですが、童話のような世界観が好きで、愛着のある作品でしたので、またシュトロイゼル王国を舞台にした物語が書けてとても嬉《うれ》しいです。

本作の執筆にあたって、はじめに悩んだのは、時代設定をどうするかということでした。

前作の主役カップルの子世代編、あるいは孫世代編を書くことも考えたのですが、そうすると前作よりも時代背景が明るくなってしまいそうなので、思いとどまりました。

もちろん文明が進み、科学技術が発達すれば、それにともない世界にはあらたな悲劇や闇《やみ》が生じるものです。しかしタイトルの『童話』の部分は変えない方針でおりましたので、暗いは暗いでも童話的な薄暗さが漂うように、時代を遡ることにしたのでした。

『異端審問』という言葉を使いたかったので、念願が叶《かな》いました。

キャラクターに関しては、前作の主役カップルとはなるべく印象がかぶらないことを心がけました。

心がけたのですが、ヒーローが二作続けて敬語キャラになってしまいました……。

ちなみにクラウスは、エステレラという聖品を常に首に掛けていますが、エステレラとロザリオは似て非なるもの、まったくの別物としてお考えください。

ロザリオはいわば仏教における数珠《じゅず》のようなもので、首に掛けるものではありません（と、学生時代に、聖書の授業の先生がおっしゃっていました）。

ただヨーロッパの一部の宗派では首に掛ける場合もあるそうですので、ご興味がおありの方は調べてみてください。

本作のプロットを作りはじめる前に、担当編集様より、「テーマカラーを決めると良いかもしれません」というアイデアをいただきました。

前作がりんごで赤のイメージだったので、今作はカボチャで黄色のイメージに致しました。

私は何故《なぜ》か、「王女といったらカボチャしかない」と思ったのです。

どうしてだろうと自分自身に問いかけたところ、その答えはすぐに見つかりました。

おそらく絵本などに登場する王子様がよくカボチャパンツを穿《は》いているので、王族＝カボチャという、短絡的思考に至ったのでしょう……。

ただ、カボチャは大飢饉《だいききん》から十年後を舞台としたこの物語にふさわしいともいえるのです。『土手カボチャ』という悪口がありますように、カボチャは土手でもたくましく、勝手に育つそうです。

日本でも、飢饉の時代にはカボチャが多くの人々の命を救ったといわれています。

◇◇◇

今回、あとがきのページ数が多く、（四ページも埋まるだろうか……）とあやぶんだのですが、いよいよ紙幅《しふく》が尽きて参りました。

お世話になりました方々に、この場をお借りして感謝の気持ちをお伝えしたいと思います。

前作に続き、イラストを引き受けてくださった宵マチ先生。今回も本当に、美しく、可愛いイラストを描いていただき、ありがとうございます……！　クラウスのラフイラストを拝見したときは私が思いえがいていた美少年のイメージとあまりに一致して、胸が高鳴りました。

心が折れそうになったとき、繊細、美麗なカバーイラストを拝《おが》んでは、救われております。

今作から担当になってくださいましたI様。デビューしてからはじめての担当替えで、不安と緊張でいっぱいだった私（派遣社員という性質上か、新しい環境や人になじむのは得意なほうなのですが、担当替えというものは作家にとって、それとはまた違う一大事なのです！）に、お優しい励ましのお言葉と、的確なアドバイスをくださり、ありがとうございました。未熟でまだまだ至らない点が多い私ではございますが、今後ともどうぞ宜《よろ》しくお願い致します。

そして、すべての読者の皆様方。読んでくださる方の存在なくしては、いくら作家本人や、編集に燃えたぎる熱意があろうとも、作家が本を出し続けることはできません。作家を根底の部分から支えてくださる読者の皆様方に、心よりお礼を申し上げます。

本作があなたの貴重なお時間や、大切なお金に見合うだけの本であったなら幸いです。

またいつか、物語の世界でお会いできますことをお祈りしつつ。

二〇一六年　九月　　長尾彩子

※この作品はフィクションです。実在の人物・団体・事件などにはいっさい関係ありません。

ながお・あやこ

9月6日生まれ。東京都出身・在住。乙女座のO型。「にわか姫の懸想」で、2010年度ノベル大賞受賞。コバルト文庫に『姫君の妖事件簿』シリーズ、『乙女風味百鬼夜行』、『うさぎ姫の薬箱』シリーズ、『朧月夜の訪問者』、『黒猫と伯爵令息』、『魔女が死なない童話』がある。好きな食べ物はたい焼き（カスタード）。趣味は鉱石収集と古都めぐり。和雑貨とご当地限定グッズ、特にゆるキャラものには目がない。

王女が秘される童話《メルヒェン》

南瓜の王女の研究録

COBALT-SERIES

2016年11月10日　第1刷発行

★定価はカバーに表示してあります

著　者　長　尾　彩　子

発行者　北　畠　輝　幸

発行所　株式会社　集　英　社

〒101－8050

東京都千代田区一ツ橋2—5—10

電話　【編集部】03-3230-6268

【読者係】03-3230-6080

【販売部】03-3230-6393（書店専用）

印刷所　図書印刷株式会社

ISBN978-4-08-608019-4　C0193